RITORNI

Di Chris Scully

Until September

Fourth and Long

Happy

Inseparable

Nights Like These

Rebound

Touch Me

When Adam Kissed Me

RITORNI

CHRIS SCULLY

SINOSSI

Il giornalista Alex Buchanan torna nell'isolata cittadina della Columbia Britannica in cui è cresciuto soltanto perché suo padre, con cui non ha rapporti da anni, sta per morire. Per Alex, quel ritorno porta con sé un insieme di memorie per lo più negative. L'unico aspetto positivo è ritrovare Benji Morning, l'amico d'infanzia che non ha mai davvero dimenticato. Da ragazzi, la forza del loro legame lo aveva spaventato, ma adesso, sicuro della propria bisessualità, Alex si sente di nuovo attratto dal tranquillo e timido Benji.

Ben, però, non è più lo stesso ragazzo lasciato indietro da Alex. La sua vita è stata dominata dalla scomparsa, vent'anni prima, di sua sorella e adesso una nuova svolta nel caso minaccia la pace che si è conquistato con grande fatica.

Mentre cerca di recuperare il rapporto con suo padre prima che sia troppo tardi, Alex si ritrova invischiato in un mistero lungo vent'anni, in una storia che non si sarebbe mai aspettato, e in una verità scioccante che potrebbe minacciare il suo futuro con Benji.

*Dedicato ai miei genitori e a mia sorella. Siete la migliore
famiglia e il miglior sistema di supporto che avrei
mai potuto chiedere.*

INDICE

Capitolo 1

Come ogni scrittore che si rispetti, ho ripensato tantissime volte alla mia infanzia per capire cosa fosse andato storto e perché mio padre non avesse combattuto di più per tenere insieme la nostra famiglia invece di permettere a mia madre di portarci a Seattle. È stato come se volesse mandarci via e non vedesse l'ora di liberarsi di noi. Soffriva di depressione? È stata colpa dell'alcol? O forse la colpa è stata mia?

Dopo un po' di tempo, mi sono obbligato a non pensarci. Era meglio non soffermarmi su tutto quello che avevamo lasciato alle spalle.

— Figlio di mio padre, Alex Buchanan.

Nella vita si incontrano persone che restano con te per sempre.

Puoi anche dimenticarle per un po' di tempo o cercare di spingerle fuori dalla tua mente, ma sono scritte sulla tua pelle come un tatuaggio, incise nelle tue ossa, nel tuo sangue, nel tuo stesso respiro. Ti si attaccano addosso e non ti lasciano più andare. E sono una parte di te talmente profonda da non rendersi neanche più conto della loro presenza.

Indelebili.

Benji Morning era per me una di quelle persone. Era quello il motivo per cui, vent'anni dopo averlo visto per l'ultima volta, anziché dirigermi all'ospedale mi ero ritrovato a guidare verso est lungo l'autostrada 16, pervaso dai ricordi di quella lunga, bucolica estate del 1996 finita in un disastro. Durante quell'estate avevo provato per la prima volta quei sentimenti, all'epoca difficili da gestire, che avrebbero determinato il resto della mia esistenza. Era stata l'estate in cui la sorella di Benji era scappata di casa, l'estate in cui la mia famiglia, un tempo felice, era crollata in mille pezzi.

Venti anni di separazione sono tanti. Non voglio dare l'impressione che siano stati anni orribili e che io li abbia passati a pensare a quel bizzarro ragazzino dai capelli rossi che avevo conosciuto un tempo. Non esiste nulla di più breve del livello di attenzione di un tredicenne e, agli inizi del 1997, mi ero già ambientato in una scuola a Seattle, con un nuovo gruppo di amici con cui passare il tempo, delle ragazze a cui correre dietro e i tanti ricordi della nostra vita nella Columbia Britannica, e specialmente di Benji, sbiaditi come un paio di jeans nuovi appena usciti dalla lavatrice.

La vita continua, che lo vogliamo o no.

Erano questi i pensieri che mi frullavano per la testa mentre mi addentravo nella Bulkley Valley con la Ford Explorer presa a noleggio e mi lasciavo alle spalle il maestoso monte di Hudson Bay riflesso nello specchietto retrovisore. Era soltanto la prima settimana di novembre, ma le cime erano già coperte di neve e pronte per l'inizio della stagione sciistica. Avrei voluto attribuire il mio umore strano alla differenza di fuso orario, o forse all'altitudine o al fatto che mi ci erano volute diciotto ore e quattro aeroplani, uno più piccolo dell'altro, per arrivare qui da New York, ma non potevo farlo. Mi ero sentito sul filo del rasoio sin dal momento in cui mia sorella Janet mi aveva chiamato quattro giorni prima per dirmi che nostro padre era ricoverato in ospedale in punto di morte e mi aveva pregato di tornare in Canada perché papà avrebbe voluto rivedermi.

Mi piacerebbe anche poter dire di aver prenotato il primo volo disponibile, ma non è stato così. Papà non aveva mai chiesto di vedermi nel corso degli anni. Ci sentivamo al telefono una o due volte l'anno per conversazioni brevi e impersonali, ma non lo avevo più visto dopo l'inizio dei miei studi post-laurea più di dieci anni prima. Per come la vedevo io, aveva rinunciato a tutte le sue responsabilità di genitore nel momento stesso in cui ci aveva lasciati andare via senza lottare e, in tutta sincerità, ero felice di quella situazione.

No, non era stato papà, e neanche Janet, ad avermi riportato qui. La verità era meno lusinghiera. Alla fine, era stato Brad, il mio direttore, a convincermi che sarebbe stata una buona mossa per la mia carriera raccontare il mio ritorno per il *Journal*, la rivista per cui lavoravo.

L'attimo stesso in cui ero atterrato a Smithers e mi ero messo al volante della macchina a noleggio, però, i miei pensieri si erano rivolti a Benji Morning, il mio amico d'infanzia. Invece di chiamare Janet e andare immediatamente all'ospedale per vedere mio padre, mi ero avviato nella direzione opposta, verso il posto che un tempo avevo chiamato casa.

Era stato un impulso impossibile da ignorare.

In realtà, erano anni che non pensavo a Benji. Non me lo ero concesso. Ero stato troppo impegnato a crescere, a divertirmi, a lavorare sodo per farmi un nome nel mondo del giornalismo. E restare lontano da lui, da quel legame così intenso che ci aveva legato da ragazzi, era stato più semplice.

Adesso, però, stava tornando tutto a galla, come se fosse passato soltanto un giorno da allora e sentivo una sensazione di irrequietezza crescermi nello stomaco. E più mi avvicinavo ad Alton e più quella sensazione diventava forte. Non sapevo come spiegarlo.

Avevo bisogno di sapere dove fosse Benji. Che cosa avesse fatto della sua vita. E, se fosse vissuto ancora da quelle parti, avrei voluto rivedere il mio vecchio amico. Ammesso che avesse ancora voglia di parlarmi.

Sarei dovuto restare in contatto con lui. Avrei dovuto ingoiare l'orgoglio, tendere una mano e supplicarlo di perdonarmi per averlo ignorato così a lungo.

Avrei voluto, avrei dovuto, avrei potuto, come mi ripeteva spesso la mia ex moglie alzando gli occhi al cielo.

Col senno di poi, suppongo che avrei potuto cercarlo su Google o su Facebook come un qualsiasi altro amico perso di vista, ma ormai ero già in movimento e stavo guidando quell'ora extra verso est sulla base di un semplice istinto, come se Benji fosse il nord e io l'ago di una bussola.

Trovarlo non sarebbe stato facile, erano passati vent'anni da quando io, mia madre e Janet avevamo lasciato la Columbia Britannica. Nel frattempo, i Morning avrebbero potuto trasferirsi, ma la gente di queste parti di solito non va troppo lontano e il mio istinto, lo stesso che mi aveva servito così bene durante la mia carriera, era troppo forte da ignorare.

Nel cielo aleggiava una foschia quasi invernale, che si estendeva lungo la valle ed enfatizzava il senso di solitudine che provavo guidando. Davanti a me, l'autostrada transcanadese, non una vera e propria autostrada quanto piuttosto un solitario nastro di asfalto nero scavato nelle foreste senza fine che lo opprimono da entrambi i lati. La maggior parte dei vecchi alberi ormai è scomparsa e ciò che resta è alto ed esile, ma non lasciatevi ingannare: questa è una terra selvaggia, tanto pericolosa quanto spettacolare. Ci sono dei tratti di strada, come questo, dov'è possibile guidare per ore senza incontrare alcun segno di civilizzazione e quel vuoto senza fine risultava un po' snervante per i miei sensi ormai abituati alla città. Da ragazzino, le foreste, i laghi, i campi abbandonati dei taglialegna e le miniere che punteggiano la zona erano stati un parco dei divertimenti ideale, ma ne ero rimasto lontano per tanto tempo e i grattacieli avevano sostituito nella mia mente quegli imponenti pini.

Il rumore ritmico dei tergicristalli in lotta contro la foschia sembrava fare da balsamo ai miei nervi tesi. Alla mia destra, un cartellone battuto dalle intemperie e quasi nascosto fra gli alberi mi fece venire la pelle d'oca: *Autostop. Vale la pena rischiare?*

Con un tremito, alzai il riscaldamento tentando di catalogare mentalmente quelle mie impressioni. Brad avrebbe senz'altro apprezzato un po' di colore locale nel mio articolo.

Con il passare dei chilometri, i ricordi diventavano sempre più vividi e si accanivano contro di me come zanzare di cui non riuscivo a liberarmi. Sentii aumentare una sensazione di bruciore nel petto e allungai la mano per prendere la confezione di antiacidi comprata in aeroporto. Non avrei mai dovuto bere quell'ultimo bicchiere di pessimo vino durante lo scalo a Vancouver.

Alla fine, mi ritrovai davanti un altro cartellone: *Benvenuti ad Alton. Popolazione: 3.200 abitanti.*

Al contrario della più grande e importante Smithers, con la tipica architettura fatta di adorabili chalet e i ristoranti alla moda per le folle di sciatori, Alton era una cittadina operaia incastonata con precisione fra due principi, Prince Rupert a ovest e Prince George a est, e nel mezzo di un'area ricca di risorse naturali. Ai tempi d'oro, i suoi residenti si erano riversati a lavorare in miniere come la Hummingbird o l'Europa o in una delle numerose segherie della zona.

Sentii il cuore perdere un colpo alla vista del declivio basso e verde del monte Roddick e della sua familiare torre radio. Ero vicino. Quel terreno roccioso e quelle fitte foreste erano stati il mio cortile, il mio parco giochi, e Benji era stato il compagno di tutte quelle esplorazioni.

Dopo qualche minuto, una volta arrivato alla periferia della città, lasciai l'autostrada per immettermi in una strada secondaria. Mi sorprese ricordare tanto bene la strada. Dopo circa cinquecento metri, svoltai di nuovo a sinistra in direzione della North Star Lane e il fondo stradale si trasformò in un brecciolino oleoso che scricchiolava sotto gli pneumatici. Nel 1996, c'erano soltanto due case lungo quella strada breve e senza uscita: la nostra e quella dei Morning. Io e Benji potevamo andare dove ci pareva, correre senza sosta da una casa all'altra e sfidarci a partite di hockey su strada senza preoccuparci di venire interrotti dalle macchine. A quanto pare, a un certo punto un costruttore aveva comprato l'intero terreno con l'intenzione di costruire un quartiere residenziale, ma aveva dichiarato bancarotta dopo aver finito le prime due case scalcagnate.

Mentre rallentavo per evitare di far volare breccia dappertutto, notai che qualcuno aveva costruito un brutto chalet nella porzione di terreno più lontana. Il velo di nostalgia che mi aveva avvolto fino ad allora evaporò davanti allo sgradito avvertimento che non tutto era rimasto come lo ricordavo.

Per fortuna, non c'erano dubbi sulla presenza dei Morning: il loro nome era ancora sulla cassetta della posta, scritto con quelle lettere adesive nere e dorate che si comprano per meno di due dollari in ogni ferramenta. Con un piccolo sussulto, mi immisi nel lungo vialetto d'accesso.

La casa di legno giallo era proprio come me la ricordavo. Certo, le pareti erano sbiadite, la vernice un po' scrostata e il prato davanti era più selvaggio di quanto non ricordassi, ma considerato che erano passati vent'anni, era sorprendente vedere quanto poco fossero cambiate le cose.

C'erano due macchine lungo il vialetto. Parcheggiai la mia dietro una vecchia GMC Jimmy 4x4 argentata e una Jeep blu un po' più nuova e mi avviai a piedi verso la casa. L'aria fredda sembrava appesantita dall'odore di neve. Mi allacciai la giacca desiderando di aver portato con me dei vestiti più caldi. In fondo, però, non sarei rimasto a lungo.

La mia attenzione venne attratta dall'ampio garage per due macchine nascosto dietro la casa principale. Il padre di Benji lo aveva costruito per usarlo come officina l'anno prima della sua morte, prima ancora che noi ci trasferissimo in quella strada. A un certo punto durante la mia assenza, qualcuno aveva aggiunto delle finestre e una porta al secondo piano e un balcone accessibile tramite una scalinata esterna. Una catasta di legna ben organizzata copriva un intero lato del garage e il dolce odore di fumo che aleggiava nell'aria mi fece venire un nodo in gola che sapeva tanto di nostalgia.

Una volta raggiunta la porta di casa, suonai il campanello e rimasi in attesa. Malgrado il freddo, avevo le mani talmente sudate da doverle asciugare sui jeans.

Dopo qualche secondo, qualcuno aprì la porta interna e notai una faccia sospettosa che mi fissava. Un forte odore di fumo stagnante e sigarette cominciò a traspirare dalla retina della zanzariera.

Tentai di nascondere la mia sorpresa. Angela Morning aveva all'incirca l'età di mia madre, ma sembrava più vecchia di almeno dieci anni. Non l'avrei mai riconosciuta se non fosse stato per la spilletta che portava appuntata sul cardigan. C'era una foto stampata sopra e il viso familiare di una ragazza sorridente che mi guardava mi tolse il fiato.

«Sì?» chiese la signora Morning.

Mi risvegliai da quello stato di trance. «Signora Morning? Salve, dubito che possa ricordarsi di me, ma...»

«Oh, finalmente! Sapevo che sarebbe venuto,» disse una voce bassa e rauca da fumatrice accanita.

«Davvero?»

«Si accomodi.» Aprì la porta esterna e fece un passo indietro per permettermi di entrare. «Lavora per *Dateline?*»

«Come?»

«Per *48 Hours?*»

«No, per il *New York Journal,* ma...»

«Non l'ho mai sentito nominare.»

«Siamo una testata piccola, ma autorevole.» Come d'abitudine, tirai fuori uno dei biglietti da visita che tenevo sempre a portata di mano. «Ma signora Morning, io...» Le parole mi si disintegrarono in bocca quando la seguii in soggiorno. Mi sembrò di essere tornato indietro nel tempo. La stessa moquette beige a pelo corto, lo stesso divano imbottito di vellutino blu. Per un attimo mi aspettai di vedere un Benji dodicenne entrare di corsa in salotto e salutarmi. Anziché riempirmi di nostalgia, però, venni percorso da un fremito di disagio.

La mia attenzione si spostò sulla lunga parete che divideva il soggiorno dalla sala da pranzo e che era interamente coperta di fotografie, in un numero ancora maggiore rispetto a quello che ricordavo. Ce ne erano due o tre di Benji da bambino e i miei occhi esitarono per un momento su quelle immagini, e c'era una fotografia che ritraeva i signori Morning il giorno del loro matrimonio, l'unica foto che avessi mai visto di Samson Morning. La maggior parte delle fotografie, però, erano di Misty, la sorella di Benji. Misty che sorrideva da bambina. Misty adolescente, in posa di fronte alla macchina fotografica in quella sua maniera dolce e scontrosa che ricordavo bene; un corpo giovane e attraente, ma occhi freddi e duri che vi avvertivano di guardare e non toccare. Misty il giorno del diploma con la toga e il tocco, pronta a conquistare il mondo.

«È bellissima, vero?» mormorò la signora Morning alle mie spalle.

«Sì.» E così giovane. Molto più giovane di quanto non la ricordassi. Mi resi conto all'improvviso che Misty aveva soltanto diciassette anni l'ultima volta che l'avevo vista. Ovviamente lo sapevo, dopotutto Misty era la migliore amica di Janet, ma era sempre sembrata più matura, più grande. Misty Morning aveva vissuto tenendo testa e quel suo nome così evocativo. Da viva, almeno agli occhi del mio io tredicenne, era stata il pinnacolo della femminilità, un oggetto che incuteva allo stesso tempo desiderio e terrore. Gambe affusolate, un bel seno. Lunghi capelli fra il biondo e il ramato. Ed eccola qui, preservata in eterno nella sua giovinezza.

Un tempio. Non esisteva un'altra parola per descrivere quella stanza.

«All'epoca continuavano tutti a ripetermi che mi stavo preoccupando troppo, che stavo sprecando il loro tempo. Ma io lo sapevo. Una madre sa sempre certe cose.»

«Mi dispiace, ma cosa…» Quando mi girai, atterrai con gli occhi su una pila di volantini con la scritta "Scomparsa" sistemati sul tavolino da caffè. Somigliavano a quelli che avevo aiutato a distribuire in città nelle settimane successive alla fuga di Misty. Fu allora che capii. «Non è mai tornata a casa,» mormorai sconvolto. Erano passati vent'anni e la signora Morning stava ancora cercando sua figlia.

Le cose cominciarono ad avere senso. Da giornalista, avevo avuto l'opportunità di assistere a un buon numero di tragedie, ma non avevo mai provato nulla di tanto forte quanto la sensazione che mi investì in quel momento nel soggiorno della signora Morning. La tristezza era densa e palpabile come il fumo di sigaretta che aleggiava nella stanza. Avevo paura di aprire bocca e respirare.

«Faremo una manifestazione questo fine settimana. Speriamo di ricevere nuovi indizi per obbligare la polizia a fare qualcosa,» disse Angela. «Ecco, prenda una spilletta,» aggiunse frugando in una scatola appoggiata accanto ai volantini. Mi spinse in mano una spilletta simile a quella appuntata sul suo cardigan. «Il suo tempismo è perfetto, forse potrebbe inserire anche la manifestazione nel suo servizio.»

Servizio? «Signora Morning, credo ci sia…»

«La prego, mi chiami Angela. Mi lasci accendere il bollitore per fare un po' di tè.»

«No, signora…» Ma era già andata via prima che potessi dirle che ero andato lì soltanto per cercare Benji. Mi avviai verso la cucina con l'intenzione di chiarire quel fraintendimento, ma mi fermai alla vista dei giornali sparsi sul tavolo da pranzo. Qualcuno li aveva ritagliati per poterli incollare in una specie di album e il titolo dell'articolo più vicino a me diceva *Riaperto il caso della ragazza scomparsa*.

«È passato tutto questo tempo e Misty non si è mai fatta sentire?» osservai. «Com'è possibile?»

«Non lo sapeva?» mi chiese la signora Morning dalla cucina. Si era accesa una sigaretta e prima di continuare soffiò una scia di fumo dall'angolo della bocca. «Non le hanno spiegato? Ho sempre detto che Misty non era scappata di casa. Due pescatori hanno ritrovato la sua macchina vicino al lago MacFarlane una decina di giorni fa.»

Il lago MacFarlane? Si trovava soltanto a un'ottantina di chilometri da qui, nel centro della valle. L'intera area era un labirinto di laghi e terreni paludosi.

Un'immagine della Oldsmobile bianca di Misty simile a quella di una polaroid in fase di sviluppo cominciò lentamente a prendere forma nel mio cervello. Definirla un catorcio sarebbe stato generoso. Avevo perso il conto di tutte le volte in cui mio padre era venuto qui per cambiare parti e riparare tubi solo per farla continuare a camminare. Misty la guidava come se fosse una Jaguar e lei una principessa troppo in alto rispetto a tutti noi. Suppongo che da queste parti fosse proprio così.

«Le avevo comprato quella macchina proprio perché non facesse l'autostop, perché fosse al sicuro, non come tutte quelle altre ragazze,» disse la signora Morning con voce commossa. Ripensai immediatamente al cartellone lungo l'autostrada e sentii un brivido corrermi lungo la schiena. «Vent'anni e in tutto questo tempo è sempre stata così vicina.»

Il mio cuore si spezzò sentendo il dolore nella sua voce. «Signora Morning, mi dispiace tantissimo. Non ne avevo idea.» Un assordante senso di colpa mi strinse lo stomaco. Se fossi rimasto in contatto, lo avrei saputo.

«La mia bambina è ancora là fuori da qualche parte. Ha bisogno di me, ma da quando hanno trovato la macchina, la polizia si rifiuta di dirci qualcosa.»

Il giornalista dentro di me reagì subito a quelle parole. «Quindi non c'era alcuna traccia di Misty?»

«Hanno mandato dei sommozzatori nel lago, dei cani per fare ricerche nella palude, ma non hanno trovato nulla.» Spense la sigaretta in un posacenere già strapieno appoggiato sul tavolo. «Quando pensa di cominciare?»

«Mi scusi?»

«L'intervista. Quando arriverà la sua troupe? La dimostrazione ci sarà sabato. Sarebbe un ottimo modo per aprire il servizio, no? Cominceremo dalla caserma della polizia a cavallo e da lì ci sposteremo in macchina lungo l'autostrada 16 verso Prince George. Ho già una dozzina di macchine che parteciperanno al convoglio.»

Per la prima volta dal mio arrivo, le vidi delle fiamme negli occhi. Merda. Pensava che fossi lì per Misty. Non aveva idea di chi fossi davvero. «Signora Morning… Angela… non lavoro per la televisione.»

«Oh, capisco. Si tratta di un giornale di New York, vero?»

Sono io, Alex Colville. Un tempo mi sedevo a questo stesso tavolo per fare i compiti con Benji. Ma quelle parole non superarono le mie labbra.

Il nome sul mio biglietto da visita era Alex Buchanan, come il cognome del mio patrigno. Non avendomi già riconosciuto, le possibilità che mi ricollegasse ad Alex Colville, il migliore amico di suo figlio, erano davvero minime. Avevo lavorato sodo per liberarmi della mia vecchia immagine da ragazzino cicciottello e nerd. E poi Angela faceva turni di dodici ore in segheria e non passava mai molto tempo a casa e quando c'era, era sempre troppo impegnata per notarci.

Angela alzò le spalle. «Speravo nella televisione, ma immagino che dovrò accontentarmi.» Tirò fuori un pacchetto accartocciato di sigarette dalla tasca del cardigan e sospirò notando che era vuoto.

«No. Io non sono qui per…»

Il fischio del bollitore interruppe le mie parole e la signora Morning mi lasciò in soggiorno con la promessa di tornare subito.

E adesso? Tutto quello che volevo era sapere dove trovare Benji, ma più restavo lì senza farmi riconoscere, più le cose sarebbero diventate imbarazzanti. A meno che…a meno che non fossi riuscito a trovare un sistema per scoprire quello che volevo senza lasciarle capire chi fossi. Di colpo mi venne in mente un nuovo pensiero. E se Benji mi avesse odiato? Avevo promesso che gli avrei scritto e non lo avevo mai fatto. Se non avesse voluto vedermi mai più? Ero venuto qui d'istinto, senza pensare bene a quell'incontro.

Non mi dimenticherò di te, te lo prometto, gli avevo detto. Sapevo che si trattava solo di una bugia? La prima di tante bugie dette nel corso degli anni. Ed era quella che in questo momento rimpiangevo di più.

Sentii una porta sbattere da qualche parte in casa.

«Angela? Di chi è la macchina lungo il vialetto?» chiese una voce arrabbiata. «Mi ha bloccato.»

Sentii un tonfo allo stomaco. Non poteva essere.

«Si tratta di un giornalista,» rispose la signora Morning, «dicevi che non sarebbe venuto nessuno e invece, eccolo qui. Scriverà un articolo su Misty.»

«Col cavolo,» disse la voce che nel frattempo si era avvicinata.

Mi girai giusto in tempo per vedere l'uomo a cui apparteneva la voce arrivare di corsa dalla cucina.

Quel ciuffo di capelli ramati. La cicatrice che gli tagliava a metà il sopracciglio sinistro nel punto in cui lo avevo colpito con il bastone da hockey. Quegli incredibili occhi blu.

Benji.

Come ho già detto: indelebile.

CAPITOLO 2

È la penultima settimana di agosto e io e Benji siamo stanchi e bruciati dal sole dopo aver passato la giornata a esplorare i sentieri sul monte Roddick. La mia bici è tutta sporca di fango, ho il retro delle gambe coperto di punture di zanzara e le braccia di Benji sono tutte graffiate. Ma siamo felici. Torneremo presto a scuola a sopportare un nuovo anno di tormenti, ma abbiamo ancora qualche settimana per godere della nostra libertà. Ci fermiamo per riprendere fiato e dividere l'acqua che resta nella sua borraccia.

Gli occhi di Benji brillano di entusiasmo quando incrociano i miei e sento di nuovo quella stretta al cuore, quella che ha continuato a fare capolino per tutta l'estate.

Benji si tira la falda del cappello di paglia sugli occhi e gliene resta un altro pezzo fra le dita. Il cappello sta cadendo a pezzi e non gli sta mai fermo sulla testa, ma era di suo padre e così lo porta tutto il tempo anche se viene preso in giro. Qualche volta penso che sia coraggioso. Altre invece, che non verrebbe preso di mira così spesso se non si comportasse in un modo tanto strano.

Di fronte a noi, in mezzo all'erba alta, riusciamo a vedere l'autostrada e questo vuol dire che siamo piuttosto lontani da casa. Non vedo l'ora di mettere la testa sotto il tubo dell'acqua per rinfrescarmi, ma ho anche paura di tornare indietro. Con un po' di fortuna, papà sarà mezzo svenuto sulla sdraio in cortile quando mamma tornerà a casa, altrimenti cominceranno subito a litigare.

Lei e papà. Lei e Janet. Sembra che ultimamente tutti siano arrabbiati con tutti. Janet è stata in punizione per tutta l'estate, ha dovuto saltare il Ballo di Primavera e si è trasformata in una vera stronza.

«Vuoi fermarti al fiume per fare una nuotata prima di tornare a casa?» mi chiede Benji. È come se mi avesse letto nel pensiero e sapesse che cosa mi aspetta, e che farei qualsiasi cosa pur di restare ancora un po' lontano da casa.

«Sì, certo.»

Siamo quasi arrivati all'autostrada quando sentiamo il rombo gutturale di un motore e poi i raggi del sole rimbalzano sul finestrino di una macchina bianca che ci passa accanto.

«Non è la macchina di Misty quella?» gli chiedo.

«Vada via.»

La voce di Benji, calma ma ferma, mi fece ripiombare nel presente. Il cuore mi batteva all'impazzata e avevo in testa una miriade di pensieri confusi.

Non è cambiato…

È bellissimo…

Oddio, provo ancora quella stessa sensazione.

«Per favore,» aggiunse educatamente guardandomi con un movimento cauto della testa e uno sguardo pieno di sospetto in quei suoi occhi un tempo così fiduciosi. Nel corso degli anni, i suoi selvaggi capelli rossi si erano un po' calmati e si erano scuriti fino a prendere una ricca tonalità ramata. La barba tagliata corta, però, presentava ancora delle tracce più rossicce. Lo avrei riconosciuto dovunque. «Non abbiamo nulla da dirvi.»

«Io sì,» insistette Angela.

Benji si girò a guardarla. «Angela, sai benissimo che non farà alcuna differenza.»

La mia paralisi temporanea si sollevò e sentii sgonfiarsi la bolla di felicità che mi aveva riempito il petto. Neanche

Benji mi aveva riconosciuto. E perché avrebbe dovuto? Era passato tantissimo tempo. Dopo aver compiuto vent'anni, avevo eliminato gli occhiali da vista grazie a un intervento di correzione con il laser e lunghe ore passate in palestra avevano tenuto sotto controllo il mio fisico robusto. Persino i miei capelli si erano scuriti e il biondo giovanile si era trasformato in un castano ordinario che tenevo tagliato corto.

Sono io. Avrei voluto urlare.

Mi aveva dimenticato?

Sentii volto e collo diventare rossi. Dovevo dire qualcosa, ma avevo un enorme nodo in gola. Adesso che ero lì, che *Benji* era di fronte a me, il passato e il presente si stavano scontrando, mischiandosi come in una fotografia sovraesposta. Mi sentivo completamente sbilanciato.

Avevo aspettato troppo tempo. Benji e sua madre mi fissavano e venni preso dal panico. Dovevo assolutamente andarmene. «È vero,» dissi, «farei meglio ad andare via.»

Le spalle snelle di Benji si rilassarono un po'. Non gli era mai piaciuto litigare. «Grazie.»

Angela fece un piccolo urlo. «Ma ha fatto tutta questa strada…»

Avevo già cominciato a muovermi verso la porta. «Mi dispiace, signora Morning, non posso aiutarla.»

Senza girarmi, uscii correndo di casa e mi lanciai verso la mia macchina.

«Merda. Merda. Merda.» Accompagnai ogni imprecazione con una botta sul volante. Be', il mio piano si era rivoltato contro di me in modo davvero spettacolare. Cos'era successo lì dentro? Un minuto con Benji mi era bastato per cadere completamente a pezzi. Allungai le mani di fronte a me e le guardai senza riuscire a crederci. Tremavano.

Per un attimo, mi sembrò di avere di nuovo tredici anni: ero appena scappato di corsa da quella stessa casa, con la bocca secca e il cuore impazzito, perché il mio migliore amico mi aveva appena baciato gettando la mia vita nel caos. Con il passare del tempo, ero riuscito a convincermi che in fondo non era successo niente, ma a giudicare dalla mia reazione, mi ero sbagliato. Benji voleva ancora dire casa per me, più di qualunque altra persona avessi mai conosciuto. Quel sentimento mi aveva fatto paura venti anni fa, mi aveva spaventato così tanto che avevo finito per tagliare Ben fuori dalla mia vita. E adesso quel sentimento era ritornato.

Un'ondata di nausea mi risalì lungo l'esofago e mi gettai in bocca l'ultima pillola di antiacido che riuscì a malapena a soffocare le fiamme che mi attanagliavano lo stomaco.

Sentii sbattere una porta e alzai gli occhi. Benji era emerso dalla casa avvolto in un parka color cachi. Si muoveva con grazia, le sue gambe lunghe divoravano il terreno mentre si avvicinava alla sua Jimmy parcheggiata di fronte a me. Il mio cuore cominciò ad accelerare. Benji fece una smorfia vedendo la mia Explorer.

Sarei voluto andare da lui. Prenderlo fra le braccia, stringerlo a me, per mettere il passato alle spalle e provare di nuovo quel legame che avevamo avuto un tempo. Quel senso di calore e soddisfazione che veniva dal sapere che c'era qualcuno al mondo che mi capiva. Non avevo mai provato quelle cose se non con Benji: né con la mia ex moglie e né con gli amanti, uomini e donne, che avevo avuto nel corso degli anni.

Uscii dalla macchina stringendo la portiera per sostenermi.

«Voleva qualcosa?» mi chiese. Il suo tono era perlopiù curioso, ma anche attraversato da una nota di trepidazione.

«Io … mi dispiace per Misty.»

«Davvero? E perché?»

«Perché?» ripetei, sorpreso dalla sua freddezza.

«Misty non significa nulla per lei. Capisco che stia soltanto facendo il suo lavoro, ma riportare a galla questa storia non è che una perdita di tempo.»

«Ma sua madre non merita di sapere? Di scoprire la verità su quello che è successo a sua figlia?»

Persino da dove mi trovavo, notai la sua mascella serrarsi al di sotto della barba. Benji fece un passo verso di me e io ne feci uno indietro senza rendermene conto. «Quello che merita, quello che meritiamo *tutti*, è di andare avanti con le nostre vite. Sono passati vent'anni. Misty non c'è più.»

Il suo tono, piatto, neutrale, senza vita, mi fece sussultare. Era raggelante sentirlo arrivare dal ragazzino sensibile che ricordavo. «È terribile dire una cosa del genere su sua sorella.»

Ben aveva sempre avuto una maniera molto intensa di fissare le persone. Da ragazzino, i suoi occhi erano stati troppo grandi e profondi per il suo volto e gli avevano dato un'aria un po' stupefatta, come se fosse sempre sorpreso per qualcosa. A volte era un po' sconcertante guardarlo e più di una volta avevo pensato che riuscisse a vedermi fin nel profondo dell'anima.

Adesso, le sue fattezze da uomo adulto erano perfettamente proporzionate, ma sembrava che non volesse guardarmi negli occhi. «Si guardi intorno,» disse facendo un cenno con la testa in direzione del monte Roddick, «ci sono voluti tutti questi anni perché venisse trovata la sua macchina. Siamo circondati da terre selvagge, da laghi, paludi e fiumi. Ammesso che sia ancora là fuori, pensa davvero che sia rimasto qualcosa da trovare?»

«E così lei pensa che sia morta, non che abbia mollato la macchina e che non voglia essere ritrovata.»

«Lei non conosce mia sorella. Non sarebbe mai scomparsa così in silenzio. È ovvio che è morta. Se non qui, allora in qualche città a caso. Anche Angela lo sa e assecondare questa... questa ossessione come potrebbe aiutare? Lei non è il primo giornalista a venire qui, sa. Non fate che riportare a galla vecchie storie, scrivere un articolo da due soldi e andare via. Io invece resto qui a tenere insieme i pezzi.» Mi guardò per un attimo prima di distogliere nuovamente lo sguardo ed ebbi l'impressione che fosse sul punto di mettersi a piangere.

«Ben...»

«Le dispiace?» disse di scatto. «Arriverò tardi in classe.» Si girò di colpo avviandosi di nuovo verso la sua macchina. Il motore prese vita e le luci posteriori brillarono come un paio di occhi furiosi mentre il veicolo faceva marcia indietro.

Mi tirai indietro con la macchina lungo il viale di accesso, con la Jimmy così vicina al mio paraurti anteriore che ebbi paura di fermarmi a controllare la mia vecchia casa dall'altra parte della strada. Girandomi, notai un rivestimento marrone attraverso le piante che circondavano la proprietà e una cassetta delle lettere in fondo al vialetto, ma Benji era sempre lì, impaziente, e mi costrinse a ritornare da dove ero venuto. La macchina di Benji mi seguì lungo North Star Lane fino all'autostrada 16 dove girammo in direzioni opposte.

Con il cuore in pena, lo osservai scomparire verso l'orizzonte nel mio specchietto retrovisore, nello stesso modo in cui ero scomparso io vent'anni prima.

Guidai fino a Smithers in uno stato di trance.

Quando incrociai un altro cartellone dipinto a mano, stavolta con un avvertimento in grosse lettere nere che diceva *Ragazze, non fate l'autostop* e subito sotto tre fotografie e la parola *Scomparse*, feci un respiro profondo e accelerai come se potessi lasciare alle spalle quella presenza malevola che mi aveva preso di colpo fra le sue grinfie. Che diavolo? Quei cartelloni erano sempre stati lì? Non riuscivo a ricordarmelo e poi gli adolescenti si sentono invincibili, no? E sono notoriamente egocentrici.

Dopo aver preso possesso della stanza che avevo prenotato in un motel in periferia, la differenza di fuso orario cominciò a farsi sentire. Janet non mi aveva invitato a stare da lei e io non glielo avevo chiesto anche se sarebbe stato di certo più economico. Non eravamo mai stati molto uniti e ormai eravamo diventati poco più che estranei e non avevo alcun desiderio di passare insieme a lei più tempo del necessario. E poi in questo modo, se le cose fossero diventate davvero intollerabili, sarei potuto scappare.

Con la fine della stagione della caccia e della pesca e l'inizio della stagione sciistica non ancora arrivato, avevo avuto la fortuna di riuscire a prenotare il posto più economico in cui stare che non fosse troppo lontano dall'ospedale. Mi sarebbe comunque costato ottantanove dollari a notte per una stanza che sembrava non essere stata rimodernata sin da prima della mia nascita. Almeno era pulita, la connessione internet era gratis e c'era un angolo cucina con un piccolo frigorifero e un forno a microonde. Proprio accanto all'ufficio del motel c'erano un ristorante cinese e un negozio di liquori. Cosa desiderare di più?

Mandai un messaggio a Janet per dirle che ero arrivato. Ci saremmo incontrati in ospedale subito dopo la fine del suo turno di lavoro al concessionario della Toyota in città. Sarei anche potuto andare senza di lei, ma in tutta onestà, avevo bisogno di un cuscinetto. Non mi sarei neanche trovato qui se non fosse stato per lei.

Avendo qualche ora a disposizione, feci una lunga doccia e mi distesi sul letto per un breve riposo. La mia mente continuava a tornare a Ben e Misty e a mio padre, e all'ultima volta in cui lo avevo visto. Malgrado i miei dubbi sul riuscire ad addormentarmi, il ronzio delle macchine lungo l'autostrada fuori dalla mia stanza cominciò a cullarmi e mi appisolai appena messa la testa sul cuscino.

Quando riaprii gli occhi, la stanza si stava facendo buia. Avevo dormito per quasi tutto il pomeriggio e mi trovai costretto ad affrettarmi per incontrare Janet in tempo.

Il Bulkley Valley a Smithers era l'unico ospedale della regione. Era piccolo e, rispetto agli affollati e rumorosi ospedali di New York, stranamente tranquillo. Aveva solo tre piani e sarebbe stato impossibile perdermi anche se ci avessi provato, ma la pensionata che faceva la volontaria al banco accettazione mi spiegò come trovare la camera di mio padre prima ancora che finissi di dirgli il suo nome. «Devi essere il fratello di Janet,» disse sorridendo, «sono davvero felice che tu sia riuscito ad arrivare.»

Ecco, quello era esattamente il motivo per cui odiavo le piccole città.

Sentii lo stomaco stringersi mentre navigavo il labirinto di corridoi. Cosa avrei detto? Cosa avrebbe detto *lui*? Erano più di dieci anni che non ci vedevamo, dall'estate in cui avevo cominciato il corso di giornalismo all'università della Columbia Britannica. Era stato un weekend pieno di tensione ed eravamo annegati entrambi in un ostinato silenzio, del tutto incapaci di parlarci.

Da allora non era cambiato nulla.

La porta della stanza 204 era aperta. Feci un respiro profondo ed entrai prima di tirarmi indietro orripilato.

Cristo santo. Mi portai una mano alla bocca.

Doveva essere un errore. La signora all'ingresso doveva avermi mandato nella stanza sbagliata. Non ero neanche sicuro che quella cosa ingiallita nel letto fosse un *uomo*, figuriamoci mio padre. Nonostante tutto, superato lo choc iniziale, mi azzardai a fare un altro passo.

L'uomo di fronte a me non era che un guscio, rinsecchito e vuoto. Non avevo mai visto una persona così svuotata, anche se lo stomaco tendeva con il suo gonfiore le lenzuola, come uno di quei bambini malnutriti che si vedono nelle pubblicità dell'Unicef. Un'ondata di bile mi risalì lungo la gola.

I suoi occhi chiusi erano affossati nelle orbite, ma si muovevano al di sotto della pelle trasparente delle palpebre come se stessero combattendo nel sonno contro mostruose creature. Le dita tiravano incessantemente le lenzuola e ogni pochi secondi le labbra, screpolate e rattrappite, si contraevano.

Trattenni il respiro.

Di colpo, non riuscii a sopportare il pensiero che quegli occhi potessero aprirsi. Scappai dalla stanza e in corridoio andai a sbattere contro Janet. Le mie mani volarono d'istinto sulle sue spalle. «Janet!» La lasciai subito andare.

«Sandy, sei già qui.»

Digrignai i denti sentendo quel vecchio vezzeggiativo. Era un diminutivo di Alexander e un retaggio delle origini scozzesi di mio padre, ma nessuno lo aveva mai saputo. Da ragazzino, ero stato preso in giro senza pietà. Janet era l'unica persona che insisteva a usarlo, probabilmente perché sapeva che mi dava fastidio.

Non ci abbracciammo, ma restammo fermi a disagio mentre lei lanciava un'occhiata dietro le mie spalle. «Non è un bel vedere, eh? Avrei voluto essere qui per avvertirti.»

«Non è… non può essere lui.»

Le guance di Janet erano tutte rosa, immaginai che fosse a causa del freddo. Poi sentii l'odore di collutorio nel suo alito e capii che aveva bevuto. Lo aveva sempre nascosto bene, ma quando si è cresciuti con un alcolizzato in casa, i loro trucchi diventano facili da scoprire. Non la vedevo dal Natale di quattro anni prima quando ci eravamo incontrati a Seattle con mamma e Dan. Non era stato un Natale da famiglia felice e il giorno dopo eravamo andati tutti per la nostra strada, come scarafaggi che scappano alla ricerca di un nascondiglio.

Janet fece una piccola smorfia davanti al mio sguardo indagatore. «È lui, ma non mi sorprende che tu non lo abbia riconosciuto. Quando ti sei preoccupato di venire a trovarlo per l'ultima volta? Ah, già, mai.»

«È una strada a due sensi, Janet.»

«Certo, perché papà poteva permettersi di prendere un aereo fino a New York. Sei tu, Sandy, che ci hai tagliati fuori dalla tua vita.»

Reagii con una smorfia. Doveva essere un record persino per noi. Cinque minuti passati insieme e stavamo già litigando su chi fosse il cattivo della situazione. Andava sempre così. Janet che difendeva papà e io che difendevo mamma. Ripetevamo la stessa scena ogni volta che ci incontravamo ed era stato quello il motivo dietro al miserabile Natale passato insieme a Seattle. «Dobbiamo fare così per forza? Non sono venuto fin qui per litigare.»

Janet spinse le mani nelle tasche della giacca di pile con il logo della Toyota ricamato sul seno sinistro e strinse le labbra. Mia sorella aveva quasi cinque anni più di me e la differenza d'età aveva fatto sì che crescendo avessimo molto poco a che fare l'uno con l'altra. Per essere una donna che non aveva ancora compiuto quarant'anni, non era invecchiata bene. I suoi capelli castani lisci erano striati di grigio e la coda di cavallo in cui li teneva legati non le donava affatto. Rispetto a Misty, Janet era sempre apparsa insignificante e non si trattava soltanto dell'impressione di un fratello. Aveva ereditato i tratti decisi di nostro padre che funzionavano su di lui, mia madre diceva di essersi innamorata proprio di quella sua bellezza disinvolta, ma non si addicevano alla povera Janet.

«Gesù,» mi passai le mani sul volto e tornai a girarmi verso la stanza di papà, «com'è successo?»

Janet mi fulminò con lo sguardo. «Tu che pensi? Ha una cirrosi epatica.»

«Cirrosi,» feci una smorfia sentendomi un vero stronzo per non averle neanche chiesto della malattia di papà quando mi aveva telefonato. Sapevo che si trattava di una malattia che veniva agli alcolizzati, ma non avevo mai immaginato che riducesse così le persone. Pensai che vedere una cosa del genere mi sarebbe quasi bastata per smettere di bere per sempre. «Non sapevo che stesse *così* male...»

Jerry Colville era sempre stato quello che la gente definisce educatamente un bevitore sociale, ma intorno al periodo in cui era stato licenziato, il suo modo di bere era cambiato, si era fatto più serio e lui aveva attraversato la sottile linea che lo divideva dall'essere un vero e proprio alcolizzato. Non avevo mai saputo se fosse stato l'alcol a uccidere il matrimonio dei miei genitori o se i loro problemi avessero incoraggiato il bere. A ogni modo, il suo vizio non aveva fatto che peggiorare. «L'ultima volta che abbiamo parlato, stava bene. Mi ha detto che aveva un lavoro part-time per la consegna settimanale di volantini.»

Janet arricciò le labbra. «Ha perso quel lavoro mesi fa, insieme alla patente di guida,» scosse la testa, «Dio santo, devono essere passati almeno sette mesi.»

Feci una smorfia. Mi sembrava di avergli parlato il giorno della Festa del Papà, come al solito, ma forse la memoria mi ingannava. «Come mai… come mai è ridotto in quel modo?» Feci un gesto con la mano verso di lui.

«Gonfio? È tutto il fluido che si raccoglie nell'addome. Il suo fegato sta smettendo di funzionare,» mormorò. Stavamo entrambi parlando sottovoce, come se papà potesse sentirci.

«Non possono fare qualcosa? Un trapianto?»

Janet scosse la testa. «È troppo tardi. La cirrosi gli è stata diagnosticata tre anni fa. Gli hanno detto che doveva smettere di bere, ma lui ha continuato.»

«E tu glielo hai permesso?»

«Non lo sapevo, Sandy.» Si asciugò gli occhi con una manica e poi tirò fuori un fazzoletto logoro per soffiarsi il naso.

Avrei voluto essere di più come Janet, ma tutto quello che provavo era una specie di distaccata compassione. In un certo senso, quell'uomo era un estraneo per me.

Mi ricordavo di aver vissuto in una famiglia normale e felice per la maggior parte della mia infanzia, naturalmente all'epoca non ero che un bambino e tutto sembrava molto più facile, ma avevamo vissuto dei momenti felici insieme. C'erano state feste di Natale e compleanni e di tanto in tanto viaggi per andare a pesca o in campeggio. Benji ci accompagnava spesso, visto che mia madre era sempre dispiaciuta per lui e per tutto il tempo che passava da solo.

Non ricordavo bene quando fossero cambiate le cose. Forse intorno al 1992, quando la miniera in cui lavorava papà aveva chiuso. Si occupava della manutenzione dei macchinari per la Europa, una miniera d'argento a sud ovest di Alton, il che voleva dire che, dopo essere salito sull'autobus della ditta, restava via di casa per una settimana alla volta.

Dopo il licenziamento, il suo bere era passato da una lattina di birra con la cena, a tre. Oltre ovviamente a quelle che beveva mentre noi eravamo a scuola. Di tanto in tanto, trovava qualche lavoro da manovale, ma non erano mai abbastanza e mamma era stata costretta a trovare un lavoro come segretaria per il municipio. Era diventata l'unica persona che portava soldi a casa. Le gite per andare in campeggio erano finite ed erano state sostituite da silenzi tesi e poi da urla dietro porte chiuse. Alla fine, era arrivato il nostro trasferimento a Seattle per andare a stare con mia nonna e poi il divorzio.

Daniel Buchanan, l'uomo che mia madre aveva sposato un anno dopo esserci trasferiti a Seattle, era stato il mio vero padre. Era stato Dan a starmi accanto durante un'adolescenza tumultuosa, che mi aveva rimproverato quando mi comportavo da idiota, che mi aveva insegnato a guidare una macchina con il cambio manuale, che mi aveva comprato la prima confezione di preservativi e mi aveva guardato pieno di orgoglio durante la cerimonia di laurea. E io ero stato orgoglioso di prendere il suo nome.

«Hai parlato con mamma di recente?» mi chiese Janet.

«Sì, le ho fatto sapere che sarei venuto qui.»

«Si è rifiutata di venire.»

«Lo so, ma non puoi biasimarla. Hanno divorziato quasi vent'anni fa.»

Papà mormorò qualcosa nel sonno, ma con una voce talmente bassa da risultare incomprensibile. Si era mosso sul cuscino e delle ciocche lunghe e oleose di capelli si erano sparse intorno alla sua testa come tentacoli. Feci un cauto passo dentro la stanza lasciando Janet a esitare sulla soglia. «Da quanto tempo sta così?» le chiesi.

«È svenuto una settimana fa. I dottori hanno detto che non c'è più nulla da fare.» Indicò i macchinari che circondavano il letto. «Questi sono soltanto palliativi.»

«Mi hai detto che voleva vedermi. È cosciente almeno?»

«A volte è lucido, altre dice cose senza senso. Il fegato non riesce più a filtrare le tossine che si stanno insinuando lentamente nel suo cervello. Dorme la maggior parte del tempo. Lo tengono sedato. Per il dolore.» Si strinse le braccia intorno al corpo.

Un'infermiera con una casacca viola si fermò fuori dalla porta per salutare Janet. Doveva avere all'incirca trent'anni, la persona più giovane che avessi visto in ospedale fino a quel momento ed era carina come una ragazza della porta accanto. «Immaginavo che ti avrei trovato qui,» le disse con un sorriso gentile, «Jerry è stato molto inquieto oggi. Abbiamo dovuto aumentare la dose di morfina. Non credo che sarà in grado di parlare per adesso.»

«Va bene. Questo è mio fratello Sandy.»

«Alex,» la corressi.

L'infermiera, *Katy,* diceva la sua targhetta, mi guardò in un modo che mi fece riflettere su quanto potesse averle detto Janet di me. «Lieta di conoscerti,» disse alla fine. «Mi dispiace che sia in circostanze del genere.»

«Sappiamo quanto tempo gli resta?» chiesi.

Janet fece un verso. «Perché? Hai qualche posto migliore dove andare? Mi dispiace se ti stiamo dando fastidio. Avevo dimenticato quanto fossi egocentrico. Non pensi ad altri che a te stesso.»

«Sto solo cercando di essere pratico, Jan.» Avevo lasciato aperta la data del volo di ritorno, ma non volevo tirare le cose per le lunghe qui, a meno che non fossi stato obbligato.

Katy ci guardò a turno. «Una settimana? Forse meno,» mi informò. «Il dottor Pleasanton è passato questa mattina. Non possiamo più drenare il liquido, il suo fegato è talmente gonfio da non lasciare spazio per fare il drenaggio. Temo non ci sia molto altro da fare a questo punto a parte dargli un po' di conforto.» Mi appoggiò con gentilezza una mano sul braccio e strinse per un attimo. I suoi occhi incontrarono i miei e sentii una piacevole sensazione raggiungermi l'inguine. «Sarò qui in giro se avrete bisogno di me.»

La osservai uscire dalla stanza e quando mi girai, Janet mi lanciò uno sguardo di rimprovero.

«Che c'è?» chiesi innocentemente.

Un lamento dal letto attirò la mia attenzione. «Non si può…» La voce di papà era troppo debole per capire cosa stesse dicendo. Un altro borbottio. «… trovarla.»

«Che c'è, papà?» chiese Janet. «Vuoi qualche pezzetto di ghiaccio?»

«Non sta dicendo quello.» Mi avvicinai per sentire meglio.

«Non volevo…» mormorò papà colpendomi sul volto con il suo fiato stantio. «Misty.»

La temperatura nella stanza doveva essere scesa di una dozzina di gradi perché di colpo sentii della pelle d'oca lungo le braccia. Venni percorso da un brivido. *Misty.* «Hai sentito?»

«Sentito cosa?» Janet mi apparve accanto.

«Ha detto "Misty".»

«Cioè?»

«Il nome, Janet. Misty Morning.»

Janet impallidì. «Ne sei sicuro? Devi aver sentito male. Perché avrebbe dovuto dire una cosa del genere?»

«Non lo so.» Papà si era di nuovo tranquillizzato ed era ricaduto in un sonno agitato. Avevo davvero sentito quel nome? O semplicemente non riuscivo a togliermi i Morning dalla testa? «Te la ricordi, no?»

Janet si irrigidì. «Ovvio. Era la mia migliore amica.»

«Sapevi che hanno trovato la sua macchina? Vicino al lago MacFarlane. Non è vicino al posto in cui andavamo in campeggio?»

«L'ho sentito.» Una ciocca di capelli flosci le era sfuggita dalla coda di cavallo e quando Janet se la sistemò dietro l'orecchio, notai che le sue unghie erano corte e rovinate, circondate da pelle coperta di croste per i troppi morsi.

«Ho sempre creduto che fosse scappata,» dissi. «Io e Benji l'avevamo *vista* proprio quel giorno.» Anzi, eravamo stati gli *ultimi* a vederla. «Ma adesso...»

«Forse anche papà sa della macchina,» osservò Janet con una smorfia sul volto, «magari lo ha sentito da qualche parte.»

«Immagino di sì.»

«Probabilmente stava delirando. La metà del tempo non sa quel che dice. Non ci penserei troppo.» Sistemò le lenzuola che papà aveva spostato e gliele infilò sotto le braccia. «Hai un posto dove stare?»

«Ho preso una stanza al Summit View.»

Annuì, chiaramente sollevata. «Bene. Bene. Ho solo una camera da letto a casa e dovrei...»

«Non fa niente, Janet. Non voglio dare fastidio a te e Bruce.»

Fece un sussulto. «Io e Bruce abbiamo divorziato. La scorsa primavera.»

«Oh, mi dispiace, non lo sapevo.» Chiaramente, erano molte le cose di cui non ero a conoscenza.

Janet scrollò le spalle.

Abbassai la voce e diedi le spalle al letto. «Non dovremmo fare dei preparativi o cose del genere?»

«È tutto fatto. Verrà cremato e non ci sarà alcun funerale.»

Feci una silenziosa preghiera di ringraziamento. Un conto era trovarsi lì, un altro doversi occupare dei dettagli per il *dopo*. E Janet di certo sapeva meglio di me quali fossero gli ultimi voleri di papà.

«Ma posso … posso chiederti di fare una cosa?» mi disse Janet smangiucchiandosi il labbro inferiore.

Che altro c'era adesso? «Che cosa?»

«Potresti cominciare a impacchettare le sue cose? Phil è stato molto gentile e mi ha lasciato andare via durante le pause, ma non posso prendermi altro tempo libero. E non sono …» aggiunse con voce spezzata, «non credo di farcela.»

Grazie mille, Janet. Deglutii a forza. Almeno mi avrebbe dato un modo per tenermi occupato. «Sì, certo.»

Diedi un altro sguardo incerto a papà.

In che cosa ero andato a infilarmi?

Capitolo 3

Quella notte sognai Benji.

È la fine di ottobre e il sole delle prime ore del mattino, come succede in questo periodo dell'anno, ha appena iniziato ad alzarsi all'orizzonte. Osservo il mio io tredicenne correre senza fiato verso la casa dei Morning mentre mia madre e Janet salgono sul furgone del trasloco.

Non c'è nessuna zucca sui gradini di casa dei Morning quest'anno, come non c'è alcuna zucca davanti casa mia. Certo, le nostre sono le uniche case in questa strada e nessuno vieni qui a fare dolcetto o scherzetto, ma io e Benji abbiamo sempre intagliato le zucche e fatto a gara per vedere quale fosse la migliore. Vince sempre lui.

Quando busso, non mi risponde nessuno, anche se riesco a vedere la signora Morning seduta vicino alla finestra. La porta non è chiusa a chiave e così entro come ho fatto tante altre volte. Di solito la signora Morning è truccata per le telecamere, ma oggi è in vestaglia.

Da quando Misty è scappata, sua madre è già stata tre volte in televisione. È una vera e propria celebrità, dice mia madre, ma non penso che sia un complimento. A scuola, prendono in giro Benji per questo, e anche per Misty e per come in questo momento sarà a Prince George a fare pompini per comprarsi della droga.

«Buongiorno, signora Morning. Benji si è già alzato?» Sono passati più di due mesi ormai e non so ancora che cosa dirle.

«Come?» Mi guarda, ma sembra non vedermi davvero. Mi fa venire i brividi. «Vai pure.» Mi fa cenno di entrare e io parto di corsa lungo il corridoio, supero la stanza vuota di Misty e arrivo a quella di Benji. La porta è chiusa, ma la apro ed entro con sicurezza, un po' arrabbiato che mi abbia costretto a venire fino a qui.

Lo trovo disteso a faccia in giù sul letto, ma sopra le coperte e quando entro si alza di colpo asciugandosi il viso. Ma è inutile. Lo vedo subito che ha pianto, i suoi occhi enormi sono gonfi e cerchiati di rosso.

Mi fissa senza parlare e io non so che dire, anche se ci sarebbero davvero tante cose di cui discutere. Diglielo, mi esorta il mio io adulto, l'io addormentato. Digli quello che provi.

Ma ovviamente non dico nulla. Invece, mi viene in mente una delle ultime cose che mi ha detto Misty: «Che diavolo fate insieme tutto il tempo, eh? Giocherellate con i vostri pisellini?»

La mia rabbia scompare. «Non sei venuto a salutarmi,» dico di botto e, oh no, sento uscirmi un singhiozzo dal petto.

Benji scuote la testa e i suoi selvaggi ricci rossi si muovono come la parrucca di un clown. «Non voglio.»

«Mamma dice che sarà solo per qualche mese, fino a che papà non starà meglio. Probabilmente torneremo già per Natale, al massimo a primavera. Quindi comincia a fare i piani per il forte di cui abbiamo parlato.»

«Lo pensi davvero?» Scende dal letto con occhi più luminosi. Abbiamo deciso di costruire una tenda indiana la prossima estate per poter passare del tempo nel nostro posto preferito anche quando piove e Ben ha già disegnato dei piani per come dovrà essere. Ha fatto delle ricerche in biblioteca per essere sicuro di non sbagliare.

«Sì,» rispondo, anche se abbiamo impacchettato tutte le nostre cose e così non sono sicuro al cento per cento. Sto cercando di comportarmi da adulto, ma quando Benji mi abbraccia, forte, è come ritrovarsi avvolto in una coperta calda da cui non voglio uscire mai più. «Ti scriverò. Ehi, se la scuola dovesse prendere un computer, potremo usare la posta elettronica. Ma stai lontano da Amy,» lo avverto, «è mia.»

Benji sorride tristemente. Non ne parliamo mai, ma non c'è bisogno di dirgli di stare lontano dalle ragazze. «Non sei riuscito a baciarla come volevi fare,» mi dice.

Alzo le spalle come se non fosse nulla di importante. «Ci saranno altre ragazze da baciare a Seattle, ragazze di città,» aggiungo. Lo sanno tutti che le ragazze di città sono facili.

Sento suonare il clacson. Mi allontano da Benji e alzo la tenda alla finestra. Il furgone è fermo in mezzo alla nostra strada senza uscita. Mi sento un buco nel petto che diventa più grande ogni minuto che passa.

«Devo andare.»

«Non dimenticarti di me, okay?» mormora.

«Non lo farò.»

«Dillo.»

«Non ti dimenticherò, te lo prometto.»

Prima di capire cosa stia succedendo, Benji si china verso di me e mi bacia. Le sue labbra sono soffici, soffici come quelle di una ragazza, anche se non lo so ancora con certezza, non ho mai baciato una ragazza finora. La sensazione non è affatto male, anzi, è davvero perfetta. Sento le labbra formicolarmi e sono tentato dall'idea di aprire un po' la bocca, come fanno le persone che si baciano nei film.

Finisce tutto troppo in fretta. Quel clacson impaziente ci fa separare.

La mia faccia è in fiamme e devo uscire da qui prima di scoppiare a piangere, ma è troppo tardi. Mentre corro fuori dalla *porta d'ingresso e lungo il vialetto, sento del sale sulle labbra. Le labbra che Benji ha appena baciato.*

Mamma non dice nulla quando salto nella cabina del furgone. Janet fa un verso di protesta quando la spingo verso la metà del sedile. Mi giro per l'ultima volta e vedo Benji immobile sul prato con le braccia strette intorno al corpo. E poi partono le campane.

No, non campane. Un telefono. Il telefono di qualcuno che stava squillando.

Aprii gli occhi e mi trovai davanti delle scie di luce che penetravano attraverso le fessure delle tende scozzesi. Mi ci volle un secondo per ricordarmi dove fossi e perché. Fuori dalla porta, la voce di un uomo al telefono passò davanti alla mia stanza.

Il cuscino era umido e quando mi toccai il volto trovai la pelle delle guance dura e vagamente incrostata. Avevo pianto nel sonno? Per uno stupido sogno?

Ma era sembrato così reale.

Ben ripensava mai a quel giorno? Come se lo ricordava? Lo aveva spaventato così come aveva spaventato me? Non era stato il bacio in sé, già da qualche mese sapevo cosa provava Benji nei miei confronti anche se non capivo bene cosa volesse dire, ma era stato piuttosto il suo potere inaspettato. A tredici anni, quelle emozioni erano state troppo sconvolgenti da gestire. E così, avevo deciso di non farlo.

Il sogno mi rimase addosso mentre facevo la doccia e mi vestivo. Cominciò a recedere solo quando, dopo una veloce colazione in un fast-food, entrai di nuovo sull'autostrada, accumulando chilometri nella macchina a noleggio mentre mi dirigevo verso l'abitazione di mio padre ad Alton.

Dopo il nostro trasferimento a Seattle, quando era diventato chiaro che non saremmo mai più tornati, la casa su North Star Lane era stata messa in vendita. Papà aveva girato un po' per la provincia in cerca di lavoro e più o meno nello stesso momento in cui il divorzio era stato finalizzato, si era sistemato ad Alton. O almeno, questo era quello che ci aveva raccontato mia madre. Papà non era mai stato bravo a tenersi in contatto e non avevamo ricevuto neanche una cartolina da lui. Per me aveva sempre voluto dire che aveva scelto di stare qui, nel mezzo del nulla, dove non aveva un lavoro fisso o legami con la comunità. Avrebbe potuto andare ovunque. Si sarebbe potuto trasferire più vicino ai suoi figli, ma non lo aveva fatto.

L'autostrada oggi era più trafficata; rimasi bloccato dietro a dei camion che trasportavano legna e fui costretto a tenermi il più lontano possibile per evitare la pioggia di terriccio e pezzi di corteccia che finiva contro il mio lunotto anteriore. Questa volta, i cartelloni lungo l'autostrada sembrarono meno scioccanti, ma mi fecero comunque venire i brividi.

È buffo come le proprie percezioni cambino crescendo. La gente spesso parla della propria infanzia come di un tempo più innocente, ed è vero o almeno, è quello che sembra. A quel tempo, non avevamo alcuna percezione del pericolo: di orsi e lupi, di fare l'autostop oppure di perderci. E quelli erano ancora i giorni prima dell'arrivo dei cellulari. Quando ripensai al fatto che io e Benji non avevamo altro con noi che un paio di walkie talkie che a volte non funzionavano quando finivamo fuori portata, venni percorso da un brivido. Oltre alle radiotrasmittenti, eravamo completamente soli. Ed era una cosa che ci piaceva da matti. Si trasformava tutto in un'avventura.

Per il suo nono compleanno, avevo regalato a Benji una bussola e da quel momento, avevamo passato ogni attimo libero a esplorare sentieri dimenticati o a crearne di nuovi, qualche volta a piedi, ma ancora più spesso in bicicletta. Inventavamo storie su minatori pazzi che cercavamo le loro vittime nei boschi e gareggiavamo per vedere chi fosse l'esploratore più bravo.

I ragazzi facevano ancora cose del genere? Scorrazzavano in giro in totale libertà? Non se ne stavano tutto il tempo chiusi in camera con i videogiochi e a mandarsi messaggi osceni?

Mentre guidavo, osservavo il bordo dell'autostrada, alla ricerca di punti di riferimento familiari o di qualche traccia delle nostre vecchie avventure. Da qualche parte là fuori, sul versante orientale del monte Roddick, sepolto sotto un abete rosso di oltre trenta metri accanto a una cascata segreta, c'era un portapranzo di metallo che conteneva tutti i tesori della nostra infanzia: un penny coniato l'anno della mia nascita, un disegno di Benji, i biglietti di *Scemo e più scemo*, il primo film che avevamo potuto vedere da soli nel vecchio cinema in città. Probabilmente c'erano anche altre cose, ma non mi ricordavo cosa fossero. Cose sciocche. Cose insignificanti.

La nostra scatola era arrugginita fino a scomparire? Benji l'aveva mai recuperata?

Mi sforzai di ignorare la svolta che portava a casa dei Morning, anche se la tentazione di girare fu fortissima, e continuai superando la stazione dei vigili del fuoco volontari e l'edificio che ospitava sia la scuola elementare che le superiori per arrivare nel centro di Alton. Fino a quando non avessi imparato a gestire l'effetto che Ben aveva su di me, sarebbe stato meglio lasciare il passato al passato.

Mentre guidavo lungo la via principale, mi parve che i negozi aperti si alternassero alle vetrine coperte di vernice o fogli di giornale. Abbondavano i cartelli d'affitto ed era palpabile un'aria generale di decadimento. Soltanto il Taylor's Market, l'unico supermercato della città, sembrava affollato.

Il parcheggio per case mobili Rainbow Mobile Home Park si trovava nella zona a sud-est della città. Controllai l'indirizzo che mi aveva dato Janet e parcheggiai accanto a una vecchia casa mobile marrone e beige. Gli scalini di legno che portavano alla porta d'ingresso erano marci e sul punto di crollare, le pareti esterne erano ammaccate e coperte da decenni di sporcizia. Mi fermai un attimo per tirare fuori un foglio segnato dalle intemperie che era stato infilato nel telaio della porta esterna in alluminio. Era un biglietto da visita con il logo della Royal Canadian Mounted Police, le famose giubbe rosse.

Sergente Blake McNamara

Unità Crimini Speciali – Distretto Nord

Sul biglietto da visita c'erano anche un indirizzo a Prince George e un numero di telefono. Sul retro qualcuno aveva scritto: *Mi chiami, per favore.*

Sentii la bocca seccarsi. Che cosa aveva fatto papà? Aveva combinato qualche guaio? Per quanto ne sapevo, non era che un innocuo alcolizzato, un po' battagliero forse, ma non violento. Tuttavia, era anche passato molto tempo da quando lo avevo visto l'ultima volta.

Misi il biglietto in tasca ed entrai usando la chiave che mi aveva dato Janet. Venni colpito da un odore nauseabondo, un insieme di alcol, sigarette vecchie, cibo marcio e umidità, e feci immediatamente un passo indietro.

Le tende, che a giudicare dal disegno dovevano essere lì dagli anni Settanta, erano tutte chiuse e la casa sembrava sprofondare nella penombra. Cercai con la mano l'interruttore della luce e una lampadina fosforescente si accese in cucina sfrigolando e scoppiettando prima di spargere nella stanza una malsana luce verdastra. La copertura di plastica era macchiata dai resti di insetti morti.

Oddio.

La porta-zanzariera sbatté alle mie spalle con un colpo secco quando feci un altro passo in cucina, ma con cautela, come se stessi entrando nella casa di un estraneo. Lo spazio era organizzato in maniera semplice: sulla destra c'era un piccolo soggiorno, a sinistra un breve corridoio portava al bagno e all'unica camera da letto. Da dove mi trovavo, riuscivo a vedere il letto. L'intera casa non poteva essere più grande del mio appartamento di poco più di cinquanta metri quadri a Brooklyn.

Il pavimento era coperto di giornali, alcuni impilati accuratamente, altri sparsi in giro sulla vecchia moquette marrone. In soggiorno c'era una poltrona reclinabile di pelle verde sistemata di fronte a un vecchissimo televisore. La TV era un reperto di epoche andate, con manopole e un'antenna a orecchie di coniglio che spuntava dal retro dell'apparecchio. La poltrona stava cadendo a pezzi, sullo schienale c'era uno squarcio da cui usciva l'imbottitura, come viscere che fuoriuscivano da una ferita all'addome. Accanto alla poltrona si trovava una pila di lattine accartocciate e bottiglie varie e sul malconcio tavolino da caffè c'era un posacenere strapieno di cicche di sigaretta.

Come era potuto succedere? Il pensiero di mio padre che viveva in queste condizioni, mi faceva stare male. Una stoccata di senso di colpa che non avrei voluto provare mi attraversò lo stomaco. Mentre io mi lamentavo del portiere che non veniva ad aggiustarmi il bagno, mio padre era praticamente diventato un accumulatore compulsivo.

Addentrandomi in casa, sentii qualcosa scricchiolarmi sotto i piedi e cercai di non pensare a cosa potesse essere. Le pareti erano spoglie, a eccezione di un ritratto di famiglia incorniciato: una foto fatta in un grande magazzino in cui eravamo in posa davanti a una libreria di legno. Avevamo un'aria felice. Il sorriso di Janet era una specie di griglia di metallo e quindi all'epoca dovevo avere otto o nove anni e avevo un orribile taglio a caschetto che mi fece rabbrividire. *Poverino.* Dovevo ricordarmi di portare via quella foto, sarebbe stata un'aggiunta perfetta al mio articolo.

Voltando le spalle a quel ritratto così problematico, superai con un passo i mucchi di giornali e le scatole di cartone appiattite e mi avviai verso la piccola cucina. C'erano altre bottiglie di vino vuote allineate sulle superfici semi distrutte. Aprii il rubinetto pregando in silenzio che l'acqua non fosse stata chiusa. Dopo un lungo gorgoglio e un preoccupante rumore sotto il lavandino, un filo d'acqua cominciò a uscire dal rubinetto. Tirai un sospiro di sollievo. Poi feci l'errore di aprire il frigorifero e mi venne da vomitare per la puzza.

Non ho firmato per una cosa del genere, Janet.

Eppure, stare qui era sempre meglio che trovarsi in ospedale ad aspettare.

La prima cosa da fare era eliminare quella puzza. Non ero preparato per una situazione così grave e quindi, dopo essere riuscito ad aprire la finestra sopra il lavandino per far prendere aria alla casa, risalii in macchina e guidai fino a un ferramenta per comprare sacchi della spazzatura e detersivi che si rivelarono, notai con una certa preoccupazione, molto più costosi che a New York.

Ero appena rientrato nella casa mobile e avevo indossato un paio di guanti di gomma, quando qualcuno cominciò a bussare alla porta d'alluminio. «So che sei lì dentro, Jerry,» urlò una voce maschile.

Aprii la porta e mi trovai davanti un uomo basso con la barba e con addosso una giacca scozzese. Mi guardò con un'aria sorpresa. «Ehi, dov'è Jerry?»

«A Smithers, in ospedale. Io sono… suo figlio.» Quella parola suonava strana sulle mie labbra.

«Ah, pensavo che lo avesse trovato la polizia. È venuta qui l'altro giorno.»

Il biglietto da visita mi bruciava in tasca. «Ah, sì?»

«Mi sono chiesto che volessero.» Il tizio lanciò un'occhiata alle mie spalle per sbirciare dentro casa. «Non hanno voluto dirmelo.»

«Vallo a sapere con la polizia, eh?»

«Non tollero cazzate qui. Jerry lo sa.»

«Sono sicuro che non è nulla di grave,» lo rassicurai.

«Ti stai trasferendo qui?»

«Sto pulendo.»

«Quel bastardo mi deve tre mesi d'affitto. Digli che lo caccerò, se non mi farà avere i soldi.»

Merda, papà. «Pensavo che la casa mobile fosse sua.»

«La casa sì, ma non il terreno su cui è parcheggiata.»

Massaggiai un punto fra gli occhi che aveva cominciato a pulsare. «Quanto ti deve?»

«Sono trecento dollari al mese. Facciamo mille dollari tondi tondi.»

«Così sono più di trecento dollari al mese,» puntualizzai.

L'uomo scrollò le spalle. «Interessi.»

Persino quaggiù, nel mezzo del nulla, tutto quello che la gente voleva era guadagnare. «Okay, fammi parlare con mia sorella e vedere cosa vuole fare lei. Sono certo che troveremo una soluzione. Posso avere qualche giorno in più? Magari fino alla settimana prossima?» Non gli spiegai che Jerry non sarebbe mai tornato.

L'uomo mi fissò a occhi stretti. «Pagamento in contanti, però.»

«Contanti?» Dubitavo che fosse legale, ma non ero nella posizione di discutere. Sperai di avere abbastanza soldi nel conto in banca per coprire la spesa. «Certo, nessun problema.»

«La settimana prossima allora. Puoi trovarmi in ufficio. Mi chiamo Darnell.»

Darnell non si preoccupò di chiedere il mio nome e io non mi preoccupai di dirglielo.

Prima di chiudere la porta, notai il volto di una donna che mi guardava da dietro le imposte di una casa mobile vicina. Le feci un cenno con la testa e le stecche si chiusero immediatamente. *Proprio come a New York.* Con un piccolo sorriso, rientrai per continuare a pulire.

Che cosa voleva la polizia da papà? Avevo quasi paura di scoprirlo. Tirai fuori il biglietto da visita dalla tasca e lo rilessi. Unità Crimini Speciali a Prince George.

Misty.

Il pensiero mi comparve in testa all'improvviso.

Con un respiro profondo, composi il numero sul biglietto da visita. Il sergente McNamara non era in ufficio o almeno non rispondeva al telefono e così gli lasciai un breve messaggio sulla segreteria telefonica spiegandogli chi fossi e perché stavo chiamando. Poi mi rimisi a lavoro.

Dal momento che la televisione captava soltanto un canale locale, impegnato al momento a mandare in onda un talk show, trovai una stazione radio che trasmetteva classici per farmi compagnia e mi misi a cantare mentre pulivo.

Decisi di cominciare dal frigorifero che prometteva di essere la parte più difficile del lavoro. La puzza che emanava, considerato anche il fatto che era mezzo vuoto, era davvero stupefacente.

Arrivato il pomeriggio, la casa era diventata gelida a causa delle finestre aperte, ma aveva un odore decisamente migliore di quanto non avesse avuto al mio ingresso. Avevo portato otto sacchi di spazzatura fino al grosso cassonetto vicino all'entrata del parcheggio e avevo versato nel lavandino tutto il liquore trovato in casa. Alla fine, avevo contato ben quarantotto bottiglie, in maggioranza vino da due soldi. Le avevo messe da parte con l'intenzione di restituirle e recuperare il deposito. Non avevo deciso di fare il giornalista per i soldi e ogni centesimo poteva tornarmi utile.

Adesso che avevo ripulito il peggio della spazzatura, l'età e le condizioni pessime del posto erano ancora più evidenti. Il linoleum era scrostato, la moquette mezza staccata e sporca di chissà cosa. Ammesso che fosse quello il piano, sarebbe stato assolutamente impossibile vendere la casa mobile in quello stato.

Ne avrei dovuto parlare con Janet per capire cosa volesse farne lei. Forse sarebbe stato più facile darla direttamente a Darnell.

Sentii un buco allo stomaco che mi fece capire quanto tempo avessi passato a lavorare, così decisi di andare a mangiare qualcosa prima di ritornare qui per un altro paio d'ore.

Non c'erano molte scelte su dove mangiare ad Alton e dopo aver guidato attraverso la città senza trovare nulla di interessante, mi fermai al Valley, un ristorante accanto all'autostrada che esisteva da prima che io nascessi. Eravamo venuti qui per il mio tredicesimo compleanno e sentii una sensazione di calore nel petto quando mi fermai nel parcheggio. La mia Explorer sembrava un po' fuori posto accanto ai pick-up e ai SUV, come un'automobilina giocattolo in confronto a macchine vere.

Il locale era proprio come me lo ricordavo. Datato e certamente non elegante, ma pulito; tavoli pieghevoli coperti da tovaglie, menù plastificati che annunciavano torte fatte in casa e una cameriera solitaria che si aggirava fra i tavoli mentre un'altra si occupava della cassa. Era quasi la fine dell'ora di pranzo e la maggior parte dei posti erano ancora occupati da un insieme eclettico di operai con il cappellino da baseball e turisti stanchi in pantaloni sportivi e maglioni che facevano una pausa per spezzare il lungo tragitto lungo l'autostrada transcanadese.

Occupai un tavolo per due accanto alla vetrina.

«Salve,» mi salutò allegramente una donna che sembrava il ritratto perfetto di una cameriera di provincia, inclusa l'uniforme di poliestere e il nome sulla targhetta: Arlene. Con un sorriso, mi mise davanti un menù. «Di passaggio?»

Abituato all'anonimato di New York, avevo dimenticato quanto fosse facile identificare i forestieri da queste parti. «È così ovvio?»

«Senza offesa, ma non hai l'aria di un cacciatore o di un pescatore. E gli sciatori non arriveranno prima della fine del mese.»

«Già, le camicie a scacchi non mi donano molto,» dissi ridendo. «Beccato. Sono venuto a trovare dei parenti che vivono a Smithers.»

«Beato te. Tornerò fra un minuto per prendere l'ordinazione.»

Arlene mi lasciò a consultare il menù mentre si occupava di un altro tavolo. Aveva un'aria vagamente familiare. La conoscevo? Eravamo andati a scuola insieme? Sembrava avere più o meno l'età di Janet, quindi era probabile che l'avessi vista in giro per la città.

Non mi era mai venuto in mente di poter incontrare altri conoscenti oltre Benji. Alle superiori, eravamo entrambi sui gradini più bassi della scala sociale e nessuno dei due era mai stato particolarmente bravo a fare amicizia. Eravamo sempre stati un po' sulle nostre nel tentativo di passare inosservati. Era la maniera più facile per non farsi picchiare.

Diedi un'occhiata al menù e al ritorno di Arlene, ordinai un hamburger.

«Qualcosa da bere?» mi chiese senza alzare gli occhi dal blocchetto.

L'immagine degli arti gonfi e della pelle itterica di papà continuava a perseguitarmi e dubitavo che sarei stato mai più in grado di bere qualcosa di più forte di una birra leggera. Ordinai una soda con del succo di mirtilli.

«C'è qualcosa che non va?» chiesi alla cameriera che non era ancora andata via.

«Scusa,» scoppiò a ridere, «mi ricordi qualcuno, ma non riesco proprio a ricordare chi. Non preoccuparti, mi tornerà in mente. Ho un'ottima memoria.»

Mi sforzai di sorridere. L'ultima cosa che volevo era chiacchierare dei vecchi tempi con gente che non mi aveva mai notato a scuola se non per lanciarmi qualche offesa o tirarmi lo zaino fuori dal finestrino dello scuolabus.

Non avendo altro da fare mentre aspettavo, mi misi a scrivere una lista sul retro di un tovagliolo di tutte le cose che andavano fatte a casa di papà: dipingere, mettere su delle nuove persiane, della nuova moquette…

«…la giovane Morning.» Un frammento di conversazione fra due signore anziane sedute dietro di me mi fece smettere di scrivere. Spostai la testa per ascoltarle meglio.

Una delle due doveva essere arrivata in città da poco a giudicare dalle sue parole, «Morning. È quella donna che continua a mettere volantini in giro?»

«Quella è la madre della ragazza,» disse l'altra, «non l'hai vista in TV la settimana scorsa? Comunque, Cathy Gagnon mi ha chiamato terrorizzata. Ha paura che possano arrestare Derek. Quel poliziotto lo ha interrogato per *due* ore.»

«Ma perché?»

«Perché era il fidanzato della ragazza,» mormorò la sua amica con il tono di chi la sa lunga. «E la polizia non sospetta sempre del fidanzato?»

Derek Gagnon era stato il ragazzo di Misty? Non lo avevo mai sentito prima, ma non avevo mai prestato molta attenzione ai pettegolezzi, specie quelli degli studenti più grandi. Ma Derek? Quel tizio non aveva neanche finito il liceo e lavorava nell'officina di suo padre. Mi pareva di ricordare che fosse anche stato in prigione e avesse una reputazione da scoppiato. All'epoca doveva avere circa vent'anni. Conoscendo Misty, non mi sembrò così sorprendente sapere che fosse attratta dal tipico ragazzo cattivo.

L'arrivo dell'hamburger mise fine alla mia intercettazione e quando Arlene si allontanò di nuovo dal tavolo, le due donne si erano ormai alzate e stavano pagando il conto alla cassa sistemata accanto all'ingresso del locale. Mi sarebbe piaciuto corrergli dietro per sentire la fine della storia: che diavolo aveva chiesto la polizia a Derek? Ma il profumo di manzo e pancetta aveva cominciato a farmi salivare e comunque non erano fatti miei.

Avevo finito l'hamburger in un secondo e mi trovavo già a metà di una fetta di crostata alla crema di cocco quando Benji Morning entrò nel locale rendendo la mia giornata parecchio più complicata.

Capitolo 4

La crostata mi rimase bloccata in gola.

Benji si avvicinò alla donna alla cassa salutandola con familiarità e lei ricambiò girando intorno alla sua postazione per dargli un veloce abbraccio prima di sorridere al ragazzino che lo accompagnava. Il ragazzo doveva avere undici o dodici anni e teneva un blocco da disegno sotto al braccio. Aveva capelli ricci e selvaggi, più castani rispetto al colore ramato di Benji, ma la somiglianza c'era e mi diede da pensare.

Benji aveva un figlio?

Dal modo in cui gli aveva messo la mano sul collo per esortarlo a muoversi, la cosa sembrava possibile.

La crema al cocco mi si inacidì nello stomaco.

Benji tirò fuori dalla borsa di tela che portava a tracolla un mucchio di fogli piegati che sembravano delle brochure e li appoggiò accanto al registratore di cassa mentre il ragazzino era impegnato con enorme concentrazione ad attaccare un poster sulla bacheca accanto alla porta.

Benji era sposato? Un padre?

Immaginai che non fosse così improbabile. Insomma, anche io ero stato, brevemente, sposato. Perché non Benji? L'idea non mi piaceva, però. Da qualche parte nella mia testa, avevo sempre immaginato Benji a struggersi ancora per me.

«Dì grazie a Randi,» disse Benji con gentilezza al ragazzino che ripeté quelle parole con attenzione e con un tono neutrale.

Poi, proprio mentre si stava girando per andarsene, Benji si accorse di me. Per un attimo pensai, *ecco, mi ha riconosciuto,* perché i suoi occhi sembrarono illuminarsi e le guance gli divennero tutte rosse. Ma poi il suo sorriso scomparve e il suo volto si fece serio.

Come poteva non riconoscermi? Certo, ero cambiato fisicamente, ma lui era stato il mio migliore amico. Ci eravamo conosciuti soltanto per sette brevi anni, ma persino adesso, dopo tutto quel tempo, avrei potuto dire senza timore di smentita che nessuna relazione nella mia vita era mai arrivata neanche vicino al tipo di rapporto che avevo avuto con lui. Non le mie amicizie a Seattle, non le mie numerose relazioni romantiche. E nemmeno il mio matrimonio.

Avrebbe dovuto riconoscermi. Ero cambiato così tanto?

Il giorno dopo esserci trasferiti nella casa di North Star Lane, un bambino di sei anni con la voce squillante, occhi enormi e un ciuffo di capelli rossi selvaggi, mi era venuto incontro lungo la strada. Portava un asciugamano rosso attaccato alle spalle con delle spille da balia che gli arrivava fin sotto il retro delle ginocchia. «Che bella bici!» aveva esclamato tirando su la BMX che io avevo abbandonato per terra senza cura. «Posso farci un giro?»

«La bici è stata un regalo per essere venuti a vivere qui,» gli avevo detto con tutta la superiorità di un ragazzino di quasi sette anni. «E tu chi saresti?»

«Superman, no?»

Da quel giorno, eravamo diventati inseparabili.

In una reazione incontrollabile, sentii il viso diventarmi tutto rosso mentre Benji si avvicinava. Ancora più preoccupante fu sentire nascere un'attrazione che dalla bocca dello stomaco si era spinta fino all'inguine. Quella sensazione non c'era stata vent'anni fa, non *così* forte. Per un secondo, la assaporai lasciando al mio sesso il compito di pensare, come avrei fatto se Benji fosse stato un qualsiasi altro uomo. Quando arrivò davanti al mio tavolo stringendo la borsa davanti al corpo come uno scudo, mi resi conto della sua presenza in un modo decisamente adulto e non solo come amico. E dovevo veramente piantarla di chiamarlo Benji: era un uomo ormai, alto oltre il metro e ottanta, e quel nomignolo infantile non gli si addiceva più.

«Vedo che è ancora qui,» mi disse.

Ancora una volta, mi ritrovai senza parole, una cosa che non mi capitava mai. *Datti una calmata, Buchanan.* «Be', sì.»

«L'ho cercata su Google,» disse con un tono altezzoso, «lei è stato finalista al premio Pulitzer. Non una, ma due volte.»

Era colpito? Oddio, volevo così tanto che lo fosse anche se quei successi ormai erano alle mie spalle e servivano soltanto a ricordarmi di quanto velocemente si fosse arenata la mia carriera.

«Come si dice, l'eterno secondo.»

Mi guardò stringendo gli occhi. «Perché un giornalista con le sue credenziali è venuto qui? Una ragazza scomparsa non è abbastanza per un viaggio così lungo.»

«Io…be', ho altre cose da fare da queste parti,» borbottai vagamente. Le parole mi uscivano di bocca, ma non avevo alcun controllo su di loro.

«Capisco,» disse.

Diventai ancora più rosso. «È suo figlio quello?» Mentre stavamo parlando, il ragazzino si era piazzato dietro Benji, Ben, e adesso si era girato sentendo la mia domanda.

«Mio...» Ben inarcò le sopracciglia e fece una risatina sorpresa. «Sebastian? No, è nella mia classe del sabato mattina.» Mise una mano sulla spalla del ragazzo e lo strinse a sé. «Oggi è il mio aiutante, vero Seb?»

«Mamma ha detto che potevo. Sono un bravo aiutante,» borbottò il ragazzino muovendo a malapena le labbra e senza incontrare i miei occhi, ma tenendo lo sguardo fisso su un punto alla mia sinistra.

«Sì, Seb, sei bravissimo.» Ben continuava a fissarmi con una ruga fra gli occhi. Il tovagliolo che stringevo nella mano sudata stava appassendo sotto il suo sguardo indagatore. Sembrava stesse aspettando che dicessi qualcosa, ma non avevo idea di cosa potesse essere.

Poi, dopo un ultimo sguardo ferito, si girò. «Be', okay, andiamo Sebastian. Abbiamo altri posti da visitare.»

«Ciao,» Sebastian mi salutò con un gesto della mano.

Li osservai andare via e scomparire all'angolo dell'edificio. Per qualche minuto, rimasi a giocherellare con i resti della mia torta nel piatto, incapace di finirla malgrado fosse la cosa più buona che avessi mangiato in molto tempo. Alla fine, feci un cenno ad Arlene e le chiesi il conto, poi lasciai la mancia sul tavolo e andai a pagare alla cassa.

Una volta lì, la pila di volantini lasciata da Benji attirò la mia attenzione. La carta lucida pubblicizzava una mostra d'arte con quadri in vendita che si sarebbe tenuta in una sala comunale la settimana seguente. La mostra era in supporto di un'associazione chiamata Alton Art Program.

«Ne sa qualcosa?» chiesi alla donna alla cassa. Randi, l'aveva chiamata Ben.

«Certo. È il gruppo di Ben Morning. Organizza una mostra ogni anno. Dona persino alcuni dei suoi quadri, non che capisca molto di quella roba moderna. Tutti quegli alberi paurosi che dipinge mi fanno venire i brividi, ma aiutano a raccogliere soldi per il programma e i ragazzi sono tutti eccitati.»

Ben era un artista? Certo, aveva senso. Quando passavamo tempo insieme, era sempre indaffarato a disegnare qualcosa, piccoli sketch di supereroi e animali, mentre il resto di noi era impegnato a disegnare uccelli enormi e palle pelose. «Ragazzi?»

«Ben insegna arte alla scuola superiore, ma gestisce anche un programma gratuito aperto a tutti in una sala del palazzo comunale. La chiama arte-terapia. Gli studenti sembrano emozionati all'idea di mostrare i loro lavori e alcuni sono davvero belli. Mia figlia ha frequentato il programma l'anno scorso. All'inizio pensavo fossero solo stupidaggini, ma l'ha davvero aiutata a risolvere alcuni problemi.»

Che iniziativa nobile.

«Se dovesse trovarsi ancora qui, dovrebbe andarci anche lei,» mi consigliò «è una cosa grossa, con un buffet e tutto il resto.»

Con un po' di fortuna, entro una settimana, sarei stato di nuovo nel mondo civilizzato. «Ci penserò, grazie,» le risposi comunque.

Spostandomi da un lato per permettere alla persona dietro di me di pagare il conto, piegai il volantino e me lo infilai nella tasca della giacca.

«Ehi, aspetta, so chi sei,» esclamò Arlene che mi era apparsa accanto all'improvviso. «Siamo andati a scuola insieme. Prendevi il mio stesso autobus per tornare a casa. Mi ricordo che passavi tutto il tempo con Ben. È così che ti ho riconosciuto, sai? È stato rivedervi insieme,» finì schioccando le dita.

«Alex Colville,» dissi immaginando che stesse cercando di ricordarsi il mio nome o piuttosto il nome che usavo a quel tempo. Le scuole elementari e superiori erano una accanto all'altra e condividevano gli scuolabus per risparmiare soldi. Non era insolito che i vari anni si mischiassero fra loro. Anche sull'autobus, però, esisteva una rigorosa gerarchia e gli studenti delle superiori senza la macchina, o senza un amico con la patente, si sedevano sempre dietro, mentre i perdenti come me e Ben restavano davanti vicino all'autista per protezione. Ero davvero sorpreso che si ricordasse di noi.

«Certo!» disse Arlene. «Il fratello minore di Janet. Sandy, giusto? Proprio come Sandra Dee in *Grease*,» concluse ridendo e facendomi venire voglia di riprendermi la mancia che le avevo lasciato. «Accidenti, non ti avrei mai riconosciuto senza Ben. Io sono Arlene, Arlene Aspinall. Il mio cognome prima di sposarmi era Jerkovic.»

Non era un nome familiare. «Conosci mia sorella?»

«Oh, non molto bene. Non facevo parte del loro giro, ma tutti conoscevano Misty. Aveva sempre l'erba migliore, sai.» Spalancò gli occhi. «Non è un vero peccato? La gente non parla d'altro. Avresti dovuto esserci due settimane fa quando hanno trovato la macchina. C'erano cani, sommozzatori, persino un elicottero. Un vero e proprio circo. La gente dice che Misty deve essere un'altra di quelle.»

«Quelle cosa?»

«Un'altra di quelle ragazze scomparse sull'autostrada delle lacrime. Lo sai, no?»

Mi tornarono in mente quei cartelloni minacciosi. «Ho visto i cartelli.»

«Dozzine di ragazze, anche di più forse, che sono scomparse per decenni lungo quell'autostrada.»

La mia pelle venne percorsa da un brivido. «Come mai una storia del genere non fa più notizia?» chiese il giornalista dentro di me.

«Oh, ogni tanto finisce al telegiornale o in qualche programma alla televisione. A volte i turisti che ne hanno sentito parlare mi chiedono qualcosa. Però non avevo mai pensato che fosse capitato anche a Misty. Mi sento un po' in colpa adesso,» disse Arlene.

«Perché?»

«Ho sempre dato per scontato che fosse scappata. Lo pensavamo tutti, tranne sua madre. Randall Kennedy ha persino raccontato di averla vista a Prince George un paio di anni fa,» aggiunse abbassando la voce, «ho pensato che dopo tutte le cose che lei e Janet avevano combinato…insomma. E poi non parlava d'altro che di andare via da qui. Ma se qualcuno dovesse averla uccisa, be', sarebbe diverso.»

«Che intendi dire con "le cose che lei e Janet avevano combinato"?»

«Oh, nulla in realtà. Non avrei dovuto dire niente. Me e la mia boccaccia. Mio marito dice che sono una vera pettegola. C'era stato quel grosso scandalo con il Ballo di Primavera, sai. Ma erano soltanto voci.»

«Il tavolo cinque è pronto,» urlò qualcuno dalla cucina e Arlene fece un verso mentre aveva già cominciato a muoversi in direzione degli altri tavoli.

«Ehi, torna a trovarci. Possiamo parlare dei tempi della scuola e dì a Janet che la saluto.»

Le promisi di farlo e scappai dal locale prima di incontrare qualche altra persona del mio passato. Fu soltanto qualche ora dopo, mentre mi preparavo per incontrare Janet in ospedale, che cominciai a ripensare al commento di Arlene.

La nostra scuola superiore era troppo piccola per organizzare un ballo soltanto per gli studenti dell'ultimo anno e quindi il Ballo di Primavera aperto a tutte le classi era sempre stato l'evento dell'anno. Non ricordavo, però, che fosse capitato qualcosa di strano, non che ci fossi mai andato. E non ci era andata neanche Janet. E cosa voleva dire che lei e Misty si erano cacciate nei guai? Per quanto ne sapevo io, Janet era sempre stata una studentessa diligente. Almeno fino a quell'ultimo semestre. Non rispondeva mai male, figuriamoci poi combinare qualche guaio. A parte…

A parte quella volta, proprio prima del nostro ultimo Natale qui, nel dicembre del 1995, quando dei poliziotti l'avevano riaccompagnata a casa in una volante. Mi trovavo nella mia stanza quando i lampeggianti e dei mormorii rabbiosi mi avevano spinto a guardare fuori dalla finestra. Benji mi aveva persino chiamato sul walkie talkie per sapere cosa stesse capitando. Lì per lì, avevo pensato che la cosa avesse a che fare con papà, ma quando mi ero avventurato fuori dalla mia stanza e avevo sbirciato lungo il corridoio, avevo scoperto che a litigare senza alzare la voce erano Janet e mamma.

Mi sforzai di ricordare ulteriori dettagli. Mamma era davvero arrabbiata e aveva detto qualcosa sulle cattive amicizie e su Janet che non sarebbe stata ammessa all'università. Poi Janet si era messa a urlare, «Non voglio andarci comunque all'università,» ed era scappata nella sua stanza.

Quando avevo chiesto spiegazioni a mia madre la mattina seguente, lei mi aveva risposto che non erano affari miei, ma dopo quella notte Janet era rimasta in punizione per molto tempo. A pensarci bene, lei e mamma avevano anche cominciato a litigare molto più spesso.

Ero talmente assorto nei miei pensieri da non aver notato Katy, l'infermiera di papà, che camminava lungo il corridoio verso la camera di mio padre. Mi accorsi di lei quando la sentii salutarmi. «Oh, ciao. Mi pareva fossi tu.

Alex, giusto?» Portava una divisa color smeraldo che faceva risaltare il verde dei suoi occhi. «Janet è già con lui.»

«Grazie.»

Mi fissò con un sorriso. «Come te la stai cavando?»

«Mi sto ancora riabituando.»

«Janet mi ha detto che vieni da New York.»

«Vivo lì al momento, sì.»

«È bello che tu sia venuto da così lontano. Sono certa che Jerry te ne sarà grato.»

«Pensi davvero?» le chiesi con una risata.

«Be', almeno Janet lo è. So che sperava che saresti venuto.»

Mi sembrava strano. Non eravamo mai stati molto uniti e fino a quel momento non mi aveva dato alcun segno di essere felice della mia presenza. «Tu e lei siete molto amiche?»

«Oh, no, non direi. La conosco solo per via di tuo padre. Questo posto è piccolo. È facile affezionarsi ai pazienti e alle loro famiglie.» Fece un sorriso triste. «È una situazione molto difficile per lei.»

«Già, è sempre stata la bimba di mio padre.»

«E tu?»

«Non sono mai stato la bimba di mio padre,» risposi scherzando. Katy arrossì, ma i suoi occhi brillarono di un umorismo malizioso accompagnato da un'accurata ispezione della mia persona. Sentendomi lusingato da quell'attenzione, scoppiai a ridere. «Diciamo che abbiamo una relazione un po' complicata.»

«Ah, ti capisco. Io ho tre fratelli e sorelle.» Katy mi osservò da sotto la frangetta. «Scommetto che stai diventando matto, però, lontano dalla grande città. Io … be', di solito non faccio cose del genere, ma ti andrebbe di bere una cosa insieme una di queste sere?»

Guardai automaticamente la sua mano sinistra che era felicemente spoglia. Katy se ne accorse e mi sorrise. «Divorziata.»

«Ma dai, allora abbiamo già qualcosa in comune. Sì, mi piacerebbe molto bere qualcosa insieme.»

Qualcuno la chiamò dal fondo del corridoio. «Oh, sarà meglio che vada adesso. Che ne dici di domani?»

Spalancai gli occhi. Una donna decisa. Mi piaceva. «Domani va benissimo.»

«Bene. Ci vediamo da Hannigan … sai dov'è?»

«Sono sicuro che lo troverò.»

Katy si stava già allontanando lungo il corridoio. «Alle otto?»

«Perfetto.» La guardai andare via osservando il movimento dei suoi fianchi che ondeggiavano mentre camminava. Ci voleva un tipo speciale di donna per rendere sexy un'uniforme ospedaliera. Katy si girò a guardarmi con un sorrisetto malizioso. Sì, la giornata stava decisamente migliorando.

Stavo ancora sorridendo quando entrai nella stanza di papà.

«Mi dispiace davvero, papà.»

Le parole di Janet, mormorate sottovoce, mi strinsero il cuore. Il mio primo pensiero vedendola darmi le spalle, in piedi accanto al letto, fu che, grazie al cielo, era finita.

«È …?»

Janet si girò verso di me asciugandosi le guance e permettendomi di vedere papà disteso sul letto, ma con gli occhi aperti. E gialli. «Gesù,» mormorai, «i suoi occhi.»

«Itterizia.» Se possibile, Janet aveva un'aria persino peggiore del giorno prima, come se fosse invecchiata di dieci anni nello spazio di una notte.

«Stai bene?» le chiesi.

Mi sorrise debolmente. «Ehi, papà. C'è Sandy, proprio come desideravi. Siamo tutti insieme adesso.»

Inarcai un sopracciglio, ma tenni a bada la lingua.

In maniera del tutto sconcertante, papà non reagì neanche sbattendo le palpebre.

«È in coma?» chiesi.

«No, non ancora, qualche volta diventa così.» Si girò verso di me con aria supplichevole. «Perché non gli parli un po'? Può sentirti.»

Parlargli? Che diavolo avrei potuto dire a un uomo che non vedevo da dieci anni? *Mi fa piacere rivederti dopo tutto questo tempo? Mi dispiace che non ti sia mai importato abbastanza di noi per venirci a trovare? Perché hai permesso a mamma di portarci così lontano?*

Hai davvero fatto il nome di Misty o l'ho soltanto immaginato?

Janet mi toccò il braccio per esortarmi.

«Oh, ciao papà.» Forse lo avevo soltanto immaginato, ma mi parve di notare un cenno di vita nei suoi occhi. «Mi dispiace di non essere venuto prima.» Le mie labbra erano diventate secche e ruvide come carta vetrata. «Io... sono stato a casa tua.» *Per gettare la tua triste, patetica vita in una discarica.* Guardai Janet in cerca di aiuto.

«Sandy resterà qui per un po',» aggiunse lei con un tono falsamente allegro.

A quelle parole notai un movimento degli occhi. Uno spasmo di dolore gli attraversò il volto. I suoi occhi, quegli spaventosi occhi gialli, si sforzarono di concentrarsi su di me e di tornare da ovunque fossero andati a finire. «Chi sei?» mormorò.

«Sono Alex... Sandy, papà.»

«Sandy?» Una lacrima gli scese dall'angolo degli occhi. «Avevo un bambino che si chiamava Sandy. Non lo vedo molto spesso.»

Cercai di contenere la mia rabbia. «Sono io. Sono tuo ... sono tuo figlio.»

«Mio figlio?» La sua pelle simile a carta velina cominciò a tremare. Sentii nascermi dentro una goccia di pietà che non avrei voluto provare. «Non assomigli al mio Sandy.»

«È passato tanto tempo.»

«Tanto tempo,» ripeté, «vorrei ...»

Cosa voleva? Mi chinai verso di lui.

«Immagino che tu non abbia portato qualcosa da bere al tuo vecchio, eh?»

Mi tirai indietro con forza. «Stai scherzando?»

«Questo posto è più secco della figa di una suora.»

«Papà,» lo rimproverò Janet.

«Che c'è? Un goccio d'alcol non può farmi alcun male ormai, potrei anche godermi un po' i miei ultimi giorni. Allora, mi hai portato qualcosa?»

«No, papà, non ti ho portato dell'alcol.» Furioso, mi allontanai spostandomi verso il lato opposto della stanza prima di riavvicinarmi al letto. Era per questo che avevo volato per migliaia di chilometri? Non ci vedevamo da anni e la prima cosa che mi aveva chiesto era stata dell'alcol? Ero stato uno sciocco a pensare che fosse cambiato. Che *potesse* cambiare. Questo viaggio non era che una perdita di tempo.

«Era qui. L'avete vista?» Un velo di terrore gli attraversò il volto. «I suoi occhi, i suoi occhi ... Credo che mi stia aspettando.» Sembrava aver smesso di parlare con noi.

Di colpo mi venne in mente una cosa. «Ti ricordi di Misty Morning, papà?»

Janet mi afferrò per la spalla e mi spinse da un lato. «Che fai?»

«Giuro di averlo sentito dire quel nome ieri.»

«E quindi ...»

«E quindi voglio sapere perché.»

«Che altro potevo fare?» disse papà con chiarezza facendoci immediatamente girare.

«Fare?» gli chiesi.

«La mia Janie merita di meglio. Un padre deve fare quello che è meglio per la sua famiglia.»

Janet si accasciò. «Sta parlando di mamma. Di noi.»

Feci una smorfia. Come al solito si trattava sempre di Janet. *Janet* meritava di meglio. «E mamma allora? Lei non meritava di meglio?»

«Ti ha mandato lei?» chiese papà fissandomi con quegli occhi gialli. «È stata lei a ridurmi così. Mi ha rovinato la vita.» Il suo volto magro si contorse e si trasformò di colpo in quello di un demone dagli occhi gialli che sputava veleno. «Maledetta puttana. Stronza. Sono contento che se ne sia andata.»

Venni percorso da un brivido lungo tutto il corpo. «Chiudi quella maledetta bocca!» urlai. «Non osare parlare di mamma in questo modo.»

Janet mi spinse con forza verso l'angolo della stanza prima che potessi avvicinarmi troppo al letto. Era una donna forte e ci riuscì senza problemi.

«Che diavolo pensa di fare?» chiesi con decisione, respirando a fatica.

«Non sa più quello che dice, Sandy. La maggior parte del tempo non sono che bugie e sciocchezze. L'altro giorno mi ha detto che non aveva una figlia.» Fece un sospiro. «Non starlo a sentire.»

«Cazzo! È assurdo.» Tirai delle ciocche di capelli nel disperato tentativo di calmarmi. «Non so perché ho deciso di venire.»

«Perché è nostro padre,» disse Janet stancamente.

«No, forse è *tuo* padre, ma non è il mio.» La mia vecchia rabbia esplose prima che riuscissi a fermarla. Dopo tutto quel tempo, pensavo di aver sepolto il mio risentimento, ma no, era ancora lì e trovarmi in questo posto aveva riportato tutto a galla.

Guardai dietro le sue spalle verso la figura distesa sul letto. Mentre parlavamo, papà si era riaddormentato.

Avevo troppe emozioni che mi si agitavano dentro. Tiravano in mille direzioni allo stesso tempo, lasciandomi sul punto di cadere a pezzi. Una cosa era certa, non potevo restare qui un minuto di più.

«Dove vai?» mi urlò dietro Janet mentre mi allontanavo in fretta dalla stanza.

Non le risposi, anche se sapevo benissimo dove stavo andando. Stavo tornando nello stesso posto in cui scappavo sempre quando le cose a casa diventavano insopportabili. L'unico posto dove mi fossi mai sentito desiderato.

CAPITOLO 5

I miei ricordi di papà sono diversi da quelli di Janet. Non so se sia perché lei ha passato più tempo con lui o perché era più grande di me quando siamo andati via o forse semplicemente perché ogni mio ricordo è impregnato di decenni di rancore. Janet lo considera incompreso, consumato dalla pressione di essere il capofamiglia, mentre l'immagine sulla quale io ricado sempre è quella di un uomo dagli occhi vitrei con addosso una canottiera sporca...

— Figlio di mio padre, Alex Buchanan

L'abbaiare frenetico cominciò non appena chiusi lo sportello della macchina. Erano soltanto le cinque del pomeriggio, ma era quasi buio. Una luce automatica montata su un angolo del garage si accese all'improvviso e io restai immobile, spaventato dal cane, che all'inizio avevo preso per un lupo, che mi si era avventato contro. Si era fermato a pochi passi da me, trattenuto dai limiti del lungo guinzaglio a cui era legato. La catena era tesa e mi sentii sollevato nel vedere che era agganciata intorno al palo più basso che sosteneva la scala del garage.

Il cane continuò a sputarmi saliva addosso nell'aria fredda mentre abbaiava e ringhiava.

La porta in cima alle scale si aprì e Ben uscì dal secondo piano del garage. Fece un fischio e il cane, un bellissimo husky bianco, grigio e nero, si lanciò all'istante verso di lui scodinzolando. Io rimasi dov'ero.

«Luna è innocua,» urlò Ben staccando la catena dal collo del cane. «Devo tenerla legata se non è nel recinto, però, per non farla scappare e saltare addosso agli orsi.»

O a visitatori inaspettati. Senza dover più temere di venire aggredito dal cane, mossi un esitante passo in avanti facendo scricchiolare sotto gli scarponi l'erba gelata.

Ben si strinse il maglione intorno al corpo. «Mi chiedevo se ti saresti mai fatto vivo. Vieni su, Sandy. O è Alexander adesso?»

Mi fermai sul terzo gradino dal basso. «Lo sapevi?»

«Un ragazzo non scorda mai il suo primo bacio.»

«Già,» borbottai salendo le scale e seguendolo dentro.

La mansarda sopra al garage, un tempo usata soltanto come ripostiglio, era stata trasformata in una stanza spaziosa e rifinita con cura. Il cane, Luna, sbadigliò e si gettò davanti a una stufa panciuta piazzata in mezzo alla stanza, con la testa appoggiata sulle zampe, ma gli occhi blu chiaro sempre fissi su di me.

«È un bel posto. Mi ricordo di quando quassù non c'erano altro che cacche di topo e decorazioni di Natale. Vivi qui?» gli chiesi notando la piccola cucina e il soggiorno da una parte della mansarda e il letto matrimoniale sistemato in un angolo. Con le sue pareti bianche e gradevoli e il soffitto di travi di pino, l'intero spazio risultava rustico e accogliente e cominciai a rilassarmi per la prima volta da quando ero tornato qui.

«Sì,» rimase immobile a osservarmi con pazienza mentre esaminavo la sua casa. La parte più a est era ovviamente il suo studio. C'era un cavalletto di fronte alle finestre ampie e un lungo tavolo da lavoro spinto contro una parete e coperto di pennelli, bottiglie e ogni sorta di attrezzi di cui non conoscevo il nome. L'odore di acquaragia sembrava sospeso nell'aria.

«Hai saputo che ero io tutto questo tempo?» gli chiesi dopo aver finito la mia ispezione e quando non potevo più continuare a evitarlo.

«Solo dopo averti cercato su internet. C'era una foto in uno dei tuoi articoli e, be', mi ha fatto pensare a te,» rise nervosamente, «o meglio, al ragazzo che conoscevo un tempo.»

«Perché non hai detto niente al ristorante?»

«E perché *tu* non l'hai fatto?» Piegò la testa da un lato e incrociò le braccia sul petto. Le maniche del suo lungo cardigan grigio erano tirate su fino ai gomiti e notai una spessa fascia di cuoio che gli decorava il polso sinistro. La sottile peluria bionda che gli copriva gli avambracci attirò la mia attenzione e mandò un'altra vampata di calore dritta al mio inguine. «Perché tutta quella finta?»

Era arrivato il momento di confessare. Mi sforzai di distogliere gli occhi dalle sue braccia. «Mi crederesti se ti dicessi che non lo so? Che è successo e basta?»

Ben fece un verso a metà strada fra la risata e la derisione.

Sospirai. «Immagino che avessi paura di come avresti reagito rivedendomi. Dopo così tanto tempo. Tua madre ha pensato che fossi qui per Misty e allora … l'ho assecondata. È stata una cosa stupida.»

«Sì, lo è stata. Perché pensavi che non avrei voluto rivederti?»

«Oh … per come sono finite le cose fra noi? Perché ti avevo promesso che ti avrei scritto e invece non l'ho mai fatto.»

«Non siamo più dei bambini, Sandy. Scusa, volevo dire Alex.»

Ben si avvicinò alla zona studio e cominciò a riorganizzare le cose sul tavolo. Notai varie linee argentate corrergli orizzontalmente lungo la pelle pallida della parte inferiore dell'avambraccio destro. Gesù. Cos'erano?

«Ben?»

Si tirò giù in fretta le maniche ignorando la mia domanda. «E così non sei davvero qui per una storia?»

«Non per la tua.»

«Non capisco.»

«Mio padre sta morendo.»

Il suo volto si addolcì. «Mi dispiace.»

«È in ospedale a Smithers con una cirrosi epatica all'ultimo stadio, non gli resta molto.»

«Mio Dio, non ne avevo idea. Ogni tanto incontro tuo padre in città. Qualche volta mi riconosce e mi saluta. Altre volte …»

«Già,» mi sembrava di avere dei pezzi di vetro incastrati in gola, «non ha riconosciuto neanche me.»

Ricacciai indietro l'immagine di quegli occhi ingialliti e raggiunsi Ben nello studio. Contro le pareti, c'erano varie piccole tele in diversi stadi di completamento, ma fu la tela più grande appoggiata sul cavalletto ad attirare la mia attenzione. Non ero mai stato un grande appassionato d'arte, ma qualcosa in quell'immagine sembrava parlarmi. Era una veduta montana, ma diversa da qualsiasi cosa avessi mai visto prima. Le pennellate erano aggressive e caotiche, i colori profondi, evocativi di un senso di pericolo e oscurità. I rami scheletrici degli abeti rossi sembravano allo stesso tempo senza vita e minacciosi. Mi tornarono in mente le parole della donna al ristorante che li aveva definiti "alberi paurosi". Adesso capivo il perché.

«E così sei un artista,» osservai, era una cosa sciocca da dire, ma qualsiasi dote oratoria mi aveva abbandonato nel momento in cui mi ero trovato in presenza di Ben. «Sono tutti tuoi?»

Fece un'alzata di spalle. «Serve a pagare le bollette.»

«Ah sì?»

«I miei clienti sono perlopiù gli alberghi e i ristoranti del posto. I turisti amano roba del genere.»

«Sei bravo. Cioè, non sono un esperto, ma ho degli amici artisti e tu hai tanto talento quanto loro, se non di più.»

«Grazie.» Ben mi si avvicinò e sentii di nuovo quella fortissima attrazione che avevo provato al ristorante. L'aria era diventata elettrica. Se fosse stato un uomo incontrato a New York e la connessione si fosse rivelata altrettanto forte, ci saremmo già ritrovati a letto.

«C'è anche Janet con te?» mi chiese.

«Janet vive a Smithers. Si è trasferita lì un paio di anni fa.»

«Oh, stai da lei?»

«Oddio, no. Ho preso una stanza al Summit View.» Fra noi cadde uno strano silenzio. Adesso che mi trovavo qui, non avevo idea di cosa dire. «Ci sono state altre novità su Misty?»

Ben irrigidì la mandibola coperta di barba e si girò dall'altra parte. «Preferirei non parlare di Misty.»

«Oh, okay.» La nostra conversazione si era arenata. Morivo dalla voglia di cancellare gli ultimi vent'anni, di abbattere quelle mura che erano apparse all'improvviso. Eravamo come due estranei. Non ci eravamo nemmeno stretti la mano. «Com'è possibile che le cose siano diventate così orribili, Benji? È stato tutto bellissimo fino a quell'estate.»

«Avevi solo tredici anni. È naturale che tu dica una cosa del genere,» mi rispose sottovoce, «sembra tutto bellissimo a quell'età.»

Ma non era stato davvero così? «Come sei stato? Ti trovo bene.»

«Ah sì?»

Stava rendendo le cose difficili e non potevo dare la colpa a nessuno a parte me stesso. Di colpo mi venne un'idea. «Andiamo.»

«Dove?»

«Vedrai.»

Presi come un buon segno il fatto che Ben avesse esitato solo una frazione di secondo prima di afferrare una giacca dal gancio accanto alla porta e seguirmi fuori. Con un po' di insistenza, finiva sempre per fare quello che gli chiedevo.

Avevo bloccato la sua macchina lungo il viale d'accesso e così prendemmo la mia. D'altronde, soltanto io sapevo dove eravamo diretti.

«*Dove* stiamo andando?» mi chiese Ben mentre uscivo dal viale e mi dirigevo verso est.

«Pazienza.»

Dopo alcuni chilometri lungo l'autostrada 16, dall'altro lato di Alton, girai su una strada di servizio non segnalata che portava sulla montagna con la torre radio. Rallentai fino a procedere a passo di lumaca e aguzzai la vista nell'oscurità alla ricerca della strada sterrata che ricordavo. C'erano centinaia di strade abbandonate e inutilizzate in tutta la regione, ma ce ne era una in particolare che io e Ben avevamo percorso moltissime volte nel corso degli anni.

Ben si girò sul sedile per guardarmi. «Non starai mica… Alex, non so neanche se è percorribile.»

«Eccola!» Le tracce erano quasi invisibili, ma non del tutto scomparse. Qualcuno doveva ancora usare questa strada, molto probabilmente degli adolescenti alla ricerca di un posto privato in cui pomiciare o fumare erba. Uscii dalla strada di breccia per ritrovarmi sul terreno brullo.

Venimmo subito circondati dagli alberi e quella poca luce che arrivava dalla luna scomparve immediatamente. Rami dalle lunghe dita stridevano minacciosamente contro i finestrini e creavano strane luci davanti ai fari della macchina.

«Sei matto, sai?» disse Ben. «Hanno costruito una nuova strada lungo la montagna un paio di anni fa. Non riesco a credere che tu mi abbia convinto a fare una cosa del genere.»

Quelle parole mi fecero ridere di sollievo. In fondo, non tutto era cambiato fra di noi. «Ah, no?» gli chiesi con un sorriso che la sapeva lunga.

Benji socchiuse le palpebre e mi lanciò un'occhiataccia. «Non abbiamo più tredici anni.»

Facemmo un salto sul terreno scosceso così violento che Benji finì per sbatterle la testa contro il tettuccio. «Ahi!» Si accarezzò la testa e si aggrappò al cruscotto. «Questa macchina è a noleggio, no? Finirai per distruggere il telaio. Per non parlare della carrozzeria tutta graffiata.»

Probabilmente aveva ragione. Avrei perso il deposito, ma in quel momento non me ne importava niente. Sentivo nello stomaco un'ondata familiare di eccitazione e Benji mi stava parlando. Non contava altro.

«Si sta facendo buio,» mi avvertì, «e ultimamente ci sono molti orsi in giro.»

«Venivamo qui tutto il tempo e non ci è mai successo nulla.»

«Di giorno,» puntualizzò Ben, «ed eravamo due stupidi.»

«Davvero? Non ne sono così sicuro. Qualche volta penso che i ragazzini abbiano capito tutto. Le cose sembrano molto più chiare a quell'età. Sapevamo quello che volevamo. Ma quando siamo cresciuti, abbiamo cominciato a pensare troppo alle cose e a complicarci la vita.»

«Quindi ti sarebbe piaciuto essere come Peter Pan e restare ragazzino per sempre?»

«Non ho detto quello.» Prima che i miei pensieri diventassero troppo profondi, ci ritrovammo in un punto senza alberi ed emergemmo in uno slargo. L'Explorer perse di colpo aderenza con il terreno e sbandò sulla sinistra. Girai in fretta il volante riuscendo a raddrizzare il veicolo prima di finire fuori dal tracciato.

Ben afferrò la maniglia dello sportello. «Non ce la faremo mai con questa macchina. Se avessi saputo che volevi fare una gita nei boschi, avremmo potuto prendere il mio Jimmy. Almeno ha quattro ruote motrici.»

Sbandammo un'altra volta. La strada era diventata più fangosa e stavo velocemente perdendo il controllo.

«Finirai per…impantanarti,» concluse Ben nel momento in cui ci fermammo con un sussulto. Cambiai marcia per tornare indietro, ma le ruote girarono a vuoto.

Feci un altro paio di tentativi prima di arrendermi e spegnere il motore. Restammo seduti in silenzio con la sola compagnia del ticchettio del motore che si raffreddava.

«Questa situazione mi ricorda qualcosa,» osservò Ben alla fine.

«Come mai?»

«Eccomi qua, a seguirti ancora una volta ciecamente in una situazione pericolosa. Come quella volta in cui sei riuscito a convincermi che *non* stavamo camminando in un campo di ortiche.»

Morsi l'interno della guancia per trattenere una risata. «Che avventura, eh?»

«Almeno *tu* portavi i pantaloni lunghi. Io ero in pantaloncini.»

Ci guardammo. Ben mosse le labbra in maniera quasi impercettibile, segno che stavamo *entrambi* ricordando l'immagine di lui coperto di crema lenitiva rosa. Sorrisi e nel giro di qualche secondo eravamo scoppiati tutti e due a ridere.

Ed era una sensazione bellissima.

«Grazie,» gli dissi con un sospiro di sollievo.

«Per cosa?»

«Per aver evitato il "te l'avevo detto". Sei sempre stato bravo a farlo.»

Ben incrociò le braccia sul petto. «E ora, grande capo senza paura? Suppongo che ti aspetti anche che scenda a spingere.»

«No,» dissi aprendo il mio sportello.

«E *adesso* che stai combinando?» mi chiese.

Mi abbassai e gli offrii uno dei miei sorrisi più persuasivi, quelli che usavo per le conversazioni difficili, prima di chiudere lo sportello e andarmi a sedere sul cofano. Al di là degli alberi, il cielo color inchiostro era punteggiato di stelle così luminose che mi sembrava di poterle raggiungere e toccare.

Qualche minuto dopo, Ben mi raggiunse, anche se rimase con i piedi ben piantati per terra limitandosi ad appoggiarsi al cofano. «Sei matto? Fa freddo, Alex.»

«Fifone. Tutto quello che ci serve sono qualche lattina di birra e uno spinello per fare una festa nella foresta come si deve. Non era quello che facevano i tipi più giusti?»

«Non ne ho idea.»

Girai la testa perché non mi vedesse sorridere. Il motore sotto le mie natiche era caldo e mi aiutava a tenere lontano un po' del freddo. «Avevo dimenticato come fosse un cielo libero.»

«Dove vivi adesso?»

«New York. Be', Brooklyn, ma New York suona meglio.»

«Che cosa stavi cercando di dimostrare, Alex?» mi chiese all'improvviso. Un'ottima domanda, una che mi ero fatto dozzine di volte. Ma mi resi conto che Ben non si riferiva allo stato generale della mia vita, ma al fatto di trovarsi insieme nel bosco.

«Non lo so. Di colpo mi è venuta voglia di rivederlo, il posto dove andavamo sempre insieme.» Mi tirai su. Dopotutto non era stato un granché come nascondiglio. Solo un posto riparato nella foresta a metà della montagna, accanto a un ruscello freddo e cristallino. I rami cadenti di un abete gigante avevano quasi creato uno scudo intorno a noi. «Ci sei mai tornato?» Era egoista da parte mia, lo sapevo benissimo, ma di colpo mi era parso davvero importante che Benji non ci avesse portato nessun altro. Quello era il *nostro* posto.

«Un paio di volte dopo che sei andato via, ma non aveva molto senso andarci senza di te.»

Segretamente rincuorato dalla sua risposta, non riuscii a fare a meno di lanciargli un'occhiata. Ben aveva la testa piegata in avanti con i capelli che gli ricadevano sul volto e le mani spinte nelle tasche della giacca. La sua posizione era così familiare, così… cara per me che sentii un'ondata di sentimenti invadermi il petto. Non c'era alcun altro posto in cui avrei preferito trovarmi in quel momento.

Benji si schiarì la voce e si raddrizzò. «E tua madre? Come sta?»

«Sta bene. Si è risposata poco tempo dopo la nostra partenza. Vive a Seattle.»

«E così tu vivi sulla costa orientale e tua madre su quella occidentale e Janet, invece, vive qui? Accidenti, non riuscireste a vivere più lontani di così neanche provandoci, eh?»

C'era più verità in quelle sue parole di quanto avrei voluto ammettere. Nostra madre ci aveva portati entrambi a

Seattle, ma appena ne avevamo avuto l'occasione, io e Janet eravamo andati per la nostra strada. Janet aveva lasciato lo studio dopo il primo anno di università e poi era tornata in Canada, mentre io ero finito a Vancouver per frequentare l'Università della Columbia Britannica. Sono sicuro che uno psicologo avrebbe avuto molto da dire sulle dinamiche della nostra famiglia.

Provai a cambiare argomento. «Da quanto tempo vivi sopra al garage?»

«Oh … be', è parecchio tempo. Sono andato all'università a Victoria, ma non ha funzionato …» disse Ben spingendosi le mani dentro le tasche e chinandosi in avanti. Ebbi la sensazione che ci fosse molto di più da raccontare, ma era chiaro che non aveva alcuna voglia di parlarne. Quell'idea mi faceva impazzire dalla frustrazione perché volevo disperatamente conoscere ogni minimo dettaglio su di lui e su quello che gli era successo negli ultimi vent'anni.

«E così sei sempre rimasto ad Alton? Perché? Sono qui da solo due giorni e già mi sembra chiaro che questa città stia morendo.»

«Mi piace stare qui e poi, Angela ha bisogno di qualcuno che la tenga d'occhio. Non posso lasciarla da sola.»

«Va così male con lei?»

«È ossessionata, Alex, o forse non te ne sei accorto?» Il suo respiro creava nuvole di vapore nell'aria e continuava a non guardarmi. «Tu non eri qui … dopo. Hai visto come sta adesso, ma avresti dovuto vederla allora. È stata licenziata dalla segheria per le troppe assenze dal lavoro. Ha usato quasi tutti i suoi risparmi e l'assicurazione di papà per ingaggiare investigatori privati. E medium. Senza parlare delle persone che la chiamano per dirle di avere delle informazioni, ma di volere in cambio dei soldi.»

«Non mi stupisce che non mi volessi in giro.»

«Non appena le cose cominciano a tranquillizzarsi, viene fuori un altro indizio, un altro avvistamento, un altro truffatore che lancia l'esca. E lei ci casca sempre.»

«Perché sei restato qui allora? Angela non è una tua responsabilità.»

«È mia madre,» disse con un'espressione concentrata, «e poi mi sento … come se fossi legato a questo posto. Come se fosse una parte di me.»

Non riuscii a capire se la cosa lo rendesse felice oppure no. «Mi dispiace, Ben.»

«Non è colpa tua.» Scrollò le spalle e alla fine, mi fece un piccolo sorriso. Il muro che ci divideva aveva cominciato a cedere e io cercai qualcosa, qualsiasi cosa, che continuasse a tenerci uniti.

«Ho visto il tuo volantino al ristorante. Quello per la mostra della prossima settimana. Le donne che lavorano al ristorante ti adorano.»

Ben mi sorrise timidamente. «Faccio quello che posso. Non ci sono molte risorse da queste parti …»

«Vuoi dire per ragazzi come Sebastian? Che problemi ha?» feci una smorfia. «Ho detto una cosa da stronzo, eh?»

«Un po'. Non ha alcun *problema*. Rientra nello spettro autistico, ma le mie classi non sono soltanto per persone con bisogni speciali. Sono per chiunque fatichi un po', adulti, adolescenti. L'arte mi ha aiutato a superare tante cose e voglio dare agli altri la stessa opportunità.» Aggrottò la fronte. «Perché stai sorridendo?»

«Perché sapevo che saresti diventato proprio così.»

«Così come?»

«Altruista. Pronto ad aiutare gli altri. È quello che sei.» Se io ero stato il più coraggioso, quello pronto a partire alla carica, Benji era sempre stato il cuore riflessivo della nostra amicizia. Era stato quello che sapeva calmarmi quando ero arrabbiato o riusciva a farmi ridere quando i litigi fra i miei genitori diventavano troppo da sopportare. Era sempre stato la persona da cui andare quando le cose diventavano difficili, malgrado anche lui avesse i suoi problemi. «Non sei cambiato.»

«Tutti cambiamo.» Benji rimase in silenzio dopo quell'osservazione criptica.

«E così…c'è qualcuno di speciale nella tua vita?» azzardai.

Nelle ombre che si allungavano, riuscii a notare un sorriso ammiccante. «Stai cercando di pescare informazioni?»

Lo stavo facendo? Forse. Non potevo negare che ci fosse una scintilla fra noi. Non ci sarebbe voluto molto a trasformarla in qualcosa di più grande. «No, sto soltanto facendo conversazione.»

Ben alzò le spalle. «Nessuno di speciale. Potrei contare su una sola mano il numero di uomini gay che vivono in un raggio di duecento chilometri da qui.» La conferma così semplice della sua sessualità mi mandò il cuore in tilt. *Non sono venuto qui per questo.*

«Non ci sono molte probabilità di trovare qualcuno con cui uscire.»

Ben continuò senza fare caso alla mia osservazione. «Durante la stagione sciistica, qualche volta mi va bene, ma quello non è proprio il mio ambiente. Ogni tanto prendo qualche giorno libero e vado a Prince George. Ho un amico lì.»

«Sono più di trecento chilometri,» esclamai, «nessuna relazione seria, perciò?»

«Non ho passato tutto il mio tempo a pensare a te, se è quello che intendi.»

Non lo era, ma il fatto che lo avesse menzionato, mi fece piacere. «Ma hai fatto coming out?»

Ben scoppiò a ridere. «Sì, l'ho fatto. Non credo che qualcuno sia rimasto davvero sorpreso.»

«E non hai avuto nessun problema quassù nel selvaggio nord?»

«Be', non è che vada in giro a mettere i miei amanti in mostra per la città, ma no, non ho avuto problemi. O quantomeno, nessun problema che mi venga detto in faccia.»

Si girò a guardarmi. «E tu? Voglio dire, a livello di relazioni? Non porti la fede.»

Vigliacco. «Un divorzio. Una relazione lunga fallita,» spiegai. Non valeva la pena di raccontare del mio matrimonio di dieci mesi con Tanya, avvenuto subito dopo l'università. Lei si era risposata già da parecchio tempo, con un uomo più "emotivamente disponibile", ed era andata avanti con la sua vita. Il modo in cui avevo trattato Will durante gli anni passati insieme, invece, non era una cosa di cui andavo fiero e non avevo voglia di parlarne. Ben probabilmente mi considerava già uno stronzo per come avevo mentito a sua madre. Non aveva bisogno di ulteriori conferme. «Nessun figlio, grazie al cielo. Noi Colville abbiamo già abbastanza problemi con le relazioni. Non riesco a immaginare come sarebbe se ci fossero in mezzo dei bambini. Ti ho detto che Janet ha divorziato dal suo terzo marito?»

«Ma le cose sono andate bene per tua madre,» puntualizzò Ben, «è felice, no?»

«Già, la seconda volta.»

Il ricordo del nostro primo e ultimo bacio continuava a girarmi per la testa. Aspettai che Ben aprisse il discorso, mi facesse *la* domanda. Quella che sapevo benissimo avrebbe voluto fare. Accidenti, quella che *io* avrei voluto che mi facesse. Ma non fece nulla del genere. E poi l'opportunità di uscire completamente allo scoperto scomparve.

«Dimmi della tua carriera,» disse, «a quanto pare sei un giornalista di successo.»

«No, non più,» gli risposi facendo un verso.

«Stai scherzando? Hai una pagina intera su Wikipedia. Per me, quello vuol dire essere famosi. Non avevo idea che avessi così tanto successo. Finalista per il tuo primo Pulitzer a soli ventisette anni, vincitore di un premio ufficiale dato dall'Ordine dei Giornalisti. E adesso scrivi per il *New York Journal*. È straordinario, Alex.»

«Ah, sì? Ma hai guardato le date? Sono tre anni che non scrivo qualcosa degno di nota. Sono a un punto morto e la mia carriera sta precipitando. È davvero frustrante.» Poteva sembrare che mi piangessi addosso e, be', era proprio quello che stavo facendo.

«Cos'è successo?» mi chiese Ben.

«Non lo so. Per un po' ho fatto il freelance e poi ho lavorato per un breve periodo con la Associated Press, ma quando ho compiuto trent'anni, la mia carriera "in ascesa" è andata a sbattere contro un muro. Le idee sono scomparse. Non riuscivo a vendere una storia neanche a pagarla. E adesso, tutto quello che scrivo è mediocre e non c'è nulla di peggio della mediocrità per uno scrittore. Oh, è roba che va bene per la sala d'attesa di un medico, ma il *New York Journal* avrebbe dovuto essere un gradino verso qualcosa di meglio, forse il *Times* o il *New Yorker*, ma le cose non sono andate come speravo.»

«Non puoi aspettarti di produrre un capolavoro ogni volta che scrivi un articolo. Se può esserti di qualche consolazione, penso che avresti dovuto vincere quel secondo Pulitzer. Il racconto di quella famiglia di Las Vegas che lotta per salvare la propria casa dal pignoramento è davvero straziante.»

«Lo hai letto?»

Ben abbassò la testa. «Era lì, online. Ci sai davvero fare con le parole, Alex. La loro disperazione era palpabile. Non so quante volte sono scoppiato a piangere. Il tuo articolo era molto più interessante di quello sulla corruzione politica che ha vinto. Non che la mia opinione conti qualcosa.»

«No, anzi, vuol dire molto per me. Grazie.» Mi schiarii la voce. «Non credo che arriverò mai più a quel punto. Non ho nemmeno una mia rubrica. Sono soltanto un riempibuchi.»

«Che vuol dire?»

«Mi occupo delle rubriche quando qualcuno è in malattia o in vacanza.»

«Sembra interessante. Puoi scrivere di tante cose diverse.»

«Suppongo che sia un modo di vedere le cose.»

«Un po' di vittimismo, eh?»

Scoppiai a ridere. «Okay, sì, hai ragione. Mi sto lamentando. Chi ha bisogno di un premio Pulitzer quando posso scrivere sciocchezze tipo "Come sono sopravvissuto a un padre assente"?»

«Come?»

«È una cosa che mi ha convinto a fare il mio capo. Mi ha promesso un posto in prima pagina per un articolo sul mio ritorno a casa e sui miei sentimenti nell'incontrare di nuovo mio padre. Pensa che possa avere un'angolazione umana che piacerebbe ai lettori.»

«Fammi capire; stai pensando di sfruttare la morte di tuo padre? *Quella* è la storia a cui stai lavorando?»

Il tono di giudizio nella sua voce mi fece irrigidire. «La fai sembrare una cosa così … fredda.»

«È una cosa fredda. Dopo vent'anni, l'unica cosa che ti ha fatto tornare qui è la promessa di un articolo in prima pagina?»

«È un'idea solida,» insistetti. Che andasse al diavolo, non dovevo giustificare le mie azioni né a Ben, né a nessun altro. «Molti grandi scrittori utilizzano le proprie esperienze come materiale e l'articolo sta venendo bene. Ho già cominciato a scriverlo. Anzi, potrebbe finire per essere un ottimo pezzo, forse non a livello di un Pulitzer, ma comunque rispettabile.»

Ben rispose con un verso. «Avevo capito che eri ambizioso, ma c'è qualcosa che non saresti disposto a fare per una storia?»

«Non c'è nulla di male a voler essere il migliore,» sbottai, «e non venire a dire proprio a me che sono freddo.»

«Che vorresti dire?»

«Niente.» Saltai giù dal cofano e mi avviai verso il posto del guidatore. Era arrivato il momento di cercare di capire cosa avrei potuto fare per tirarci fuori da lì. Un fruscio minaccioso aveva appena trasformato la foresta in un posto spaventoso e pericoloso e la temperatura stava continuando a scendere.

«No, davvero, che volevi dire?» Mi chiese Ben seguendomi.

Reagii senza pensarci. «Tua sorella è scomparsa per venti stramaledetti anni e tu non sembri molto preoccupato di sapere cosa le sia successo. *Quello* è freddo.»

«Non hai alcun diritto di dirmi certe cose, Alexander Colville. Non più. Non hai idea di come fossero le cose qui.»

Gettandomi sul sedile del guidatore, inserii la marcia dell'Explorer e accelerai un po' soltanto per muovere le ruote.

La gomma davanti continuava a girare a vuoto.

Senza una parola, Ben si allontanò fra gli alberi.

«Che fai?» urlai. Aveva intenzione di tornare indietro a piedi e di lasciarmi qui in mezzo ai boschi?

«A te cosa sembra?» disse. «Ci sto tirando fuori da qui.»

Sentii un rumore di foglie e del legno che si spezzava e Ben riapparve subito dopo di fronte alla luce dei fari trascinandosi dietro un lungo ramo. Scomparve per un attimo inginocchiandosi di fronte alla macchina, poi riapparve di nuovo e si spostò da un lato. «Adesso fai marcia indietro, ma piano.»

Feci quello che mi aveva detto. Dopo un po' di resistenza iniziale, l'Explorer riuscì a liberarsi. Continuai a procedere fino a quando non raggiunsi del terreno più solido.

«Caspita, MacGyver,» dissi pieno di ammirazione quando Ben mi raggiunse in macchina.

«Sono solo competenze di base,» borbottò, «di solito, infilare un ramo sotto le ruote funziona.»

«Me lo ricorderò la prossima volta che mi troverò bloccato in un bosco,» scherzai, ma Ben si sedette accanto a me rigidamente senza abboccare al mio amo.

Tornammo a casa di Ben più o meno nello stesso modo in cui eravamo arrivati fin qui, in silenzio.

Mentre guidavo lungo il suo viale d'ingresso, la ghiaia cominciò a scricchiolare sotto le ruote. Mi sentii sollevato quando Ben non saltò fuori dalla macchina alla prima occasione. Soltanto in quel momento capii quanto mi facesse paura il pensiero di tornare da solo fino al motel, quanto avrei voluto piuttosto restare qui, insieme a lui, ancora per un po'.

«Mi dispiace per prima,» gli dissi, «hai ragione. Non avrei dovuto dire una cosa del genere.»

«Vent'anni sono lunghi, Alex. Non siamo più le stesse persone di allora. Non possiamo ricominciare dal momento in cui ci siamo separati.»

La cosa strana era che per me stavamo facendo proprio quello. Sì, Ben era diverso. Io ero diverso. Allo stesso tempo, però, stare insieme sembrava incredibilmente familiare. Non glielo dissi.

Alla fine, Ben riprese la parola. «Quanto tempo pensi di restare?»

«Non lo so. Immagino fino a che papà…» Feci una smorfia. Lo avevo quasi dimenticato stasera e avrei voluto che Ben non me lo ricordasse. «È terribile, vero?»

«Perché sei qui con me invece di passare con lui il tempo che gli resta? Non riuscirai a scrivere la tua storia così.»

Non riuscivo a togliermi dalla testa le parole di mio padre, quei suoi fiammeggianti occhi gialli. «È un po' complicato.»

«È tuo padre, Alex. Lo so che probabilmente hai molta rabbia dentro, ma non fare qualcosa di cui finiresti per pentirti.» Aprì lo sportello della macchina.

Gli afferrai il polso per trattenerlo. «Ben, è stato davvero bello rivederti. Forse potremmo farlo di nuovo? Cenare insieme o qualcosa del genere? Ti prometto che non mi comporterò da stronzo la prossima volta.»

Mi fissò per qualche secondo. «Ho scoperto un'altra cosa su di te su internet.»

«Oh?» Sentii una stretta al petto.

«Che sei bisessuale.»

«Hai scoperto anche quello su Google?»

«Su Wikipedia, per la precisione. Pare che tu abbia una relazione con *un uomo* che fa il corrispondente estero. È vero?»

«Wikipedia dovrebbe essere aggiornata. Quella è stata la relazione a lungo termine che ho menzionato prima. È finita già da un po'.»

Il braccio di Ben si irrigidì sotto la mia mano. «Quando lo hai capito?» La sua voce si era fatta tesa e pensai di sapere il perché.

«All'università,» risposi. *Bugiardo. Lo sapevi già da un pezzo, ma non sapevi che nome dargli.* La mia testa avrebbe voluto dirgli di più, spiegargli che cosa lui avesse voluto dire per me. No, anzi, quello che apparentemente voleva ancora dire, almeno a giudicare dalla stretta con cui gli tenevo fermo il braccio.

«Be', congratulazioni per aver fatto coming out. Avevi intenzione di tenere segreto anche quello?»

«Non è poi un gran segreto se si trova su internet. È che non sapevo come dirtelo.»

Ben fece un verso e si girò per guardarmi dritto in faccia. «C'è qualche altra cosa che ti sei scordato di dirmi?»

«No, penso sia tutto.»

«Non verrò a letto con te.»

«Non ricordo di avertelo chiesto. E poi, non sono qui per quello.»

«Ah, no?» chiese sfidandomi.

Be', mi era passato per la testa. In un certo senso, avevamo ancora degli affari in sospeso. Ma sapevo anche che, se avessi dovuto scegliere, non avrei voluto rovinare il ricordo della nostra amicizia con il sesso. E così, provai a scherzarci su. «Be', Prince George è parecchio lontana solo per trovare qualcuno con cui andare a letto.»

Ben sospirò e borbottò qualcosa sottovoce. «Dammi il tuo cellulare,» disse alla fine.

Tolsi il blocca-tastiera e gli passai il telefono, osservandolo mentre si mandava un sms.

«Ecco. Adesso hai il mio numero di telefono. Insegno di martedì, mercoledì e giovedì pomeriggio. Di sabato mattina ho la classe di terapia con l'arte. A parte quello, sono libero se resterai in giro ancora per un po'.»

Scese dalla macchina, si fermò per un attimo e poi si chinò di nuovo verso di me. «Ma non verrò a letto con te. Per quello sei in ritardo di circa vent'anni.»

CAPITOLO 6

Ripensai a lungo a quello che mi aveva detto Ben, al fatto di evitare mio padre. Ero un uomo adulto. Per una volta avrei dovuto comportarmi come tale e mettere da parte il mio risentimento. Ben, però, l'aveva fatta sembrare una cosa talmente facile.

All'improvviso mi resi conto che era sempre stato la mia coscienza, la mia metà migliore. Quando mi era saltato in testa di unirmi ai fratelli Barry e mettermi a lanciare palloncini pieni d'acqua dal tetto della scuola, era stato lui a farmi cambiare idea e a evitarmi un mese di punizione. Quando avevo deciso di diventare un drago delle BMX e di provare a buttarmi giù dal monte Roddick, era stato Ben a convincermi di indossare un casco e così mi ero ritrovato soltanto con un braccio rotto anziché una frattura alla testa. Immagino di poter dire che mi aveva salvato la vita.

Peccato che non fosse stato in giro anche durante gli ultimi vent'anni.

E di chi è la colpa?

«Oh, chiudi il becco,» sbottai il giorno dopo aver visto Ben mentre arrivavo in macchina al centro commerciale dove si trovava il negozio di ferramenta. La scoperta di escrementi di topo nell'armadietto della cucina di papà mi avevo spinto a tornare lì per la seconda volta nel giro di due giorni. Avrei dovuto semplicemente lasciare la casa mobile a Darnell e andarmene invece di sprecare il mio tempo a pulire, ma se ci fosse stata anche una remota possibilità di venderla e ricavarne un piccolo profitto, ne sarebbe valsa la pena.

Parcheggiai la macchina, ma mentre mi dirigevo verso il negozio, venni distratto da un uomo e una donna che discutevano a qualche metro da me. Quella donna era Angela Morning?

«Mi lasci in pace, dannazione!» urlò l'uomo visibilmente furioso. Indossava una polo rossa con l'emblema del negozio che gli fasciava il torace possente.

Mi affrettai attraverso il parcheggio senza pensare. «Signora Morning, sta bene?»

«Se *lei* sta bene?» I folti baffi dell'uomo tremarono per l'irritazione mentre faceva un ampio gesto con le mani. «È lei che sta molestando *me.*»

«Dimmi soltanto dov'è, ti prego,» lo supplicò Angela, «non voglio sapere altro.»

Il volto dell'uomo divenne rosso fino alla linea dei capelli che avevano cominciato a diradarsi. Era diventato quasi dello stesso colore della sua maglietta. «Per l'ultima volta, non so dove sia Misty. Non ho avuto nulla a che fare con quella storia. Se non resterà lontana da me, dalla mia famiglia…» Smise di parlare senza completare la sua minaccia, si girò e si avviò a grandi passi verso il negozio di ferramenta.

«Chi era quello?» chiesi.

«Il ragazzo di Misty.»

«Derek Gagnon?» Mi passarono per la testa un milione di domande, ma non ero sicuro di volerle chiedere. Mi ero ripromesso di non farmi coinvolgere.

«Sta bene, signora Morning?» chiesi invece.

«Non starò mai bene. Non finché Misty è ancora là fuori.»

«E lei crede che Derek sappia dov'è?»

«Ne sono certa. L'ha uccisa lui.»

Fui sorpreso dalla nota d'acciaio nella sua voce.

Vai via, Alex. Vai via e basta.

«Posso chiederle una cosa? Perché è così sicura che non sia scappata via?» Di recente, avevo letto il caso di un uomo che era scomparso e che la sua famiglia aveva dato per morto finché lui non era ricomparso trent'anni dopo a Toronto con un altro nome. Poteva succedere.

«Misty non mi avrebbe mai fatto una cosa del genere,» affermò Angela, «d'altronde, hanno trovato dei frammenti di stoffa e la sua borsetta nella macchina. La borsetta era di vinile... sembrava quasi intatta. Non sarebbe mai andata via senza la sua borsetta.»

«C'era altro in macchina?»

«Una collana. Una che indossava tutto il tempo. Il ciondolo era un mezzo...»

«Un mezzo cuore,» finii io debolmente, «me la ricordo. Janet aveva l'altra metà. Una volta ricomposte, sul ciondolo c'era scritto *Amiche del Cuore*.»

Ecco perché Ben era stato così certo.

«Visto? È per questo che so che deve essere successo qualcosa di brutto alla mia bambina. Me lo *sento*.»

Mi scossi dalla confusione mentale che si era impossessata di me. «Ma cosa la fa pensare che Derek sia coinvolto?»

«Non guarda mai la televisione? L'assassino è quasi sempre il fidanzato.»

Trattenni un sorriso. «Le servirà qualcosa di più delle storie in TV per dimostrarlo.»

«Derek ha dei precedenti.»

Sapeva che la polizia era andata a far visita anche a Derek? Aprii la bocca per chiederglielo, ma mi fermai un attimo prima di farlo. Ero venuto qui per comprare delle trappole per topi. Dovevo ricordarmelo. Il canto da sirena di una buona storia, però, tentava di incantarmi.

Angela si girò verso di me. «È ancora qui. Vuol dire che ha cambiato idea?»

Merda. Abbassai la testa. «L'ho ingannata, signora Morning. Sono Alex Colville…»

«Colville? L'amico di Benji. Il bambino cicciottello? Con gli occhiali? Vivevi dall'altro lato della strada.»

«Già, sono proprio io.»

«Non ti avrei mai riconosciuto.» Socchiuse gli occhi. «E così non sei un giornalista?»

Esitai. Cosa avrei dovuto dirle? «Lo sono, ma non sono qui per scrivere un articolo. Mio padre sta per morire.»

«Oh, mi dispiace,» disse con una smorfia, «ma potresti comunque investigare un po'. Dopotutto è quello che fai, no?»

«Mi pare che se la cavi già benissimo da sola.»

«Nessuno parla con me,» sbottò, «non importa più a nessuno. Persino la polizia ha smesso di rispondere alle mie telefonate.»

«Mi dispiace, Angela, ma…»

«So di non essere stata la migliore delle madri. Ho fatto degli errori, ma…ho bisogno di fare questa cosa. Ho bisogno di riportare a casa la mia bambina.» Mi prese per un braccio. «Ti prego. Non puoi chiedere un po' in giro? Qualcuno deve pur sapere qualcosa. Le persone non svaniscono e basta.»

«Non sono un investigatore privato…»

«Ho assunto investigatori privati e non mi sono stati di alcun aiuto. Non servono quando non ci sono tracce su cui investigare. Ma tu, tu sei di queste parti. Conoscevi Misty. Conoscevi i suoi amici.»

Gemetti internamente. Era probabile che non ci fosse nulla da fare, ma come avrei potuto ignorare una richiesta come quella? *Volevo* aiutarla.

E poi la verità era che ero davvero interessato. Sentivo che c'era qualcosa su cui sarebbe valsa la pena indagare. Forse non proprio nella storia di Misty, ma non potevo negare di sentirmi percorso da un brivido di eccitazione. Vedevo già la proposta per l'articolo materializzarsi nella mia testa. «Facciamo così, terrò le orecchie aperte e se sentirò qualcosa d'importante, glielo farò sapere. Va bene?»

«Grazie,» mi disse con trasporto, «grazie.»

«Non le prometto nulla,» l'avvertii.

«Capisco.»

Capiva davvero? Temevo che si aspettasse troppo.

Sentii un peso sullo stomaco.

Ben mi avrebbe ucciso quando fosse venuto a saperlo.

Nel negozio di ferramenta presi in fretta quello di cui avevo bisogno. Mi stavo dirigendo verso la cassa con i miei acquisti quando vidi Derek Gagnon impegnato a fare l'inventario della corsia cinque. Il volto ansioso di Angela Morning mi apparve davanti agli occhi. Era davvero possibile che Derek avesse ucciso Misty?

Prima di rendermene conto, tornai indietro, afferrai una scatola di veleno per topi dallo scaffale e mi avvicinai a quello che un tempo era stato un cattivo ragazzo.

«Mi scusi,» chiesi con un sorriso imbarazzato alzando le trappole in una mano e il veleno nell'altra, «potrebbe dirmi quale di questi sia meglio?»

Si irrigidì vedendomi. Un'ombra di sospetto gli attraversò il viso, senza però trasformarsi in aperta ostilità. Era probabile che non volesse perdere un cliente. «Dipende. Le trappole di solito sono più veloci, ma bisogna svuotarle. Il problema del veleno, invece, è che i topi possono trascinarsi a morire in una parete e poi si è costretti a convivere con la puzza.»

Rabbrividii in maniera esagerata. «Grazie. Immagino che userò le trappole.» Mi girai e poi tornai a voltarmi verso di lui come se avessi dimenticato qualcosa. «Ehi, ma tu sei Derek, giusto?»

«Ci conosciamo?»

«Alex Colville. Vivevo sulla stessa strada dei Morning.»

Il suo viso divenne rosso scarlatto. «Cazzo. Ho i poliziotti che mi stanno alle calcagna, quella stronza e adesso devo preoccuparmi che anche tu voglia rovinarmi la vita?»

Alzai le mani. «No, no. Sono solo in visita. Volevo scusarmi per prima… per Angela. È molto stressata, come puoi immaginare.»

Derek fece un verso. «Vogliamo parlare di stress? Quella stronza combina guai da dieci anni, ma da quando hanno trovato quella macchina, è andata completamente fuori di testa. Si siede di fronte a casa mia, avvicina mia moglie… siamo arrivati al punto che mio figlio ha paura di uscire di casa.»

Feci una smorfia. Forse Angela *era* un po' instabile.

«Aspetta, ma tu… sei il fratello di Janet?» chiese.

«Sono io.» Non mi sorprendeva che Derek si ricordasse di mia sorella. Di certo aveva anche frequentato gli amici di Misty.

«Sono arcistufo di venire trattato come un sospetto.» Mi puntò un dito in faccia. «Io non l'ho toccata.»

«Sono d'accordo con te che forse Angela abbia esagerato un po', ma devi ammettere che tu non hai una reputazione immacolata.» Scavai fra i ricordi per trovare qualche cosa di più sostanzioso per vedere come avrebbe reagito. «Hai dei precedenti, vero?»

«Vendevo erba, ma di certo non ho ucciso nessuno. E poi da allora mi sono rimesso in riga. Non mi sono più cacciato nei guai da quando … puoi chiedere a mia moglie.»

La foga nella sua voce mi convinse. «Errore mio. Mi dispiace. Sai come funzionano i pettegolezzi nelle piccole città.»

«Se hai sentito qualcosa sul mio conto da Janet, sappi che sono tutte cazzate. È sempre stata gelosa, odiava chiunque passasse del tempo con Misty. Ovviamente, questo non le ha impedito di fumarsi un po' della mia roba di tanto in tanto.» Prima che potessi domandargli come mai avesse tirato in ballo Janet, Derek allungò un braccio e tirò un colpo allo scaffale accanto alla mia testa facendomi saltare.

«Continuo a ripeterlo a tutti che io e Misty non facevamo sul serio,» proseguì, «non ero un ragazzo geloso. Ci vedevamo quando uno dei due aveva voglia di scopare, ma lei aveva subito chiarito che non ci sarebbe stato nulla di più fra noi. Qualche volta mi sembrava che stesse con me solo per fare scena … per fare incazzare sua madre.»

«E a te stava bene?»

Mi guardò come se stesse dicendo *Ma sei matto?* «Ma dai, ti ricordi com'era sexy, no? Credimi, però, se avessi saputo quanti guai quella ragazza avrebbe causato a me e alla mia famiglia, non mi sarei mai fatto coinvolgere.»

Inarcai un sopracciglio e Derek fece una risatina. «Chi sto prendendo in giro? Me la sarei fatta comunque. Non avevo neanche un po' di buon senso allora.»

«Lascia che ti chieda una cosa allora: che cosa hai pensato quando è scomparsa?»

«Onestamente ho pensato che se la fosse filata. Odiava questo posto, odiava sua madre. Parlava sempre di andarsene a Banff per lavorare in qualche albergo.»

«E non ti viene in mente nessuno che potesse volerle fare del male?» Derek socchiuse gli occhi. Merda, avevo esagerato? «Ehi, amico, sto solo cercando di aiutarti. Se Angela avesse un altro buon sospetto, forse ti lascerebbe in pace.»

«Credimi, sarei io il primo a dirlo se sapessi qualcosa. Pensi che mi piaccia vivere sotto questa minaccia? Ma…»

«Ma?»

«Senti, non eravamo una coppia esclusiva, okay? Ma qualche volta, quando facevamo sesso, se ne stava distesa lì e avrei giurato che stesse pensando a qualcun altro.»

«A chi?»

Alzò le spalle. «L'ho raccontato alla polizia.»

«Hai idea di chi potesse trattarsi?»

«A te la scelta. Avrebbe voluto farsela mezza città.»

Parlare con Derek mi stava lasciando un sapore amaro in bocca. Malgrado il suo comportamento ribelle, Misty era pur sempre una minorenne. «Grazie, amico. Mi dispiace per prima.»

«Dirai ad Angela di lasciarmi in pace adesso?»

«Vedrò cosa posso fare.» Mi girai per andarmene.

«Ehi!» urlò Derek. «Non scordarti queste.» Aveva in mano le mie trappole.

Pagai e me ne andai.

Alla faccia del restarne fuori.

Il pomeriggio passò rapidamente. Mi dedicai a pulire, organizzare, impacchettare. La maggior parte dei vestiti di papà erano troppo vecchi o sporchi per essere donati e finirono nella spazzatura insieme alle lenzuola e agli asciugamani lisi trovati in bagno. Misi da parte qualche effetto personale, come il ritratto di famiglia e una fotografia incorniciata di mamma e papà nel giorno del loro matrimonio.

Nel tardo pomeriggio, mentre stavo facendo una pausa dalle pulizie, i miei occhi finirono sul basso tavolino da TV in noce che era il prossimo obiettivo nella mia lista di cose da fare. Con un sospiro sconfitto, tirai uno degli sportelli gonfi di umidità e gemetti. All'interno c'era un mucchio di riviste. Fantastico. Altra spazzatura.

Ma quelle non erano semplici riviste e me ne accorsi subito tirandole fuori dal mobile. Trattenni il respiro. Quelle riviste erano *mie*. Erano le cose che avevo scritto nel corso degli anni. Giornali come *Mother Jones* e *Forbes* e il numero di *Rolling Stone* con in copertina le protagoniste di un vecchio serial televisivo in cui avevo pubblicato il mio primo articolo importante. O i gusti da lettore di mio padre erano incredibilmente eclettici o aveva seguito la mia carriera.

Sfogliai le riviste, smuovendo ricordi e polvere. Come aveva fatto a procurarsele quassù? Dubitavo che il supermercato locale vendesse copie di *Harper's Bazaar*. Forse gliele aveva spedite mia madre? Alcune di quelle riviste risalivano a otto anni prima. Erano state preservate con cura, be', con cura per gli standard di mio padre, e non erano state buttate in giro come gli altri giornali. E poi gli angoli delle pagine erano piegati, come se le avesse davvero lette.

Di colpo, le ginocchia sembrarono cedermi e mi accasciai sulla poltrona. In tutti quegli anni non aveva mai dimostrato alcun interesse per la mia carriera, e neanche per la mia vita. Non mi aveva mai chiamato per congratularsi con me, non mi aveva mai chiesto a che cosa stessi lavorando, e io avevo immaginato che non gliene importasse nulla.

Un'ondata di rimpianti mi risalì lungo la gola. Cercai di immaginare mio padre seduto in questa specie di lattina arrugginita, circondato dal disordine, mentre leggeva le parole che avevo scritto. Che cosa aveva pensato? Si era sentito orgoglioso di me?

Sistemai le riviste in una scatola in cui avevo cominciato a mettere le cose da conservare. Perché? Non lo sapevo. Avevo le mie copie a casa, ma non volevo che quelle riviste finissero nella spazzatura.

Un alito di vento mi sfiorò la nuca facendomi rabbrividire. Adesso che avevo smesso di muovermi in giro, la casa mobile era diventata di nuovo freddissima e, dannazione, si era già fatto così tardi? Dovevo ancora tornare al motel, farmi la doccia e incontrare Katy per cena. Sarebbe stato bello uscire e divertirmi un po'. Il pensiero della serata che mi aspettava mi aveva riempito di un entusiasmo inaspettato e sembrava avermi riscaldato.

Stavo chiudendo la porta quando sentii squillare il telefonino. Era la prima volta che succedeva da quando ero arrivato e il suono mi aveva fatto trasalire per la sorpresa.

«Parlo con il signor Buchanan?» Si trattava di una voce maschile che non conoscevo. Il mio primo pensiero corse all'ospedale e sentii una stretta allo stomaco.

«Sì, sono io,» risposi con cautela preparandomi a sentire cosa fosse successo.

«Lei è il figlio di Jerry Colville?»

«Sì.»

«Sono Blake McNamara del corpo di polizia a cavallo,» disse, «grazie per avermi chiamato ieri.»

Feci un sospiro di sollievo. «Nessun problema.» In poche parole, spiegai che papà era in ospedale a Smithers e poi mi fermai. «Di cosa si tratta?»

«Immagino abbia sentito che abbiamo riaperto il caso Morning.»

«È in ritardo di vent'anni, sergente. Forse se foste stati più accurati quando Misty è scomparsa, adesso non vi ritrovereste in questa situazione.»

McNamara fece un colpo di tosse. «Ammetto che il caso non fu gestito bene all'epoca,» disse bruscamente, «ma Misty aveva quasi diciotto anni. La sua borsetta e i suoi abiti erano scomparsi insieme alla macchina. Non c'era alcuna ragione per credere che non fosse scappata via.»

E i fuggiaschi non meritano indagini accurate. «Insomma, come mai vuole parlare con mio padre?»

«Sto rileggendo alcune testimonianze dell'epoca e Jerry è stata una delle ultime persone ad averla vista.»

«Ah, sì?» La cosa mi giungeva nuova. Ad Alton c'erano soltanto pochi agenti di polizia e nel 1996 ci era voluta una settimana prima che il caso fosse passato a un distaccamento regionale. Mi ricordavo vagamente di un uomo imponente e calvo in giacca e cravatta seduto nel nostro soggiorno a interrogare mia madre, mio padre, Janet e me. Poi, però, non ci aveva contattati più nessuno e soltanto un paio di mesi dopo, io, Janet e nostra madre eravamo andati via.

«Sì,» disse il sergente McNamara. Non lo avevo sentito trafficare con delle pagine, quindi doveva conoscere molto bene il caso. «Quella mattina Misty ha avuto dei problemi con la macchina e Jerry le ha dato un'occhiata. È stata l'ultima volta in cui qualcuno ha parlato con lei o l'ha vista, a eccezione di voi ragazzi ovviamente.»

Non ero sicuro che mi piacesse la sua insinuazione. «Mi dispiace, ma mio padre riesce a malapena a parlare.»

«Lo so. Un mio collega è passato in ospedale un paio di giorni fa dopo aver parlato con sua sorella Janet.» Quelle parole mi ridussero in silenzio. Le giubbe rosse avevano interrogato Janet? Perché non me lo aveva detto?

McNamara continuò, «Mi piacerebbe farle alcune domande, è possibile?»

«Sarei felice di esserle d'aiuto, ma è passato tanto tempo.» La vicina di mio padre era di nuovo impegnata a sbirciare da dietro la finestra. Le feci un cenno di saluto per dispetto e poi mi avviai velocemente verso la macchina.

«Secondo il rapporto lei ha visto la macchina della signorina Morning sull'autostrada 16 il pomeriggio del venti agosto.»

«È vero. Io e Ben eravamo andati sul monte Roddick e stavamo tornando indietro.»

«A che ora?»

«Oh, non saprei. Nel pomeriggio? Forse alle tre? Mi ricordo che avevo fame.»

«Ma non tornaste a casa.»

«No, andammo al fiume. Per rinfrescarci.»

«In quale direzione era diretta la macchina?»

Quell'improvviso cambiamento nelle domande mi aveva messo in confusione. Era in gamba, dovevo ammetterlo. «Verso est,» dissi dopo averci pensato un po'.

«Verso il lago Burns? È sicuro che a guidare fosse Misty?» chiese McNamara. «Che fosse da sola?»

«Non lo so. Non saprei dirlo. Aveva quei finestrini oscurati…»

«A che ora tornaste a casa quel giorno?»

«Forse intorno alle cinque?»

«E suo padre? Era lì al suo rientro?»

Sentii un brivido percorrermi la spina dorsale, come se qualcuno mi avesse fatto scivolare un cubetto di ghiaccio lungo la schiena. «Ehi, un attimo, dove vuole andare a parare?»

«Voglio solo confermare la sequenza dei fatti,» mi rassicurò, «c'era qualcuno a casa?»

Scavai nei ricordi. Avevo urlato un ciao a Benji, salutato papà che aveva finalmente cominciato a riparare il gradino della veranda di cui mamma si lamentava sempre, lasciato la bicicletta in cortile mentre andavo di corso sul retro della casa. «Mamma non era ancora rientrata dal lavoro, ma sì, mio padre c'era. E anche Janet. Era stata messa in punizione per tutta l'estate.»

«Perfetto. Abbiamo quasi finito. Mi dica, che rapporti avevano Ben e sua sorella?»

Gesù. Anche Ben è un sospetto? «Perché?»

«Mi pare di capire che non andassero molto d'accordo.»

Una furia irrazionale mi invase il petto. «Vuole sapere di Misty e Ben? Be', che ne dice di questo come riassunto: quando io e Benji avevamo undici anni, Ben aveva salvato un uccello con un'ala rotta.» *Una rondine arboricola bicolore.* Che strano come quei ricordi mi tornassero in mente con tanta facilità. Ben aveva una copia dell'*Enciclopedia degli uccelli della Columbia Britannica* e aveva fatto delle ricerche. «Comunque,» continuai lasciando stare i dettagli, «aveva sistemato una scatola da usare come nido, tirato fuori dal terreno dei vermi per darle da mangiare … Poi una mattina, Ben si sveglia e non riesce più a trovarla dove l'aveva lasciata. Ritrova la scatola in cortile, vuota, e delle piume per terra. E sa perché? Perché Misty l'aveva messa lì fuori, per dispetto, e i coyote avevano preso la rondine. Ecco com'erano Misty e Ben. E, per la cronaca, io e Benji eravamo insieme il giorno in cui Misty è scomparsa. Avevamo passato insieme *tutta* la giornata. Misty era viva e vegeta quella mattina, e perfida come al solito.» *Divertitevi a farvi le seghe, voi due.* «Non ho altro da dirle.»

Chiudere il telefono in faccia a un agente della polizia a cavallo probabilmente non era la cosa più saggia che avessi mai fatto, ma mi aveva fatto sentire molto meglio.

La mia rabbia era appena diminuita quando incontrai Katy qualche ora dopo in un ristorante in città che si chiamava Hannigan. Il locale era arredato in quello stile da chalet che sembrava così popolare a Smithers, con pannelli di legno scuro, luci basse e persino un caminetto di pietra.

Senza uniforme e con i capelli scuri sciolti che le ricadevano intorno al viso, non la riconobbi subito. Era persino più carina di quanto avessi pensato all'inizio e il suo sorriso di benvenuto, per tacere dei suoi jeans attillati e della camicetta rossa semi-lucida, mi fecero pensare che sarebbe stata una bella serata. Dopo quella conversazione sconcertante con il sergente, ne avevo proprio bisogno.

«È da molto che aspetti?» le chiesi.

«No, sono appena arrivata.»

Una hostess mi prese la giacca, mentre un'altra ci guidò attraverso una sala quasi piena fino a un tavolo vicino al caminetto. «Non mi aspettavo che fosse così affollato,» osservai, «siamo fuori stagione.»

«Non siamo tutti dei bifolchi quassù,» scherzò Katy, «ogni tanto ci piace andare a mangiare fuori.»

Dopo qualche secondo, apparve un cameriere che mi diede una lista dei vini costosissima prima di accendere una candela sul tavolo con un gesto da attore consumato. Diedi uno sguardo al menù e lo passai a Katy.

«Penso che prenderò una birra,» disse senza neanche aprire il menù, «una qualsiasi birra locale alla spina.»

«La donna dei miei sogni. Facciamo due.»

Katy aspettò che il cameriere si allontanasse, «Non credo che Janet fosse molto felice che tu mi abbia chiesto di uscire a cena,» osservò.

«Glielo hai detto?»

Socchiuse i suoi bellissimi occhi verdi. «Non pensavo che fosse un segreto.»

«Non lo è. Immagino solo di non essere abituato ad avere membri della famiglia coinvolti nelle mie faccende personali. Io e Janet non siamo molto vicini al momento.»

«Già, mi hai detto che avete un rapporto un po' difficile. È per questo che l'altra tua sorella non è qui?»

Feci una smorfia. «Quale altra sorella? Siamo soltanto io e Janet.»

«Oh, devo essermi sbagliata. Dalla maniera in cui a volte Jerry parla, ho pensato che avesse anche un'altra figlia.»

«Che cosa ha detto?»

«Non ricordo esattamente le sue parole e quello che dice non ha sempre senso. Parla di Janet, ovviamente, e di qualcuno di nome Diane?»

«Nostra madre.»

«Ma avrei giurato che ci fosse anche un altro nome.» Alzò le spalle. «Devo essermi confusa.»

Ed eccola di nuovo: quella sensazione di disagio lungo la spina dorsale. «Era per caso Misty?»

«Sì, esatto! È proprio quello il nome.» Katy si piegò verso di me. «Di chi si tratta? Della tua ex?»

Feci uno sforzo per mantenere un'espressione neutrale. «Solo di una persona del passato. Che cosa…che cosa ha detto su di lei?»

«Non ha detto qualcosa su di lei, ma piuttosto *a* lei. Sembrava agitato.»

Il cameriere arrivò con le nostre birre e Katy ne bevve un sorso mentre io riflettevo su quello che mi aveva appena detto. Quindi non avevo sentito male quella prima volta. Ma che cosa voleva dire? Ero così preso da quel pensiero che per poco non mi resi conto che Katy mi aveva fatto una domanda. «Sei una specie di scrittore, giusto? Janet è stata un po' vaga sul tuo lavoro.»

«Sono un giornalista.» A quanto pare Katy non mi aveva cercato su Google come aveva fatto Ben. «Scrivo per varie riviste.»

«Non leggo molto. Ho un bambino di sei anni, chi ha il tempo di leggere? Stai lavorando a qualcosa in questo momento?»

«Sto scrivendo un pezzo su mio padre.»

«Che bello.»

«Non pensi che sia... una specie di sfruttamento?»

«Immagino che dipenda da te, ma penso che sia una cosa molto dolce che tu voglia scrivere un'eulogia su di lui.»

Scoppiai a tossire dopo aver mandato giù la birra dalla parte sbagliata. Un'eulogia non era di certo quello che stavo scrivendo.

Katy non mi chiese altri dettagli e non finse di essere interessata e mi sentii sollevato per quello. Era chiaro che sapevamo entrambi che il nostro appuntamento non si sarebbe trasformato in nulla di serio e non aveva alcun senso scambiarsi dettagli sulle nostre vite.

Dopo aver ordinato la cena e altre due birre, cominciammo a chiacchierare tranquillamente. Mi chiese della mia vita a New York, ma tentai di evitare le sue domande e di spostare la conversazione su di lei: come era diventata infermiera, come mai era finita a vivere nel nord della Columbia Britannica. Scoprii così che era venuta qui con il suo ex che lavorava nell'industria del legname e che poi era rimasta perché condividevano la custodia del loro bambino.

Mentre parlavamo, il mio sguardo continuava a spostarsi oltre la spalla di Katy ai dipinti che decoravano le pareti. Uno in particolare, un paesaggio, sembrava familiare. Socchiusi gli occhi. Quegli alberi inarcati, quei rami allungati, erano inconfondibili. Sapevo che se mi fossi avvicinato abbastanza avrei visto la firma di Ben scarabocchiata in basso.

«Qualcosa non va?» mi chiese Katy. «Sei molto silenzioso. Ho l'impressione di aver monopolizzato la conversazione.» Gli occhi le brillavano alla luce della candela.

«No, certo che no.» Le sorrisi e cercai di riportare la mia attenzione su di lei, ma con il dipinto di Ben che mi fissava, mi pareva quasi che fosse lì con noi. A quanto pareva, ovunque andassi, era impossibile sfuggire ai Morning.

Il cibo mi sorprese con la sua bontà e la compagnia divenne migliore quando smisi di preoccuparmi di papà e Misty. E di Ben. Era da tanto che non facevo qualcosa del genere, che mi impegnavo in una vera conversazione. Dopo Will, non mi ero dedicato molto a uscire con altre persone. Quando mi veniva voglia di andare a letto con qualcuno, andavo in un bar o, se mi sentivo pigro, usavo qualche app sul telefono. Katy, però, continuava a flirtare senza sosta e sapevo che non sarei dovuto tornare da solo al motel se non avessi voluto.

La mia mente, però, aveva continuato a distrarsi durante la cena. Doveva esserci qualcosa di sbagliato in me, perché, per quanto Katy fosse intelligente e sexy, quasi subito avevo cominciato a desiderare che ci fosse Ben al suo posto. La notte precedente mi aveva lasciato con la voglia di passare più tempo con lui. Era strano: ero riuscito a non pensare a lui per anni e adesso, invece, non potevo togliermelo dalla testa.

Restammo al ristorante fino quasi all'ora di chiusura. Pagai il conto, malgrado le proteste di Katy che avrebbe voluto dividerlo, e la accompagnai fino alla sua macchina.

Una volta lì, Katy mi appoggiò una mano sulla manica della giacca e si avvicinò. «Ti va di venire da me per bere qualcosa? Questa settimana mio figlio è con suo padre. Avremmo l'appartamento tutto per noi.»

La tentazione era forte. Non avevo voglia di stare da solo. Allungai la mano e le sistemai una ciocca di capelli dietro l'orecchio. «Mi piacerebbe…»

«Ma?»

«Io…be', non sto cercando nulla di serio in questo momento.»

Scoppiò a ridere. «Sei così dolce. Chi ha parlato di cose serie? Tu sei single, io sono single…Perché non divertirci un po' finché sei in città?»

«Quando la metti così…»

Katy si mosse per prima. Si alzò sulle punte dei piedi e mi accarezzò le labbra con le sue. La sua bocca era soffice e calda e sapeva del cioccolato che avevamo mangiato per dessert.

Perché mentire; era stato un ottimo bacio. Il mio corpo era pronto ad accettare la sua offerta, eppure c'era qualcosa che mi tratteneva. O meglio, *qualcuno*. Accidenti, avevo già deciso che Ben era off-limits.

Katy doveva aver intuito la mia indecisione perché si tirò indietro con una piccola smorfia. «Ho letto male qualche segnale?»

«No, sei una donna molto attraente.»

«Be', è un buon posto da cui cominciare. Io penso che tu sia molto bello.»

«Ma non posso farlo.» Le mie parole mi sorpresero. Fino a qualche minuto prima, avevo pianificato di andare a letto con lei.

«Ne sei sicuro? Le tue labbra raccontavano un'altra storia.»

«Ne sono sicuro.»

Mi studiò con attenzione e poi sospirò. Il suo respiro si raccolse in una nuvola di vapore nell'aria fredda della notte. «Capisco. C'è qualcun altro.»

C'era qualcun altro? Non ne ero sicuro.

Katy mi diede un'ultima pacca sul braccio. «Un uomo con degli scrupoli. La mia solita fortuna.»

«Mi dispiace, non volevo…»

«Illudermi?» concluse ridendo. «Rilassati, non è la prima volta che vengo rifiutata. Non succede spesso, però può capitare.»

Mi diede un bacio sulla guancia e salì in macchina. Chiuse lo sportello e abbassò il finestrino. «Ultima occasione. Sei sicuro che non possa farti cambiare idea sul venire a bere qualcosa da me?»

«Probabilmente potresti, ma domani dovrei affrontare il mio senso di colpa.» Feci un passo indietro. «Buonanotte, Katy.»

Perché avrei dovuto sentirmi in colpa di andare a letto con Katy? Mi chiesi mentre andavo alla mia macchina. Ero single, libero, eppure eccolo lì, quel pensiero che mi sfidava perché lo ammettessi apertamente.

Volevo Ben.

Sentii un treno fischiare da qualche parte in lontananza. Sembrava triste e solitario, proprio come mi sentivo io. Per moltissime ragioni, questo ritorno a casa non stava andando affatto come avevo programmato.

Capitolo 7

«Non scherzo, Brad, è proprio come entrare in un varco spazio-temporale. L'unica cosa che è cambiata è il numero di negozi chiusi in città.»

Quel sabato mattina, dopo un'altra nottata insonne e solitaria al motel Summit View ad ascoltare i richiami lontani dei coyote, mi ero alzato presto e dopo aver bevuto una tazza di acqua sporca e insapore fatta con la caffettiera che avevo in camera stavo aggiornando il mio capo al *Journal*. New York era tre ore avanti e Brad stava sempre incollato al telefono, persino durante i fine settimana, e quindi non avevo alcun timore di averlo disturbato. Ci conoscevamo sin dai primi giorni della mia carriera, quando eravamo entrambi scrittori emergenti. Lo consideravo un amico e quando mi aveva offerto un lavoro al *Journal*, lo avevo subito accettato.

«Tornare indietro a volte è difficile,» disse Brad, «mi ricordo la riunione fatta quindici anni dopo la fine della scuola. Un vero disastro.»

«Ma questa non è una riunione con i compagni di scuola.»

«Lo so, ma mi sei sembrato un po' suscettibile quando ti ho chiesto di tuo padre, e così ...»

«Non preoccuparti, avrai il tuo articolo,» risposi.

Scrivere di mio padre, o meglio del mio rapporto con lui, era facile. Duemila parole, dopotutto, avrebbero dovuto essere una passeggiata. Avevo anni di rabbia da cui trarre ispirazione, ma adesso che stavo raggiungendo la parte contemporanea della mia storia, le parole non mi venivano con la stessa facilità. Gli occhi mi scivolarono sulle riviste che avevo trovato il giorno precedente e che avevo appoggiato sul tavolino da caffè.

Era possibile che lo avessi giudicato male?

E se avessi passato la tua vita a odiare un uomo che non se lo meritava?

«Non sono preoccupato per l'articolo, Alex,» il tono di Brad era così serio che mi raddrizzai sulla sedia. «Se ti va di parlare ...»

«Oh, no, non osare diventare sentimentale con me proprio adesso. Non potrei sopportarlo. Sono stanco, ho bisogno di caffeina e pronto a sacrificare il mio testicolo sinistro per un caffè decente.»

«Va bene, non preoccuparti. Devo ammettere, però, che sono un po' deluso. Mi aspettavo che ti saresti portato a letto qualche ex ragazza pon-pon e invece tutto quello che stai facendo è startene seduto con il broncio in una stanza triste di un motel.»

Brad aveva un senso dell'umorismo volgare e non avevo mai apprezzato la sua mancanza di sentimentalismo più che in quel preciso momento.

«Nessuna ragazza pon-pon. C'erano meno di duecento studenti nella mia scuola superiore. Non avevamo neanche una squadra di football.»

«Tragico.»

«E comunque perché stavi pensando alla mia vita sessuale?»

«Perché sono sposato e con due figli sotto i cinque anni. Non mi ricordo dell'ultima volta in cui ho fatto sesso e sono costretto a viverlo indirettamente.»

«Hai avuto la tua occasione, Brad,» scherzai.

«Dimmi almeno che hai ripreso i contatti con una vecchia fiamma, come in un romanzo di Nicholas Sparks. Cerca di rendere un uomo felice, ti prego.»

«Ah, non esattamente. E non avrei mai pensato che fossi un fan di Nicholas Sparks.»

«Non io,» insistette, «Maddy lo è.»

«Ci credo. E non ho intenzione di giudicarti,» esitai un attimo, «ma ho un'altra idea per una storia che potrebbe interessarti.»

«Dimmi.»

«C'è una ragazza che conoscevo… la sorella del mio migliore amico…»

«Paaapààà, dai!» urlò una vocina dietro Brad. «Il tè e i pasticcini sono pronti.»

Brad tossì e io trattenni una risata. «Faresti meglio ad andare. Credo che il tuo tè si stia raffreddando.»

«Sì, sì. Mandami i dettagli via e-mail, va bene?»

«Lo farò. E, senti Brad… grazie per avermi fatto venire qui.»

«Non ti ho fatto fare niente.»

«No, ma mi hai spinto nella direzione giusta. Avrei dovuto trovare il coraggio di venire qui di mia iniziativa.»

«Spero che le cose si risolvano, Alex.»

«Anche io. Ci sentiamo presto.» Abbassai il telefono con gli occhi che mi bruciavano. New York mi mancava tantissimo.

Quando arrivai in ospedale, mi sentii sollevato nel vedere che Katy non era di turno in reparto. Mi sorprese non trovare neanche Janet, e senza di lei a fare da cuscinetto fra me e papà, persi un po' di coraggio. Non ero ancora stato da solo con lui e camminai avanti e indietro lungo il corridoio per qualche minuto fino a che non trovai la forza di entrare. Tutto sommato, non avrei dovuto preoccuparmi: quando entrai, mio padre dormiva.

Mi sedetti su una delle sedie per i visitatori. Avevo deciso di restare un po' giusto per salvare le apparenze prima di tornare alla casa mobile e continuare a pulire.

«Perché hai voluto che venissi, papà?» borbottai a voce alta. «Sei tu quello che ha rinunciato a noi, non ti ricordi? Se questo è il tuo modo per farmi sentire in colpa, non sta funzionando.» Ma non era vero e quella consapevolezza mi irritava ancora di più.

Per ammazzare il tempo, cominciai a controllare le e-mail di lavoro sul cellulare, ma dopo qualche minuto un lamento proveniente dal letto attirò la mia attenzione. «Papà?» Aveva gli occhi aperti, ma il suo sguardo era di nuovo perso in lontananza. «Papà? Sono io, Sandy.» Appoggiai il telefono e mi avvicinai mantenendo comunque un po' di distanza. Non riuscivo ancora a toccarlo.

I suoi occhi si mossero intorno alla stanza prima di atterrare su di me. «Sandy.»

«Che c'è?» Mi preparai a un'altra scenata.

«Jan…» La sua voce era così sottile, come se stesse parlando da molto lontano.

«Janet? Janet non è qui. Vuoi che la chiami? Vuoi un'infermiera?»

Allungò una mano scheletrica verso il comodino dove si trovava un bicchiere di plastica. Sul fondo nuotavano alcuni pezzetti di ghiaccio mezzi sciolti. Ne presi uno con il cucchiaio accanto al bicchiere e glielo avvicinai alle labbra. La sua lingua si muoveva come un verme pallido mentre succhiava il pezzetto di ghiaccio.

«Un altro?» gli chiesi.

Scosse la testa debolmente. «Dov'è Diane?»

«Mamma è a Seattle.»

«Seattle?»

Era ovvio che non se lo ricordava. «Papà, voi due avete divorziato vent'anni fa.»

«Oh.» Gli tremarono le labbra e gli occhi gli si riempirono di lacrime. «Oh … Dille … Dille che mi dispiace.»

Ti dispiace per cosa? Per essere stato un marito di merda? Per aver abbandonato i tuoi figli?

«Non avrei dovuto … non avrei dovuto farlo.»

«Fare cosa?»

Lanciai quasi un urlo quando le sue dita fredde e ossute mi afferrarono il polso. Gesù, era ancora sorprendentemente forte.

«Volevo fare la cosa giusta, ma era quella sbagliata. Tu mi odii,» disse. Non lo negai. «Ho fatto troppi errori.»

Mi sentii subito un nodo alla gola. «Perché, papà? Perché? Dimmelo.» *Perché hai amato l'alcol più di noi?*

La presa sul mio polso, però, si era già allentata e aveva socchiuso gli occhi. «Nessuna scelta. Cos'altro … fare?» Le parole erano strascicate e dovetti fare uno sforzo per capirle. «Troppo tardi ormai. Me lo merito.»

Lo meritava davvero? Non ne ero più tanto sicuro. Non ero sicuro che qualcuno potesse meritare una fine del genere.

«Prenditi cura di Janet,» mormorò, «ha bisogno di te.»

Trattenni la risposta che voleva uscirmi dalle labbra e cercai di ripensare alle riviste che avevo trovato nella casa mobile. In un modo tutto suo, doveva aver tenuto anche a me, ma quel pensiero non riuscì a frenare l'ondata di gelosia per quanto Janet avesse sempre precedenza su di me. «Janet non ha bisogno di me, papà,» sibilai, «sa prendersi cura di se stessa.»

«Prometti...»

«Non ho intenzione di fare una promessa in punto di morte a un uomo che non si è nemmeno preoccupato di venire alla laurea di suo figlio.»

Il suo sorriso era più simile a una smorfia. «Sapevo che stavi bene... Tu sei come me...»

«Non sono affatto come te.»

«Sandy!» La voce di Janet mi fece fare un salto. «Non mi aspettavo di trovarti qui.» C'era un che di difensivo nel suo tono di voce?

«Perché non dovrei essere qui? Pensavo che fosse proprio quello il punto. Ho pensato che tu fossi al lavoro.»

«Oggi il mio turno comincia a mezzogiorno.» Mi raggiunse al capezzale di papà e feci una smorfia guardandola bene. Aveva gli occhi rossi e i capelli sporchi. L'odore di menta del collutorio era fortissimo e i suoi zigomi sembravano ancora più prominenti del giorno prima. La morte di papà stava chiaramente avendo un brutto effetto su di lei.

Papà aveva ragione? Avrei dovuto preoccuparmi per Janet?

«Si è svegliato?» mi chiese.

«Solo per qualche minuto.»

«Come stava? Ha detto qualcosa?»

«Niente che avesse senso.»

Janet mi spinse via dal letto per potersi sedere sul bordo del materasso. Accarezzò con tenerezza la fronte di papà. Si era di nuovo addormentato e il suo volto si contorse sotto il tocco di Janet.

«Non so per quanto ancora potrò farcela,» disse con voce tremante.

Mi spostai alla ricerca di una via di fuga e sentendomi un po' a disagio. Le scene emotive non erano il mio forte e vedere Janet in quelle condizioni era spiazzante. Ma, che diavolo, ormai mi trovavo lì. «Hai già fatto colazione?»

«Non sono esattamente una persona da colazione.»

Ovvio. Sembrava non mangiare da una settimana. «Lascia almeno che ti compri un caffè,» insistetti.

Ci mise così tanto a rispondere che pensai avrebbe finito per rifiutare, ma mi sorprese. «Certo. Conosco un posto.»

Lasciammo insieme l'ospedale e seguii il vecchio pick-up arrugginito di Janet. Superò le grandi catene di caffè in favore di un piccolo locale nel centro della città. L'arredamento anche qui era simile a quello di uno chalet di montagna, ma i prezzi erano decenti e all'ingresso c'era un meraviglioso aroma di caffè appena fatto.

Ordinai una colazione completa, ma Janet si limitò a chiedere un caffè e un cornetto. Cominciò a smangiucchiarlo mentre eravamo seduti uno di fronte all'altra. I nostri sguardi si volsero verso la televisione montata sulla parete dietro al bancone per evitare di parlarci. Le notizie locali non erano mai sembrate così appassionanti.

«Com'è andato il tuo appuntamento?» mi chiese alla fine. Il suo tono di voce era intriso di critica.

«È andato bene. Perché? Cos'hai sentito?»

«Niente.»

«E allora perché sembri così infastidita?»

«Penso solo che sia da insensibili rimorchiare una donna mentre papà sta morendo.»

«Puoi evitare di farmi la predica? Non devo stare al suo capezzale ventiquattro ore su ventiquattro. Ed è stata *lei* a rimorchiare me.»

«Non voglio che Katy soffra.»

«Stai sopravvalutando il mio fascino. Credimi, Katy sa quello che fa.» Appoggiai la forchetta. «Dobbiamo parlare. Papà ha fatto testamento?»

«Un testamento? No, non che io sappia. Non ha nulla da lasciare.»

«A parte la casa mobile. Che cosa vuoi farne?»

«Farne?»

«Sì, vuoi venderla? Non so quanto possa valere, il mercato sembra piuttosto depresso, ma sarebbe comunque qualcosa.»

Janet scrollò le spalle. «Non me ne importa.»

«O forse potresti provare ad affittarla. Papà, però, ha un po' di pagamenti arretrati e se la vuoi, dovrai pagarli. Ha bisogno di molto…» Le parole *La tenacia di una madre* spuntarono sullo schermo della televisione. L'immagine passò dallo studio a quella di un giovane reporter che intervistava una donna in piedi di fronte alla caserma della polizia a cavallo di Alton. La donna aveva addosso una maglietta rosa dall'aria familiare sotto una giacca slacciata.

«Ehi, non è Angela Morning quella?» abbandonai il caffè sul tavolo e mi avvicinai alla televisione.

«Ehi!» urlò Janet.

Il servizio mandò in onda una fotografia di Misty, quella che Angela aveva usato per le spillette. Chi non sarebbe stato commosso vedendo una giovane così bella? Il volume era basso e mi sforzai di ascoltare le parole del giornalista:

«Misty Morning è scomparsa lungo l'autostrada 16 nell'agosto del 1996. Due settimane fa, dei pescatori hanno ritrovato la sua macchina vuota sommersa nella palude all'estremità meridionale del lago MacFarlane. La polizia ha dichiarato che la siccità della scorsa estate ha probabilmente determinato l'abbassamento del normale livello delle acque.»

Un'altra immagine mostrò una vecchia macchina arrugginita che veniva estratta dal lago prima di essere caricata sul pianale di un rimorchio attaccato a un carro attrezzi. Sentii un brivido lungo la nuca. Dopo vent'anni sott'acqua la vecchia macchina di Misty era ancora riconoscibile.

Sul posto si vedevano alcuni spettatori che osservavano con curiosità il lavoro fatto dai sommozzatori nelle acque fangose del lago.

Il servizio passò di nuovo al giornalista in diretta e all'immagine di un numero per informazioni che lampeggiava sullo schermo.

«La polizia si rifiuta di fare commenti e la sua unica dichiarazione è che si tratta di un'indagine ancora aperta.»

«Certo, come no,» sbuffò la barista che mi aveva raggiunto accanto alla TV. Era una giovane indigena che forse viveva in una delle riserve della zona.

«Come scusa?»

«Anche il caso di mia zia è ancora "aperto", ma nessuno ci lavora davvero. Quei tizi non riuscirebbero a trovarsi il buco del culo neanche con una mappa.»

«Tua zia è scomparsa?» Mi tornarono in mente i cartelloni lungo l'autostrada.

La donna abbassò gli occhi. «È stata uccisa. Otto anni fa. E non c'è un solo sospetto.» Fece un gesto verso la televisione. «Non gliene importa nulla. Fanno vedere la fotografia di quella ragazza bianca, ma chi pensa alle ragazze indigene? Anche loro meritano un po' di attenzione.»

Il giornalista in studio era passato a un altro servizio e così me ne tornai al tavolo con un pensiero ancora vago che mi girava per la testa.

Quando tornai a sedermi il viso di Janet era diventato pallido. Il cornetto mezzo mangiato le tremava in mano.

«Che c'è?» le chiesi.

«Brutti ricordi, tutto qui.»

Annuii. Lo sapevo bene. Avevo soltanto tredici anni all'epoca, ma anche io avevo percepito la serietà della situazione, la maniera in cui tutti di colpo parlavano a bassa voce.

«I poliziotti hanno parlato anche con te?» le chiesi. «Hanno lasciato un biglietto da visita nella casa mobile di papà. E ieri ho parlato con uno di loro.»

Fece un cenno con la testa. «Sì, un paio di giorni fa. Prima del tuo arrivo. Sono venuti alla concessionaria in cerca di papà.»

«Che cosa ti hanno chiesto?»

«Se mi veniva in mente qualcuno che avrebbe voluto fare del male a Misty? Com'era stata l'ultima volta che l'avevo vista? Le stesse cose che mi hanno chiesto all'epoca.» Si tirò la coda di cavallo. «Perché? A te cosa hanno chiesto?»

Stavo quasi per dirle dell'interesse di McNamara verso papà, ma esitai. Agli occhi di Janet, Jerry Colville non poteva commettere errori e non avevo proprio voglia di ricominciare a discutere delle solite cose. «Lo stesso.»

Gli occhi di Janet tornarono sulla televisione dove adesso stava andando in onda la pubblicità di un lassativo. «Quando è scomparsa, abbiamo tutti pensato, sperato, che fosse soltanto scappata via. Non faceva che parlarne, sai. Di come sarebbe scappata da questo posto per sfondare come modella. Voleva diventare famosa.» La sua risata risuonò con durezza. «Suppongo che in un certo senso lo sia diventata. Forse certe persone è meglio che scompaiano.»

Quel commento così brusco mi sorprese. Benji aveva detto qualcosa di simile.

«Che vuoi dire? Voi due eravate amiche per la pelle.» Mi ricordavo Janet seguire Misty dappertutto, nello stesso modo in cui Benji seguiva me. Ricordi delle loro Barbie sparse sulla veranda, delle risatine senza fine e dei mormorii che arrivavano dalla camera di Janet accanto alla mia. Quando Misty era scomparsa, a Janet si era spezzato il cuore e aveva passato delle settimane a piangere e a essere depressa.

«Lo eravamo, ma era diverso da bambine. È cambiato tutto quando siamo andate alle superiori.» C'era per caso una nota di gelosia adolescenziale in quelle parole? «Non ti ricordi di com'era?»

«Oh, me lo ricordo.» Anche io avevo avuto un incontro con Misty. Uno che non avevo mai raccontato a nessuno. E poi c'era la maniera in cui trattava sempre Benji. *Ehi, perdente* diceva allegramente dandogli spesso un colpetto sulla testa niente affatto gentile. In confronto a lei, Crudelia De Mon sembrava Biancaneve.

«Sapeva essere crudele.» Janet strinse le mani intorno alla tazza come per tentare di scaldarsi. «Ma aveva anche un altro lato. Una specie di … potere, o qualcosa del genere, che ti faceva desiderare di starle accanto, anche se la odiavi allo stesso tempo.»

Mi rimase un pezzo di pane tostato in gola.

«Mi dispiace tantissimo per la signora Morning, ma dovrebbe lasciar perdere e basta,» borbottò Janet.

«Non lo farà,» dissi, «dovresti vedere casa sua. È come se il tempo si fosse fermato. Come se stesse aspettando il ritorno di Misty da un momento all'altro.»

Janet alzò la testa di scatto. «Hai visto Angela?»

«Sì. E anche Benji, cioè, Ben.»

«Ma quando? Perché non me lo hai detto?»

Scrollai le spalle. «Non pensavo che fosse una cosa importante. Sono andato a trovare Ben quando sono arrivato qui e Angela mi ha preso per un giornalista, o meglio, per un giornalista interessato a Misty. Voleva che facessi delle indagini.»

«E tu hai accettato?»

«Certo che no.» Janet mi fissò in volto fino a mettermi a disagio. «Oh, e ho anche incontrato una delle vostre amiche in città. Arlene…Jerkovic mi pare. Mi ha detto di salutarti.»

«Arlene la Stronza?»

«Oh, carino. Che cosa simpatica. È stata Misty a darle quel nomignolo?» Per la prima volta, mi interrogai su mia sorella. Janet era stata l'ombra di Misty e quindi forse anche lei si era comportata nello stesso modo. «Ehi, Arlene ha detto qualcosa sul Ballo di Primavera di quell'anno. Hai idea a cosa potesse riferirsi?» Avevo cominciato a interrogare mia sorella come un sospetto?

«No, assolutamente.»

«Non eri il presidente del comitato organizzatore?»

«Sì, ma se ti ricordi, non sono nemmeno andata al ballo. Ero in punizione, no?» Socchiuse gli occhi. «Sembri un poliziotto. Perché mi fai tutte queste domande?»

«Abitudine, suppongo. Scusa, ma eri la migliore amica di Misty. Lo avresti saputo se qualcosa fosse stata un po'…strana, no?»

«Ho già risposto alle domande della polizia. Non devo rispondere anche alle tue. E poi, avevo capito che non te ne stessi occupando.»

Mi infilai in bocca l'ultimo boccone di uova fredde e cominciai a masticare. «Jan, pensi che papà sia coinvolto in questa storia?» le chiesi dopo aver ingoiato.

Le apparvero due macchie rosse sulle guance. «No, non lo penso.»

«Ma parla di lei. Ha detto il suo nome.»

«Quando? Sono stata tutti i giorni al suo fianco e non mi ha mai parlato di lei.»

«Katy ha detto che…»

«Oh, certo, se lo ha detto Katy allora deve essere vero,» sbottò, «perché vuoi incolparlo di tutto? Lo hai sempre fatto.»

«Janet,» sospirai stancamente.

«Non è tutta colpa sua, Sandy.»

«Di che stai parlando?»

«Del divorzio. Della partenza di mamma.»

Appoggiai di nuovo la forchetta. A quanto pare avremmo finito per discutere di nuovo delle stesse cose.

«Forse sei troppo giovane per ricordartelo,» continuò Janet, «ma mamma non è stata esattamente comprensiva quando papà ha perso il lavoro. Non faceva che lamentarsene con tutte le sue amiche. Lo ha fatto sentire una nullità.»

«Quindi stai dando, di nuovo, tutta la colpa a mamma.»

«No, non lo sto facendo. Possiamo smetterla di comportarci da bambini per un minuto? Qualche volta non è colpa di nessuno, Sandy. Le cose succedono e basta.»

Non lo sapevo anche io forse? Mi spostai sulla scomoda sedia di legno. «Non sto incolpando papà.»

«No?» I suoi occhi taglienti mi penetrarono da parte a parte.

Okay, forse gli davo una parte di colpa. La mia parte razionale sapeva che i matrimoni, e i divorzi, erano cose complicate, me lo aveva dimostrato il mio stesso divorzio, ma quel ragazzino di tredici anni era ancora lì, a chiedersi come papà avesse potuto lasciarci andare così facilmente. «Non è il divorzio che mi turba. Tantissimi genitori divorziano e riescono comunque a restare dove sono i figli.»

«Papà ha fatto un errore, e su questo ti do ragione, ma sono vent'anni che lo punisci. Non è arrivato il momento di smettere?»

«Io? Lo punisco?»

«Siete due dannati testardi,» disse Janet puntandomi addosso i resti del suo cornetto. «Continui a dire che papà ci ha abbandonati, ma tu non hai forse fatto la stessa cosa?»

«Di che stai parlando?»

«Quando è stata l'ultima volta che io e te ci siamo visti?»

«Quattro anni fa, per Natale, a casa di mamma e Dan a Seattle.»

«E se ricordo bene, tu hai passato tutto il tempo con gli occhi sul cellulare a ignorarci, come se non vedessi l'ora di potertene andare.»

«Mi sorprende che tu riesca a ricordartelo, visto tutto l'alcol che tu e Bruce avete buttato giù,» sibilai.

«Questo è un colpo basso, Sandy,» disse con una smorfia.

Mi sentii un vero stronzo. «Sì, mi dispiace. Non sono un'ottima compagnia oggi.»

«Quando mai lo sei? Mi piacerebbe davvero saperlo. Ti ho visto due volte in dieci anni. Anche mamma. Non chiami praticamente mai…»

«Sono stato impegnato con il lavoro,» insistetti, «sai benissimo che viaggio molto.»

«Il tuo lavoro è una scusa… è il tuo salvagente. Proprio come l'alcol per me e papà. Esiste una cosa che si chiama cellulare adesso, puoi persino usarlo per mandare delle e-mail. E invece, dobbiamo cercarti su internet per sapere cosa succede nella tua vita. Hai tanto successo, ma non ti sei mai preoccupato di dircelo.» Abbassò la testa e si asciugò gli occhi con un tovagliolo appallottolato. «Quindi, la prossima volta che vuoi incolpare papà per non essere parte della tua vita, forse prima faresti meglio a dare un'occhiata a te stesso.»

Le sue parole mi bruciarono sul vivo, soprattutto perché riconobbi che c'era della verità in quello che aveva appena detto. Accidenti a lei per aver tirato fuori questa storia proprio adesso, come se non avessi già abbastanza problemi da gestire.

Janet tirò su con il naso e allungò la mano per prendere altri tovaglioli accanto al mio piatto.

«Jan?» le afferrai il polso e i suoi occhi si fissarono sui miei. È vergognoso ammetterlo, ma avevo visto mia sorella chiaramente per la prima volta in tutta la mia vita e non come una scocciatura da adolescente o una sorella più grande con cui dovevo competere per avere attenzione, ma come una donna di mezz'età con tre divorzi alle spalle e che a malapena riusciva a tenere insieme i pezzi della sua vita. La mia irritazione scomparve. «Mi dispiace.»

Le lacrime le scendevano lungo le guance rugose. «Credi nel karma, Sandy?»

Socchiusi gli occhi, sorpreso da quell'improvviso cambio di argomento. «Cioè vite passate e cose del genere?»

«No. Nel senso che tutte le nostre azioni hanno delle conseguenze. Che se si fa qualcosa di male, la tua vita sarà uno schifo. Una specie di ritorsione.»

Stava parlando di papà? Accidenti, avrebbe anche potuto parlare di me. «Immagino di sì, fino a un certo punto. Ma non perché creda in cazzate tipo il castigo divino. Di solito è perché una decisione sbagliata porta ad altre decisioni sbagliate. Lo facciamo a noi stessi. Ma non è mai troppo tardi per fare ammenda.»

«Anche per papà?»

Ci ero cascato. «Sì, anche per papà.» La osservai attentamente. «Stai bene, Jan?»

«Devo andare al lavoro.» Bevve il resto del caffè e allungò la mano verso la borsetta.

«Non preoccuparti. Ci penso io.»

Il suo volto venne attraversato da un velo di esitazione, ma non protestò. «Grazie,» disse, «ci vediamo dopo?»

Dopo la nostra conversazione, mi sorprese che volesse ancora passare del tempo con me. «Sì,» risposi, «forse più tardi in ospedale.»

Si alzò. «Sandy, lo so che a volte sono una stronza, ma sono felice che tu sia qui. È bello rivederti,» disse di corsa, poi andò via lasciandomi senza parole.

Finii la mia colazione, pagai il conto e salii in macchina. Sullo specchietto laterale c'era un sottile velo di neve e abbassai il finestrino per toglierlo. Fu allora che me ne resi conto. Di quello che mi era parso così strano nel servizio televisivo. Nelle immagini, la telecamera aveva fatto una lenta panoramica della carcassa arrugginita della macchina di Misty e il finestrino dal lato del guidatore era abbassato. Non una cosa strana per agosto, ma adesso la testa mi diceva che lo scheletro del sedile marcio era tirato indietro. Ma lo avevo visto davvero? Misty non era una ragazza alta, appena sopra il metro e cinquanta. Doveva guidare con il sedile vicinissimo al volante, come se stesse per abbracciarlo.

Restai seduto nel parcheggio per qualche minuto a battere le dita sul volante. Ma quel pensiero, come un prurito ostinato, non voleva andare via.

Fuori dal caffè c'era un telefono pubblico. Non tutte le attività commerciali della zona avevano raggiunto la rivoluzione portata da internet, molti funzionavano ancora come ai vecchi tempi. E così, d'istinto, mi infilai nello spazio davanti al telefono e presi l'elenco. Scorsi tre pagine di carri attrezzi e autofficine alla ricerca del logo che avevo visto in TV. Tombola. L'autofficina Kirby appena fuori Topley, una cittadina dall'altra parte di Alton. Presi nota dell'indirizzo.

Dovevo comunque andare in quella direzione. Avrei pensato a cosa fare lungo la strada.

Capitolo 8

Per quasi tutta la mia infanzia, mio padre ha lavorato per una società mineraria e passava sempre molte settimane lontano da casa. Si trattava di uno stile di vita normale per molte famiglie della zona e io non ci vedevo nulla di insolito. Mia madre si occupava di tutto e poi c'era Benji, il mio migliore amico, a darmi tutto l'intrattenimento che mi serviva. Se non altro, avevo tutti e due i genitori, mi dicevo, e c'erano tanti ragazzini, Benji incluso, che non potevano dire altrettanto.

Quando la miniera ha chiuso, mio padre era stato assente da casa così tanto che all'inizio mi ero accorto a malapena della sua mancanza di attenzioni verso di me, anche quando ci trovavamo nella stessa stanza.

È stato solo quando mia madre si è risposata che ho capito che cosa sia un padre.

— Figlio di mio padre, Alex Buchanan

Lungo la strada che portava in città, feci una deviazione verso casa di Ben. Soltanto lui avrebbe potuto farmi desistere dall'andare a caccia di ombre. Quando arrivai a casa sua, però, non c'era alcuna macchina nel viale d'ingresso. Era sabato. Forse era partito per uno dei suoi viaggi a Prince George? Quel pensiero mi diede il mal di stomaco.

Accesi il telefono e gli mandai un messaggio: *sei in giro?*

Non rispose subito. Pessimo segno. Poteva essere ancora incazzato, e quindi mi stava ignorando, o forse si stava facendo scopare da qualcuno. A essere onesti, non mi piaceva nessuna delle due alternative, ma proprio quando stavo per lasciar perdere, ricevetti la sua risposta.

In classe fino a mezzogiorno.

Giusto. Ben mi aveva detto che insegnava arte nel fine settimana. Un senso di sollievo mi sciolse il nodo che mi irrigidiva le spalle. Guidai fino in città, guardandomi in giro per localizzare il suo SUV, Alton era abbastanza piccola per poter fare una cosa del genere, e lo trovai facilmente nel parcheggio davanti alla sala comunale. Le vetrine scure e sporche dei negozi vuoti dall'altro lato della strada sembrarono seguirmi mentre chiudevo la macchina e mi dirigevo verso l'edificio.

Da ragazzino, prima che costruissero il nuovo centro ricreativo vicino all'autostrada, tutte le attività extra-curriculari venivano condotte nel seminterrato dell'edificio. Mi diressi perciò verso l'entrata secondaria guardando con un po' di diffidenza un piccolo gruppo di adolescenti con gli skateboard che ammazzavano il tempo lungo la scalinata del palazzo comunale. Erano troppo impegnati a fumare e a osservare uno del gruppo fare volteggi con lo skateboard per prestarmi attenzione.

La porta laterale non era chiusa a chiave e mentre salivo le scale, il rumore di voci sempre più forti mi fece capire che mi trovavo nel posto giusto. Infilai la testa dentro la prima stanza con la porta aperta e sbattei gli occhi per la sorpresa. Avevo immaginato tre, forse quattro ragazzi, ma dovevano esserci più di venti persone stipate in quella piccola stanza, sistemate intorno a quattro tavoli. Alcune erano impegnate a dipingere, altre a disegnare su dei fogli.

Ce ne erano addirittura un paio distese sul pavimento. Circa la metà pareva essere sulla ventina o poco meno, ma c'erano anche vari adulti. Perlopiù, stranamente, uomini di mezza età, e anche un paio di ragazzi più piccoli. Sebastian, il bambino che avevo visto con Benji, era seduto a gambe incrociate per terra e faceva volare un carboncino sulla pagina di un grosso album da disegno. Mentre disegnava, accompagnava i suoi movimenti con tutto il corpo. Era affascinante osservarlo. Quando guardai il suo disegno, rimasi stupefatto nel vedere il vivido ritratto che stava prendendo forma. Il suo soggetto era la ragazza che gli stava seduta davanti e Sebastian aveva catturato in modo perfetto la concentrazione sul suo volto mentre lavorava al suo dipinto.

Ben stava chiacchierando con una giovane donna nera e indicava qualcosa sulla sua tela. Non mi aveva ancora visto, ma altri mi avevano notato.

«Ehi, amico, questo spazio è privato,» mi urlò uno degli adolescenti, un ragazzino dall'aria da duro con un tatuaggio sul collo e un piercing che gli attraversava il naso. Varie teste si girarono verso di me.

«Lo so. Sono qui per...»

«Alex!» Ben si alzò dalla sua posizione accovacciata e si avviò verso di me fermandosi a mormorare qualche parola di incoraggiamento a una signora dai capelli argentati coperta di collane di perline.

«Ehi,» dissi quando Ben mi raggiunse e desiderando mantenere un tono di voce più sicuro di me. «C'è davvero parecchia gente qui. Sono tutti tuoi studenti?»

«Non li considero studenti. È un corso a ingresso libero. Non c'è un programma da seguire. Di solito, li lascio lavorare a qualsiasi cosa vogliano.» Fece una smorfia. «Che ci fai qui?»

«Questo è il suo ragazzo, signor M.?» chiese la ragazzina più vicina a noi, ma a voce abbastanza alta da far ridacchiare parecchie persone.

Ben fece un verso soffocato. «No! Non è assolutamente il mio ragazzo, Stella.»

«Peccato, è carino.»

Le sorrisi. Le guance di Ben erano diventate scarlatte e mi trascinò in un angolo della stanza. «Non provarci nemmeno,» mi avvertì mentre aprivo la bocca per parlare.

«Ehi, non è colpa mia se la ragazza ha buon gusto.»

«Te lo chiedo di nuovo: che ci fai qui?»

«Possiamo andare a bere qualcosa quando hai finito?» gli chiesi. Ben serrò la bocca. «Per favore? Un caffè?»

Fece un cenno con la testa verso un tavolo pieghevole sistemato in un angolo con sopra un distributore di caffè appoggiato accanto a una scatola di ciambelle e di muffin.

«Oh,» dissi, «allora immagino che non ti interessi neanche andare a pranzo.» Cercai di pensare a qualche altra alternativa.

Ben sbuffò. «Okay, va bene. Possiamo prendere un caffè. Quella roba comunque è imbevibile.» Si girò verso la classe perdendosi il mio sorriso per quella piccola vittoria. «Finiremo fra dieci minuti, puoi tornare dopo.»

«Penso che resterò qui, se per te va bene.»

A giudicare dalla sua postura, non andava affatto bene. Ciononostante, si limitò a un'alzata di spalle. «Fai come vuoi.»

Trovai un posto in un angolo e osservai Benji nel suo elemento, mentre dava consigli, sussurrava parole di incoraggiamento. E i suoi studenti assorbivano ogni sua parola. Mi ricordai di cosa si provasse a trovarsi al centro di quella attenzione, ad avere quegli enormi occhi blu concentrati su di me.

E morivo dalla voglia di ripetere l'esperienza.

Che cosa c'era in Ben che aveva quell'effetto su di me? Che tirava fuori quello strano miscuglio di tenerezza e desiderio? Le mie dita avrebbero voluto scivolare fra i suoi ricci ribelli, accarezzare il rosso color ruggine della sua barba. Ero sempre stato attratto dagli uomini con la barba. Mi piaceva sentirne il graffio contro il collo o nella parte interna delle cosce. Sentii i capezzoli indurirsi come se Ben li avesse appena sfiorati con la barba.

Oddio, adesso che avevo permesso a quei pensieri di uscire dalla piccola scatola in cui li avevo tenuti tanto a lungo, mi sembrava impossibile riuscire a infilarceli di nuovo.

Ben alzò lo sguardo. I suoi occhi si fissarono sui miei, si spalancarono, consci della mia attenzione, e per un secondo vidi un bisogno simile nella sua espressione, una necessità così forte da farmi venire un'erezione. O meglio, da completare un'erezione, visto che ero già a metà dell'opera. Le sue guance diventarono rosse al di sopra del limite della barba, mi lanciò un'occhiataccia e tornò a girarsi verso i suoi studenti.

Persino la sua smorfia mi fece sussultare il cuore e avrei voluto scoppiare a ridere di gioia. La parte razionale del mio cervello mi diceva che non era affatto il mio tipo; non era bello in maniera convenzionale, non era sofisticato, ma era Ben. *Il mio Ben.* E proprio per quello, per me era semplicemente perfetto.

Ben sbatté le mani. «Okay, ragazzi. Dobbiamo cominciare a mettere in ordine.» Si alzò un coro di lamenti. «Ricordatevi, la mostra ci sarà martedì e alcuni di voi devono ancora darmi le loro opere. Ho bisogno che vengano lasciate qui entro domani pomeriggio per avere il tempo di incorniciarle. E per favore, portate via ciambelle e muffin. Non voglio doverli riportare a casa.»

Ci volle parecchio tempo perché la stanza si svuotasse. C'erano pennelli da lavare e materiale da mettere via e nessuno sembrava davvero avere fretta di andare via. Alla fine, restammo soli. Benji cominciò a impilare delle sedie e io andai ad aiutarlo. Continuava a lanciarmi delle occhiate di sottecchi.

«Non mi aspettavo di rivederti così presto,» mi disse.

«Presto? Sono passati due interi giorni. Ho pensato di darti almeno il tempo di sentire la mia mancanza.»

«Come se avessi mai smesso.» Ben voltò subito la testa, come se fosse rimasto sorpreso dalle sue stesse parole.

Il potere di quella semplice dichiarazione mi colse di sorpresa. Davvero? Aveva sentito la mia mancanza? Frenai l'esplosione di piacere che mi percorreva le vene.

Non può uscirne nulla di buono, non ti ricordi? Ma la mia testa aveva smesso di ascoltare la voce della ragione.

«Fai questa classe ogni fine settimana?» gli chiesi una volta recuperata la voce.

«Quasi tutti. Prendiamo una breve pausa durante l'estate. Ci sono molte persone in crisi da queste parti. Non mi piace lasciarle da sole per troppo tempo. Tutti i servizi di assistenza sociale si sono spostati a Smithers, quindi non c'è altro a parte questo corso.» Ben sistemò due cesti di plastica su un carrello con le ruote e ne indicò un terzo. «Puoi prendermi quella scatola?»

«Certo.»

Spense la luce e ci avviammo verso la sua macchina. «Come sta tuo padre? Mi chiedo se dovrei andare a trovarlo.»

«Non è sempre lucido. Quando è sveglio, le cose che dice non hanno molto senso.» Cambiai immediatamente argomento. «Sai, se ti interessa, potrei metterti in contatto con della gente che conosco nel mondo dell'arte a New York.»

Ben alzò il portellone posteriore e io caricai lo scatolone che stavo trasportando. «Perché dovresti fare una cosa del genere?»

«Perché sei bravo. Mi sembra un peccato sprecare tempo quassù dove nessuno può vederti.»

«Non sto *sprecando* nulla. E poi, sono felice di come stanno le cose.»

Feci una smorfia. «Perché mi sembra sempre di dire la cosa sbagliata quando sono con te? Di solito sono molto più in gamba con le parole. Quello che volevo dire è che hai talento e che non dovresti nasconderlo.»

Ben socchiuse gli occhi. «Non mi sto nascondendo, ma non devo dimostrare niente a nessuno.» *Al contrario di te*, era l'implicazione silenziosa di quelle parole.

«Era una frecciatina?»

«Alex, vuoi davvero fare finta che la ragione per cui ti impegni così tanto e per cui sei fissato con dei premi non è perché stai tentando di provare a tuo padre di essere abbastanza in gamba? Sono io, Ben, ti ricordi? Io e te siamo uguali. L'unica differenza è che io ho smesso tanto tempo fa di cercare l'approvazione di Angela.»

«Che cavolo…»

«Ehi, Ben.» L'arrivo di un uomo con addosso un cappotto nero strappato e logoro e un cappello di lana grigia uccise la mia indignazione e mi fece tirare Ben verso di me per proteggerlo. Da quasi un metro di distanza riuscivo già a sentire la puzza di sudore vecchio e alcol che era penetrata nella pelle dell'uomo.

Ben mi lanciò uno sguardo strano e fece un passo avanti per stringere la mano a quello sconosciuto. «Ciao Garrett. È da un po' che non ti vedo in giro. Come stai?»

«Oh, sempre lo stesso, si tira avanti.» L'uomo aveva perso un incisivo e quando sorrideva si coglieva un'immagine inquietante della sua lingua rosa. «Mi chiedevo se avessi qualche lavoretto per me. Sono un po' a corto questo mese. Quei bastardi del governo non mi hanno ancora mandato l'assegno.»

«No, Garrett, mi dispiace,» rispose Ben, «non mi viene in mente nulla da fare. Oh, però, ho qualcos'altro per te. Aspetta un attimo.» Corse verso la parte anteriore della macchina lasciandomi da solo con quell'uomo dall'aspetto così trasandato. Ci guardammo con diffidenza fino al ritorno di Ben.

«Ehi, Gar, ti ricordi di Sandy Colville, vero?»

I suoi occhi annacquati si spalancarono. «Sandra Dee! Certo che mi ricordo. Bei tempi. Come stai, eh?»

Spalancai la bocca in maniera maleducata quando il suo nome ebbe finalmente senso. C'era solo un Garrett che avevo conosciuto. La mia nemesi. *Quello* era il bullo che mi aveva rubato i soldi del pranzo quasi ogni giorno durante la seconda media?

«Ecco, Garrett,» disse Ben con una smorfia verso di me. Gli diede un buono per il caffè in fondo alla strada. «Il caffè non mi piace e preferisco darlo a qualcuno che possa usarlo. Prenditi un caffè e magari anche un panino.»

«Grazie, amico,» Garrett deglutì ricacciando indietro la riluttanza che gli attraversava il volto stanco mentre accettava il buono dalle mani di Ben.

«Te ne sono grato.»

«Non ti piace il caffè?» gli chiesi mentre osservavamo Garrett farsi largo nel traffico per attraversare la strada. Era stato così anche mio padre fino a qualche tempo prima?

«No, mi piace,» rispose Ben.

«Ma … ah.»

«Gli resta ancora un po' di orgoglio.»

«E tu guarda caso, avevi un buono inutilizzato in macchina?»

Ben fece un'alzata di spalle.

«Non riesco a credere che *quello* sia Garrett Wilde.»

«Già, immagino che non faccia più tanta paura, eh?»

«Che gli è successo?»

«È stato licenziato dalla segheria quando ha chiuso due anni fa. Abbiamo perso oltre duecento posti di lavoro. Da allora Garrett è precipitato sempre più in basso.»

«Gesù.»

«Prima lo pagavo per fare qualche lavoretto, ma i soldi finivano quasi tutti in liquore. Così adesso cerco almeno di assicurarmi che mangi qualcosa.»

«Quel tizio ti ha tormentato, ci ha tormentato, durante tutta la scuola.»

«Penso che abbia pagato almeno dieci volte per quello. E poi non si può portare rancore per cose che sono successe vent'anni fa.» Quell'osservazione era chiaramente rivolta a me.

«Touché. Ammetto di avere qualche problema. Più di quanto pensassi.»

Il volto di Ben venne attraversato da un'ombra che gli diede l'aria di un bambino colpevole. «Io…be', ho fatto lo stesso per tuo padre quando ho potuto.»

«Che vuoi dire? Mio padre è venuto da te a chiedere la carità?»

«Chiedere un aiuto non vuol dire chiedere la carità,» mi ammonì scansandomi per riuscire a mettere l'ultima scatola nel bagagliaio della macchina.

Ancora una volta, ero riuscito a dire una cazzata. «Sì, hai ragione. Cos'è successo?»

Ben si girò per guardarmi con il sopracciglio sinistro, quello con la cicatrice, inarcato in segno di domanda. «Un paio di anni fa, Jerry è venuto a casa mia e mi ha chiesto se avessi qualcosa da fargli fare. Non mi ha chiesto soldi, glieli ho offerti io. Ha costruito quasi tutto il mio terrazzo.

Spalancai gli occhi. «Perché non me lo hai detto prima?»

«Prima quando? Quando ti sei presentato da me dopo due decenni di silenzio?» Scosse la testa. «E poi, non ero sicuro che volessi saperlo.»

Mi sedetti sul paraurti. «Com'era?»

«Tranquillo. Ha fatto un buon lavoro, quando era sobrio.»

«E quando non lo era?»

«Non si presentava e basta,» Ben fece un piccolo sorriso, «ci sono voluti cinque mesi per costruire il terrazzo. Per un po', ha continuato a farmi dei lavoretti per casa, ma alla fine ha smesso di venire e da allora, l'ho soltanto visto di tanto in tanto in città.»

«Grazie … per averci provato.» Mi passai una mano sul viso. «Oddio, non so più che cosa provare.»

Ben mi strinse la spalla e il suo tocco mi riempì di calore. «Avevi un motivo per passare qui o ti piace solo darmi fastidio?» mi chiese.

«Oh, quindi ti do fastidio?»

«Penso che tu conosca la risposta a quella domanda.» I nostri occhi si incontrarono per un attimo prima che Ben distogliesse lo sguardo.

«Okay, okay, volevo chiederti una cosa. Si tratta della macchina di Misty.»

Si irrigidì e tolse la mano. «Che c'è?»

«Pensavo di andare all'autofficina Kirby. Ho pensato che magari ti andasse di venire con me.»

«Perché? La tua macchina a noleggio ha smesso di funzionare?» mi chiese astutamente.

«No, ma sono loro che hanno tirato fuori dal lago la macchina di Misty.»

«Sì, lo so. Eravamo lì. Angela non è voluta andare via fino a che … fino a che non ha visto che Misty non c'era.»

Ripensai all'ultima volta che avevamo visto quella vecchia Oldsmobile bianca arrancare lungo l'autostrada 16 nel tentativo di ricordarmi se avessi in effetti visto Misty al volante. «Ti ricordi di quel giorno, Ben?»

Ben chiuse con un colpo il portellone posteriore mancandomi per poco le dita e si girò verso di me con il viso teso. «Che stai facendo, Alex? Mamma mi ha detto che la stai aiutando, pensa che tu sia il suo stramaledetto salvatore, ma non ci avevo creduto. Non dopo quello che ti ho detto.»

«Le ho soltanto promesso che avrei tenuto le orecchie aperte.»

«E così adesso stai per andare da Kirby? Mi sembra un po' di più di "tenere le orecchie aperte".»

«Non ti sembra …? Non lo so, ma mi pare che ci stia sfuggendo qualcosa,» tentai di spiegarmi, ma accidenti, non sarei riuscito a spiegare quella sensazione di disagio neanche a me stesso, figuriamoci a Ben. «Al telegiornale … mi è parso che il sedile del guidatore fosse spinto indietro. Così indietro che Misty non sarebbe mai riuscita a raggiungere i pedali.»

«Alex, smettila!» Ben si infilò una mano fra i capelli, finendo quasi per strapparseli. I suoi occhi erano diventati freddi. «Ti ho detto che non voglio parlarne. So che è morta. *Tutti* sanno che è morta. Lascia che riposi in pace. E lascia in pace anche me.»

Con quelle parole, si infilò in macchina e uscì di fretta dal parcheggio.

Capitolo 9

Il Grande Nord è un posto in cui il tempo sembra essersi fermato. È selvaggio, primitivo, essenziale; sempre uguale a se stesso da quando, un'eternità fa, il monte Roddick è spuntato per la prima volta dalla crosta terrestre. Al di là dei panorami da cartolina, c'è una frattura nel suo sottile strato di civilizzazione attraverso cui si può intravedere una zona più oscura, che i turisti non vedono mai. Non mi ero mai sentito tanto piccolo, insignificante e solo come quando mi ero ritrovato in piedi sulla riva del lago MacFarlane, con il vento che sussurrava fra gli alberi, la torba bagnata che penetrava dentro i miei leggeri scarponi da trekking trascinandomi nel suo freddo e umido abbraccio. Nello stesso modo in cui aveva preso possesso della Oldsmobile di Misty Morning. Fu quello il momento in cui capii...

Una risata esplosiva proveniente dal cortile penetrò le mie cuffie e mi scosse dalla trance in cui ero caduto mentre scrivevo. Accidenti.

Il sabato sera al Summit View era un momento animato. Nella stanza accanto alla mia, una televisione risuonava con il rumore fastidioso di risate registrate. Per quello a cui servivano, le pareti avrebbero anche potuto essere di cartone. Dall'altro lato del parcheggio, qualcuno aveva sistemato un barbecue portatile sulla pedana di un pick-up e c'era un party in pieno svolgimento.

Il motel non era certo l'Hilton, ma nel corso degli anni ero stato in posti peggiori mentre cercavo di sopravvivere con lo stipendio sporadico di un giornalista freelance.

Sbattei le palpebre per focalizzare lo sguardo sull'orario, erano quasi le dieci. Non c'era da sorprendersi se i miei occhi sembravano fatti di carta vetrata e le spalle mi facevano male. Era rimasto a scrivere davanti al computer per delle ore. Stirai le braccia accompagnando con un gemito lo sciogliersi dei miei muscoli doloranti.

Che stai combinando, Alex? chiese la voce nella mia testa. Le parole di Janet continuavano a tormentarmi. Questo improvviso desiderio di buttarmi su un caso vecchio di vent'anni era una semplice distrazione? Un'altra scusa per evitare di avere a che fare con la ragione per cui mi trovavo qui? Forse. Quasi sicuramente. Ma il mio istinto mi diceva che c'era una storia da tirare fuori.

Alzai il termostato, non ero più riuscito a scaldarmi dopo il mio rapido soggiorno lungo la riva del lago MacFarlane. Mi ero sentito attratto da qual posto dopo essere stato all'autofficina. Hank Whitefish era stato felice di parlare con me dopo aver saputo che ero uno del posto e anche i venti dollari che gli avevo offerto avevano fatto la loro parte.

Avevo passato una buona mezz'ora a sentirlo spiegare quanto fosse stato difficile tirare fuori la macchina di Misty. Il veicolo aveva le ruote incastrate, anzi, dannatamente incastrate, per usare le parole di Hank, nel fango. La parte meridionale del lago MacFarlane era tutta una palude e ci erano volute almeno un paio di ore ai sommozzatori per ripulire abbastanza sedimenti in modo da poter usare le catene per agganciare la macchina.

Hank aveva trasportato il veicolo a Prince George dove la polizia scientifica avrebbe fatto i suoi controlli, anche se tutto il tempo passato sott'acqua aveva reso improbabile il ritrovamento di qualche prova biologica.

Venni percorso da un altro brivido e mi sistemai di nuovo di fronte al computer portatile nella speranza di recuperare l'ispirazione. Mi ero appena messo le cuffie quando la luce di un paio di fari penetrò nello spazio fra le tende accecandomi. Mi mossi indietro sulla sedia e cominciai a sbattere le palpebre per liberarmi dalle macchie di luce negli occhi.

La macchina non si mosse, ma rimase ferma in cortile con il motore al minimo illuminando la stanza come la sala operatoria di un ospedale. Che idiota.

Aprii la tenda e vidi la forma familiare di un SUV parcheggiato accanto alla mia Explorer. La nebbia brillava sopra il tettuccio della macchina come minuscoli diamanti.

Il battito del mio cuore mi disse di chi si trattava.

Andai alla porta e la aprii rimanendo in piedi sulla soglia, in attesa. I fari si abbassarono e dopo qualche minuto Benji si stava avvicinando a me a grandi passi attraverso il parcheggio sotto la pioggia che scendeva gentilmente.

Mi scansò per entrare nella stanza.

«Perché non hai risposto al mio messaggio?» mi chiese mettendosi a camminare avanti e indietro nello spazio ristretto fra il letto e l'angolo cucina. L'ansia si staccava da lui come una serie di violente ondate.

«Si è scaricata la batteria. La sto ricaricando proprio adesso,» feci una smorfia, «che c'è che non va?»

«Come? Oh.» Smise di camminare e fece un sospiro. Ebbi l'impressione che fosse venuto da me pronto a litigare e che in qualche modo la mia risposta avesse rovinato i suoi piani.

«Perché sei dovuto venire qui, Alex?» sbottò di colpo. «Perché proprio adesso?»

«Immagino che faresti meglio a chiederlo a mio padre. Oppure a Dio, se credi in certe cose.»

«Cazzate. Il fatto di essere venuto a cercare *me* non ha nulla a che vedere con tuo padre.»

Distolsi lo sguardo per sfuggire ai suoi occhi indagatori. Non aveva torto.

Si mosse e subito dopo lo sentii fare un respiro profondo. «Questo cos'è?» Si era fermato di fronte al mio computer a leggere le parole sullo schermo. «Non dovevi soltanto tenere le orecchie aperte? Adesso ti sei messo a scrivere un articolo?»

Sentii un rimorso di coscienza. Non potevo negarlo. Avevo già proposto l'idea a Brad.

Ben cliccò sulle pagine che avevo aperto su internet, lesse velocemente gli appunti che avevo preso. «Avevo ragione a non fidarmi di te. Non siamo altro per te, vero? Solo degli argomenti su cui scrivere? Stiamo parlando della mia vita qui, non di qualche titolo per farti vincere un Pulitzer.»

Feci una smorfia. Il Pulitzer non mi era neanche passato per la testa anche se Ben non mi avrebbe mai creduto. «Ben, non è come pensi.»

«Non capisco perché te ne importa così tanto.»

Non mi ero forse chiesto la stessa cosa? «Non so darti una risposta precisa. Neanche io lo capisco davvero. C'è una buona storia da raccontare, ma è più di quello…forse mi sembra di dovertelo. Di doverlo anche a *lei*. Forse perché se non avessimo detto che l'avevamo vista passare in macchina quel giorno, l'avrebbero cercata con più attenzione.»

Ben si fermò di colpo. «Ma noi l'abbiamo *vista*.»

«Abbiamo visto la sua macchina, ma tu hai anche visto Misty al volante? Io no. E se fosse stata già uccisa e il suo assassino fosse stato nella macchina?» conclusi alzando le braccia. «Sono andato sul posto, fino al lago. Lo hai visto, sai bene quanto sia isolato. Sono almeno quindici metri dalla strada. Misty non è finita nel lago per sbaglio e ci sarebbero volute almeno due persone per spingere la macchina nella palude. *Qualcuno* ha fatto molta fatica per nasconderla.»

Ben si accasciò sul divano come se le sue ginocchia non riuscissero più a sorreggerlo. Andai al piccolo frigorifero e presi due lattine di birra dal pacco che avevo comprato qualche ora prima. «Prendi, mi sembra che possa servirti una di queste.»

«Non posso bere. L'alcol fa casino con lo Xanax.»

Mi ritrovai un milione di domande sulla punta della lingua. Ben stava bene? Perché prendeva delle medicine per l'ansia? Aveva qualcosa a che fare con quei segni che gli avevo visto sul braccio? «È una birra leggera e, mi dispiace dovertelo dire, ma non credo che le tue pillole stiano funzionando.» Appoggiai la lattina sul tavolino da caffè e aprii la mia birra. «Forse preferisci del caffè? Fa schifo, ma potrebbe servirti una piccola scossa.»

Scosse la testa e i suoi ricci umidi fecero volare delle goccioline d'umidità dappertutto. «Non dovrei nemmeno trovarmi qui.»

L'ultima cosa che volevo era che se ne andasse così presto. «Ehi, lascia che ti appenda la giacca.» Gli tolsi la giacca a vento bagnata dalle spalle prima che riuscisse a fermarmi e la appoggiai sulla sedia accanto al termosifone.

Ben mi guardò con occhi spalancati e spiritati. «Che altro hai scoperto oggi?»

«Forse dovremmo parlare di qualcos'altro.»

«Di cosa, del tempo? O magari delle possibilità che hanno i Vancouver Canucks di arrivare alle finali del campionato di hockey?»

«Va bene. Hank dice che tutti gli sportelli erano bloccati dalla ruggine, le cinture di sicurezza erano al loro posto, nessun segno che qualcuno abbia tentato di scappare a meno che non sia stato attraverso il finestrino dal lato del guidatore che, a proposito, era abbassato, ma non rotto. E…» aggiunsi con una certa soddisfazione «…il sedile del guidatore era spinto indietro, come se l'ultima volta fosse stato usato da una persona molto più alta di Misty. Il sedile è stato spostato *prima* che la macchina finisse in acqua perché era così quando l'hanno tirata fuori.»

Ben annuì.

«Le chiavi erano nell'accensione e il cambio in folle.»

«Oh. Non lo sapevo.» Smangiucchiò un'unghia mentre si studiava i piedi.

Ricaddi sul divano con un sospiro.

«Sai quante ragazze sono scomparse o i cui corpi sono stati gettati lungo quell'autostrada? Dozzine. A seconda delle storie, questa faccenda va avanti da decine di anni. La maggior parte di loro era più giovane di Misty. È tutto il pomeriggio che leggo articoli.» Le foto che li accompagnavano avevano preso a tormentarmi come poche altre storie su cui avevo lavorato.

«Non è un segreto, Alex. La vita quassù è dura e non sempre tira fuori il meglio dalle persone.»

«Non so cosa mi disturbi di più, se il pensiero che Misty possa essere stata uccisa da qualcuno che conosceva o da uno sconosciuto incontrato per caso.»

«Perché me lo devi?» mi chiese Ben all'improvviso.

«Come?»

«Hai detto che ti sembra di dovermelo.»

«Per come ho lasciato le cose fra noi due.»

«Eri un ragazzino, Alex. Non è che avessi alcun potere decisionale in proposito.»

«Avrei potuto scriverti. Avrei potuto chiamarti.»

«Sono parecchi "avrei potuto".» Ben mi toccò la coscia e poi si chinò verso di me prendendomi il volto fra le mani. «Alex, io la odiavo.»

La sua improvvisa confessione mi fece paura. «Lo so.»

«Era una vera strega. Non ne hai idea.»

«Me lo ricordo.» Già il fatto che Ben finisse per cenare con noi almeno una volta a settimana perché nessuno a casa sua aveva pensato di fare la spesa era abbastanza triste, ma quante volte avevo diviso il mio pranzo con lui perché Misty aveva preso tutti i soldi lasciati da Angela? Per vendetta, qualche volta pulivamo la tazza del bagno con lo spazzolino di Misty quando non era in casa oppure sputavamo nel suo bicchiere mentre lei non guardava.

Una volta, quando Ben aveva minacciato che si sarebbe lamentato, Misty si era succhiata il braccio fino a farsi venire dei lividi proprio di fronte a noi e ci aveva avvisato che sarebbe andata a raccontare ad Angela che Ben le aveva fatto del male.

Ero certo che fossero successe molte altre cose che Ben non mi aveva mai raccontato.

Non parlavamo in dettaglio dei problemi delle nostre rispettive famiglie, non ne avevamo mai avuto bisogno. Sapevamo entrambi che esistevano. Sapevo delle prese in giro di Misty e dei suoi scherzi crudeli. Sapevo che Angela aveva sempre preferito sua figlia. Proprio come Ben sapeva dell'alcolismo di mio padre e di com'era ridotto il matrimonio dei miei genitori. Eravamo stati la reciproca via di fuga da tutto quel casino.

«Non hai idea di quante volte io abbia desiderato che sparisse,» disse Ben.

Incolpava se stesso. Come avevo fatto a non accorgermene prima?

«Non è colpa tua, Ben.»

«No? Quando è andata via, ero contento. Non volevo che tornasse mai più. Ma non è comunque cambiato niente. Misty era sempre al centro di tutto. Ho vissuto tutta la mia vita sotto la sua stramaledetta ombra.»

Non sono una persona molto empatica, basterebbe chiederlo a mia moglie, ma adesso si trattava di Benji, il ragazzo che un tempo era stato la persona più importante della mia vita e che forse, in qualche strana maniera, lo era ancora. Vederlo così mi spezzava il cuore. Aveva bisogno di me adesso, come aveva avuto bisogno di me allora.

Mi spostai accanto a lui sul divano, facendo una smorfia quando una molla errante mi punzecchiò una natica. Ben mi permise di mettergli una mano sulla schiena e i nodi ossuti della sua spina dorsale mi accarezzarono il palmo attraverso la flanella della sua camicia.

«Proprio quando le cose sembravano quasi andare bene… succede una cosa del genere. È come se Misty non volesse più stare via.» Ben girò i suoi grandi occhi tristi su di me. «Perché non vuole farlo?»

Gli misi con cautela un braccio intorno alle spalle. Per un breve momento, mi si appoggiò addosso e le cose sembrarono tornare quelle di un tempo. Quando eravamo giovani.

«Mi dispiace,» gli mormorai contro i capelli. L'odore familiare dello shampoo di Benji, simile alla legna dopo la pioggia, mi stava facendo tornare in mente tante cose. «Non lo farò. Non scriverò quell'articolo se ti fa stare così male.» Sentii una stretta di rimpianto al cuore. Avrei dovuto inventare una scusa per Brad per non portare a termine l'incarico, ma lo avrei fatto per Ben.

Con le maniche della camicia tirate su fino ai gomiti, non potei fare a meno di notare le linee argentate nella parte interna delle braccia di Ben. Accarezzai con il pollice uno di quei pallidi rilievi. Ben si irrigidì allontanandosi e tirandosi giù le maniche fin oltre le mani. «A sentirmi si direbbe che io abbia di nuovo dieci anni,» fece un sospiro tremante riprendendo visibilmente il controllo su se stesso. «Sto bene adesso. Mi dispiace aver fatto una scena del genere con te. Suppongo che tutta questa storia sia stata più difficile per me di quanto non pensassi.»

«Non scusarti.»

«Al diavolo,» disse Ben prendendo la lattina di birra. La mandò giù come uno studente universitario a una festa e fece un rutto. Mi morsi una guancia per non scoppiare a ridere e mi alzai per prendere un altro paio di lattine.

Quando tornai al divano, Ben stava sfogliando le riviste che avevo riportato da casa di mio padre. «Sono tutti tuoi?» mi chiese senza alzare gli occhi.

«Le aveva mio padre. E non farlo,» lo avvertii quando lo vidi aprire la bocca.

«Non fare cosa?»

«Non dire che significa qualcosa.»

«Ma è così.» Serrò le labbra vedendomi scuotere la testa, ma decise saggiamente di non aggiungere altro. Invece, aprì la copia di *Mother Jones* sul mio articolo e cominciò a leggere.

«Non leggere quello,» gli presi la rivista che teneva in grembo.

«Ehi!» urlò, «perché non posso leggerlo?»

«Mi fa strano.»

«Strano? Sei uno scrittore…si suppone che la gente legga quello che scrivi.»

«Ma non tu. È troppo…personale.»

Spostai le riviste su una sedia, fuori dalla sua portata, e mi sedetti accanto a lui. Sembrava essersi rilassato del tutto, aveva gettato indietro la testa e aveva appoggiato i piedi sul tavolino da caffè. Lo Xanax, o forse la birra, aveva cominciato a fare effetto. «Hai paura che non mi piaccia?»

Arrossii.

«Scommetto che a tuo padre è piaciuto. Scommetto che era orgoglioso di te.»

«Ben,» borbottai. I suoi occhi erano innocenti e spalancati sopra il bordo della lattina da cui stava bevendo. «Okay, sì, penso che tu avessi ragione...sul fatto di voler diventare abbastanza bravo per mio padre. È quello che volevi sentirmi dire?»

«Non hai bisogno di dirlo. È ovvio che ho ragione.» Mi diede un colpetto sul braccio. «Ho sempre avuto ragione, è che tu non mi hai mai ascoltato.»

«Oh, ti ho sempre dato ascolto.» Quando Ben alzò un sopracciglio, scoppiai a ridere. «Alla fine.»

Non per la prima volta quella sera, lo vidi guardarmi con un sorriso segreto.

«Che c'è?» gli chiesi.

Un velo di rossore si allargò sulle sue guance. «Sei cambiato. Molto.»

«Sono passati vent'anni. Siamo cambiati tutti. Lo hai detto anche tu.»

«Non tanto quanto te.» Mi guardò aggrottando le sopracciglia. Sarebbe stato un brutto colpo al mio orgoglio se non avessi già avuto modo di leggere un interesse nei suoi occhi.

«Sono davvero così brutto?»

«Come no,» ridacchiò Ben, «ma c'era qualcosa di adorabile nel vecchio Sandy. Mi manca.»

«Il quattr'occhi ciccione.» Quello era uno dei tanti soprannomi con cui ero stato chiamato crescendo.

«Non eri grasso,» insistette, «eri…morbido. Mi hai sempre fatto sentire al sicuro.»

«Davvero?»

«Perché sei così sorpreso?»

«Non lo sono, non credo. Ma ho sempre pensato a te come alla *mia* roccia, non il contrario.» Quella conversazione stava diventando decisamente troppo profonda. «Sono ancora morbido, sai? Vieni qui e te lo dimostrerò.»

«Dico sul serio. Non ho mai pensato che fossi grasso. Pensavo che fossi perfetto. Per tantissimo tempo ho continuato a sognare che saresti tornato a salvarmi.» Strinse le labbra tristemente. «Ma non è una cosa sana dare quel compito a qualcun altro.»

Sentii un nodo stringermi la gola e fui costretto a distogliere lo sguardo. «È una fortuna che non abbia molta birra. E basta così per te.»

«Perché non mi hai mai scritto?» I suoi occhi luminosi mi fissavano. «È stato per via di quel bacio, vero? Sapevo di averti spaventato e che probabilmente non ti saresti più fatto vivo. Che avresti pensato che fossi disgustoso e mi avresti odiato.»

«No! No,» ripetei con fermezza. Il senso di colpa mi colpì dritto sul plesso solare. «Mai. Ti prego non dirmi che hai pensato una cosa del genere per vent'anni.» *Gesù, che casino che avevo combinato.*

«Alla fine, mi è passata. Mi chiedo se sia stato quello il motivo per cui ti ho baciato,» disse facendo una smorfia come se l'idea gli fosse venuta in mente soltanto adesso, «in modo da dare un taglio netto quando te ne sei andato.»

«So di non poter tornare indietro e aggiustare le cose, Ben, ma sono qui adesso.»

«Solo perché tuo padre sta morendo.»

«Forse quello è il motivo per cui sono tornato, ma non è la ragione per cui sono *qui* con te in questo momento, a bere una birra orribile da una lattina pensando che sia la serata migliore che passo da tanto tempo. Dal momento in cui sono atterrato, io...»

«Tu cosa?»

Ma avevo già detto troppo. «Niente.»

Mi guardò stringendo gli occhi. «È davvero strano. Continuo a vederti come ti ricordo, ma anche come sei adesso.»

«Lo so. È lo stesso per me.» Allungai la mano e gli scansai i capelli dalla fronte senza riuscire a fermarmi. I suoi soffici ricci si intrecciarono alle mie dita come se non volessero lasciarmi andare. Dio mio, morivo dalla voglia di toccarlo.

«La senti anche tu, vero?» mi chiese Ben con voce poco più alta di un sussurro. «Questa cosa fra di noi?»

Annuii. «Sì. Ti chiedi mai che cosa sarebbe successo se i miei genitori non si fossero separati?»

«Provo a non farlo. A volte, il presente è abbastanza difficile da sopportare senza pensare a come avrebbe potuto essere.» Si studiò le mani. «Non credo che dovremmo andare a letto insieme.»

Inarcai un sopracciglio. «Continui a ripeterlo. Mi sento lusingato.»

«Lusingato che non voglia andare a letto con te?»

«Lusingato che tu ne abbia voglia.»

Quelle parole lo fecero ridere. «Sono celibe, non matto.»

«Celibe? E il tuo amico a Prince George?»

«Mmm... sono passati sette mesi. Direi che sono ufficialmente celibe.»

«Sette mesi? Come hai fatto a non andare in autocombustione?»

Ben mi lanciò un'occhiataccia.

«E quindi … non si tratta di una cosa seria.»

«No, non è seria.»

Era sbagliato sentirsi così sollevato per quelle sue parole e poi non era che volessi fare qualcosa in proposito. Per quanto avessi voglia di saltargli addosso, una parte di me sapeva che fare sesso con Ben non sarebbe stato del semplice sesso. «Forse è la cosa migliore,» convenni con lui, «non andare a letto insieme.» Maledetta coscienza. «Scommetto che sarebbe davvero sexy, però.»

Ben inarcò le sopracciglia, ma si riprese in fretta. «Lo pensi davvero? Potrebbe essere una delusione. Tutte quelle aspettative … Potrebbe essere difficile esserne all'altezza.»

«Aspettative?»

I suoi occhi scivolarono lentamente lungo il mio corpo fermandosi spudoratamente sul mio inguine prima di sollevarsi a incontrare il mio sguardo. «Oh, sì, tantissime.»

Capitolo 10

«**B**enjamin Andrew Morning,» scherzai, «sono scioccato. Eri un ragazzino così perbene.» Ormai la mia erezione aveva cominciato a spingersi contro la cerniera dei pantaloni. «Non stai rendendo la cosa affatto facile, sai?»

Ben sorrise e poi fece una risata.

«A che stai pensando?» gli chiesi.

«Stavo ripensando alla volta che hai rubato la copia di *Penthouse* di tuo padre.»

Mi misi a ridere anche io. «Ero proprio ossessionato dal sesso.»

Era stato uno degli ultimi pomeriggi passati insieme prima della mia partenza. Sia Janet che mio padre erano a casa quel giorno e riuscire a prendere la rivista dalla pila nascosta nel retro dell'armadio dei miei genitori non era stato affatto facile. Avevo avuto paura di essere scoperto. Mentre io e Benji ci allontanavamo lunga la montagna in direzione del nostro nascondiglio, la rivista sembrava bruciare dentro il mio zaino.

Benji era seduto accanto a me sulla nostra solita pietra, il suo respiro mi sfiorava il collo mentre si spingeva contro le mie spalle per osservare le pagine della rivista. Spostai la testa per inalare l'odore del suo shampoo, per sentire il calore del suo petto contro il mio braccio, e la carezza dei morbidi peli rosso oro che gli coprivano le gambe.

Stavamo osservando a bocca aperta una modella nuda che si stringeva i seni offrendoli alla macchina fotografica. Erano persino più grandi di quelli di Misty, ma non lo dissi a Ben. Feci, invece, un commento stupido: «Accidenti, guarda che bocce. Sono grandi quasi quanto quelle della signora Turner.»

«Che schifo! È la mia insegnante,» urlò Ben.

«E allora? Ha delle tette gigantesche.»

Voltai le pagine cercando di ignorare il calore che sentivo all'inguine.

«Perché ti piace così tanto guardare le donne nude?» mi chiese Benji.

Scrollai le spalle. «Sono un uomo. Tutti gli uomini lo fanno.»

«Non sei un uomo,» ridacchiò lui.

«Certo che lo sono.» Mi alzai la maglietta per mostrargli i peli che mi stavano crescendo sotto le ascelle. Poi tirai l'elastico dei pantaloncini. «Ne ho anche lì. Che c'è? Non ti piacciono le tette?»

«Immagino di sì.»

Girai la pagina. La nuova modella aveva le gambe larghe e rivelava quello che fino ad allora avevo visto soltanto durante le lezioni di anatomia a scuola.

«Come pensi che sia?» mi chiese Benji.

«Una vagina? Ho sentito parlarne dei ragazzi dell'ultimo anno. Joel dice che è calda e bagnata.»

«Bagnata?» esclamò con una smorfia. «Perché è bagnata?»

«Cosa vuoi che ne sappia? Ma scommetto che è una bella sensazione, come quando si usa la lozione per le mani per masturbarsi.»

Benji fece un urletto. «Ti è venuta un'erezione,» osservò.

«Sì, e allora?» Non ero riuscito a controllarmi e una parte di me sapeva che quella erezione non era dovuta soltanto alla rivista.

Spinsi via Benji. «Smettila di respirarmi addosso. Puzzi di burro d'arachidi.»

Mi soffiò in faccia per dispetto. «Tanto mi sto annoiando,» disse scendendo dalla roccia e allontanandosi verso il ruscello. Mi sentii sollevato nel vederlo andare via.

Guardai Ben. «Se ricordo bene, eri abbastanza schifato dall'intera faccenda.»

«Penso sia stata la prima, e ultima, volta in cui ho visto una donna così da vicino.»

«Quindi non hai mai…?»

«No.» Mi fece un bel sorriso. «Poverino, avevi tutto un piano per perdere la verginità con Amy Mikelson quell'autunno.»

«Oh, giusto, anche se lei mi parlava a malapena,» feci una risatina, «che sbruffone che ero. Mi ci sono voluti altri due anni per riuscire a farlo.»

«Odio dovertelo dire, ma Amy aveva una reputazione terribile a scuola. L'ultima volta che ne ho sentito parlare, aveva cinque figli e si era trasferita a Prince George. Pensaci un attimo… quello avresti potuto essere tu.»

«Santo cielo, che prospettiva orribile.»

Ben scoppiò a ridere. «Lo immaginavo.»

Mi resi conto di quanto fossimo seduti vicini. Spalle, braccia, fianchi, cosce che si toccavano. La mia attenzione si spostò sulle lunghe gambe di Ben appoggiate sul tavolino da caffè. Concentrandomi abbastanza, riuscivo quasi a sentire di nuovo la carezza dei suoi peli. Quella peluria dorata che mi piaceva così tanto si era infoltita con il passare degli anni? Gli era spuntata anche sul petto, sullo stomaco o più in basso?

Perfetto. Adesso avevo anche cominciato a immaginarlo nudo.

I miei jeans erano diventati stretti in maniera fastidiosa.

«Oh, e *tu*, a cosa stai pensando?» mi chiese Ben con un sorriso.

«Sei sicuro di volerlo sapere?»

«Be', adesso sì.»

Lo fissai con coraggio prima di rispondergli. «Sto pensando al modo in cui il sole ti illuminava la peluria sulle gambe facendola diventare simile a oro. Avrei sempre voluto toccarla per vedere se era soffice come sembrava.»

Spalancò gli occhi. «Mi guardavi le gambe?»

«Guardavo un mucchio di cose.»

Il suo sorriso beffardo si spense lentamente. «Davvero? Perché non hai mai detto niente?» mi domandò con una voce tremante, come se lo avessi appena tradito.

Il rimpianto mi diede una stretta sotto lo sterno. «A quell'epoca…»

«Lascia perdere, non fa niente,» disse velocemente cercando di alzarsi.

«Non mi pare,» gli afferrai il braccio e lo tirai di nuovo sul divano. «A quell'epoca non capivo cosa stesse succedendo, Ben. No, non è vero. Sapevo che avevi una cotta per me, ma io…mi piacevano le ragazze. Non sapevo che si potesse essere attratti da entrambi i sessi. E tu…»

«Già.»

«Mi facevi provare delle cose che non volevo provare.» *Lo fai ancora*. Fissai il soffitto macchiato alla ricerca di indizi per capire come dire quello che volevo senza peggiorare le cose. «Non ho mai pensato, neanche per un attimo, che fosse una cosa sbagliata. Quel bacio è stato perfetto, Ben. *Tu* eri perfetto. In quel momento mi è parso di vedere come avrebbero potuto essere le cose. Ma eravamo così giovani e io stavo andando via e quello che sentivo era talmente forte.

Ho avuto paura.» *Come si può trovare la propria anima gemella prima ancora di avere incominciato a farsi la barba?* «E così ho cercato di dimenticarti. È *quella* la vera ragione per cui non ho mai scritto. Perché ero un codardo.»

Mi passai una mano sul volto. «Non hai idea di quanto lo rimpianga.»

«Anche io, ma forse le cose sono andate come avrebbero dovuto. Quante possibilità c'erano di restare in contatto? Non eravamo che dei ragazzini, per giunta in due nazioni diverse. Lontano dagli occhi, lontano dal cuore.»

Sapevo che aveva ragione, ma quello non bastava ad assolvere il mio senso di colpa.

«È stato difficile dichiararti bisessuale?» mi chiese. «Perché… sembri a tuo agio.»

Non c'era modo di rispondere a quella domanda senza farlo sembrare un altro tradimento. «Lo sono. L'intesa sessuale è facile. Non ho mai avuto problemi. La parte difficile per me è quella della relazione, con gli uomini *e* con le donne.»

«Quel tuo ragazzo…»

«*Ex* ragazzo.»

«È l'unico?»

«L'unico uomo con cui sono stato?»

Annuì leccandosi le labbra. Osservai quella mossa con una scossa all'inguine e distolsi in fretta gli occhi.

«No, sono uscito con gente di entrambi i sessi sin dai tempi dell'università. Ma, sì, quella è stata la relazione più seria che ho avuto con un uomo.» *A parte te.*

«È stato quello che ha fatto finire il tuo matrimonio?»

«Oddio, no. Il mio matrimonio è finito perché ero giovane e stupido e sposato con la persona sbagliata. È stato molto prima di me e Will.»

«Will,» ripeté, «perché non state più insieme?»

Temevo che me lo avrebbe chiesto. «È una storia lunga, ma la versione breve è che nessuno di noi due aveva voglia di fare uno sforzo per far funzionare la nostra relazione. Le nostre carriere erano troppo importanti. Alla fine, ho fatto un casino. L'ho tradito. Pensavo di poter avere tutto senza doverne pagare il prezzo.» Feci una risatina sarcastica. «Janet ci ha visto giusto quando ha detto che spingo via le persone.»

«Da quanto vi siete lasciati?»

«Poco più di un anno.» Pensava male di me adesso? Cercai di vedermi attraverso gli occhi di Ben: bugiardo, traditore, codardo. Avrei voluto nascondermi. Stavo imparando molte cose su me stesso in questo viaggio e la maggior parte non era affatto positiva.

Ben sospirò. «Sarà meglio che vada.» Ma non gli avevo ancora lasciato andare il braccio e lui non fece alcun tentativo per liberarsi dalla mia presa.

«Resta qui stanotte,» lo esortai. Al pensiero di lasciarlo andare via, il cuore aveva cominciato a sbattermi contro il petto.

Ben fece una risata incerta.

«Seriamente. È scivoloso fuori. Il notiziario parlava di pioggia gelata prima. Non credo sia sicuro guidare in queste condizioni.»

«Oh, questo sì che è un bel tentativo per rimorchiarmi.»

«Nessun tentativo. E niente sesso,» lo assicurai, «il divano si apre. Ti lascerò addirittura usare il mio spazzolino da denti.»

«Scambiare saliva con uno sconosciuto? Sei coraggioso.»

«Non sei uno sconosciuto. E prometto di non passarti germi.»

Fece una smorfia con le labbra. «Hai ragione. Mi sento un po' rintronato. Che ora si è fatta?»

Una veloce occhiata all'orologio del microonde mi disse che era appena passata la mezzanotte. Avevamo parlato per ore, proprio come ai vecchi tempi.

Chiusi il portatile mentre Ben usava il bagno. Poi ci scambiammo il posto. Quando emersi dal bagno, la stanza era buia a eccezione della lampada da pavimento in un angolo. Benji si era messo a letto e si era tirato le coperte fino alle orecchie, così mi rassegnai a dormire sul divano-letto. Nel momento in cui presi i cuscini della seduta, però, Ben mi fermò. «Forse faresti meglio a ripensarci. Ho già controllato, e quel materasso è poco più di due centimetri. Qui c'è spazio.»

«Ne sei sicuro?»

«Abbiamo diviso il letto altre volte.»

«Sì, ma allora eravamo dei ragazzini.»

«Non preoccuparti, starò fermo con le mani.»

«È proprio quello che temo.»

La risatina di Benji mi fece venire la pelle d'oca per la consapevolezza di quel momento. Mi spogliai al buio, infilandomi con lentezza i pantaloni del pigiama di flanella e una maglietta, in modo che Ben, se avesse voluto farlo, avrebbe avuto tutto il tempo di osservarmi.

Sentii un'imprecazione sommessa arrivare dal letto. «Sei crudele.» Mi aveva guardato quindi.

«Non eri obbligato a guardarmi.»

«Ah, no?»

I vicini avevano finalmente spento la televisione, ma la festa nel parcheggio non era ancora finita. Mi misi a letto. Le cose non erano troppo diverse rispetto ai soliti fine settimana nel mio palazzo a New York, ma con Benji accanto a me, addormentarmi sarebbe stato impossibile. Continuavo a pensare ai segni sulle sue braccia.

Ti prego, dimmi che non sono io la causa di quelle cicatrici.

«Benji?»

Non arrivò alcuna risposta dal suo lato del letto e, anche se non credevo che si fosse già addormentato, una parte di me ne fu felice. Chi poteva immaginare quello che avrei detto, se ne avessi avuto l'occasione? «Sono felice che tu sia qui, Ben.». E quelle parole furono il mio modo di avvicinarmi alla verità.

Mi girai su un fianco e caddi in un sonno tormentato.

Mi svegliai di soprassalto, senza sapere cosa mi avesse scosso dal sonno. Mi ci volle un secondo per ricordarmi dov'ero. E che non ero solo. Ciecamente, allungai la mano verso destra incontrando soltanto un materasso vuoto. La stanza era nera come la pece, tranne che per il raggio di luce che filtrava fra le tende e circondava la silhouette di Ben che era seduto sul bordo del materasso e mi dava le spalle.

Mi sollevai su un gomito. «Ben?»

«Voglio che tu lo faccia.»

«Che cosa?» Allungai la mano verso la lampada sul comodino per guardarlo in faccia.

«No, lasciala,» mi ordinò mentre si girava, «ho cambiato idea. Scrivi pure il tuo articolo. Fai domande in giro. Guarda cosa riesci a scoprire. Tanto sarà sempre lì, non importa quanto cerchi di ignorarla. E così, forse, è arrivato il momento che tutti sappiano la verità.»

«Ne sei sicuro?»

«Mi fido di te. So che farai la cosa giusta.»

La fiducia di Ben all'improvviso mi rese insicuro. Era una responsabilità enorme.

«Stai pensando di tirarti indietro?» mi chiese quando non gli risposi subito.

«Non so se troverò qualcosa. E dopo vent'anni...» Perché avevo cominciato ad avventurarmi in quella situazione? Mi stavo probabilmente preparando a un sonoro fallimento e Ben era l'ultima persona che avrei voluto deludere. Eppure, il mio entusiasmo precedente era già tornato. Sentivo formarsi in testa dei pezzi di frasi e, se non ci fosse stato Ben, mi sarei con ogni probabilità fiondato sul computer.

«Ci stai pensando anche adesso, vero? Sento la tua testa ronzare anche da qui.»

«Ben...»

«Provo la stessa cosa con un nuovo dipinto. È come se non riuscissi a riposare fino a che non l'ho messo su tela.»

Ben spostò le gambe sul materasso e si rimise sotto le coperte. Si sistemò su un fianco, guardandomi in faccia, con la testa a pochi centimetri dalla mia. Mi tornò in mente un lontano ricordo. Un'altra notte con Benji disteso accanto a me nel buio. Era venuto a dormire da me e, come al solito, avevamo condiviso il mio letto. Quella notte era stata diversa, però, perché avevo passato la maggior parte del tempo a cercare di farmi passare un'erezione. Non ci ero riuscito e mi ero toccato fino ad avere un orgasmo, mordendomi il labbro per non fare rumore, mentre Ben dormiva accanto a me.

Il mio sesso, come se avesse pensato allo stesso episodio, cominciò a ingrossarsi. Maledizione, sarebbe stata una lunga nottata.

«E se dovessi scoprire qualcosa?» gli chiesi. «Ci hai pensato?»

«Me ne preoccuperò se dovesse succedere. E comunque non vedo come potrebbe essere peggio di quello che già mi passa per la testa. Vedo la gente in città e mi chiedo sempre se sappiano più di quello che dicono.»

«E tua madre? Immagino che dovrei parlarle. Ha già raccolto così tanto materiale.»

Ben mi rispose con lentezza. «Gliene parlerò io. Vuol dire che lo farai? Qualche indagine? Fino a che non dovrai partire?»

Partire. Sentii la gola stringersi. New York sembrava davvero lontana in quel momento.

«Che altro ho da fare, no?»

La stanza ricadde nel silenzio e pensai che Ben si fosse addormentato. Rimasi sorpreso, perciò, quando parlò di nuovo.

«Ti ricordi dell'ultima volta che ho dormito da te? È stato appena prima che tu partissi per Seattle.» Feci un respiro sorpreso. Come aveva fatto a leggermi nel pensiero? «Sono quasi sicuro che tu ti stessi masturbando accanto a me.»

Risposi con un gemito.

«Ho ragione, vero?» Rise piano e sentii il suo respiro soffiarmi caldo contro la guancia. «All'inizio ho pensato che stessi facendo un brutto sogno perché respiravi forte. E stavo quasi per svegliarti, ma poi ho sentito che muovevi il braccio sotto le coperte. Non mi ero mai masturbato prima di allora, sai. Avevo fatto un paio di sogni erotici e avuto qualche erezione, ma nulla di più. Però ce ne avevano parlato nella classe di educazione sessuale e così ho capito quello che stavi facendo.»

La mattina dopo ero saltato giù dal letto e corso in bagno per farmi la doccia in modo da non fargli notare lo sporco sul mio pigiama. Nei giorni successivi non ero nemmeno riuscito a guardarlo in faccia e, mio Dio, Ben era rimasto sveglio tutto il tempo.

Mi coprii il volto con le mani. «Possiamo non parlarne?»

«Ascoltarti mi aveva fatto sentire strano, ma in una maniera bella, eccitante.» La voce di Ben era diventata bassa e roca. «Mi aveva fatto venire un'erezione. Volevo toccarti così tanto. E toccare me stesso.» Sembrava che avesse fissato tutto nella sua memoria. «Hai fatto un piccolo gemito e il tuo corpo è stato scosso da un brivido. E poi c'era un odore nell'aria… quasi come l'impasto dei pancake.»

Feci un altro gemito.

«Ho scoperto cosa fosse soltanto dopo. Era l'odore del tuo sperma. Non sono mai riuscito a togliermelo dalla testa.»

Una mano calda e ruvida si infilò sotto la mia maglietta fermandosi sullo stomaco. Il mio sesso si sollevò immediatamente e ogni pensiero di potermi addormentare finì fuori dalla finestra. «Ben,» dissi con voce soffocata, «pensavo che avessi detto…»

«Zitto.» La mano si spinse dentro i miei pantaloni di flanella e mi afferrò con decisione, stringendo le dita abbastanza forte da farmi sussultare e spingermi verso la stretta. Ben, il buio e le coperte intorno a noi: era come se ogni mia fantasia adolescenziale si fosse realizzata di colpo. La mia erezione si indurì ancora di più.

«Vent'anni sono lunghi, Alex,» sussurrò Ben cominciando ad accarezzarmi con movimenti prima lunghi e lenti, poi più brevi e rapidi. Non riuscii a trattenere un piccolo sussulto nel momento in cui le sue dita si chiusero intorno alla punta accarezzandola con lentezza. Prima di recedere, quel movimento mi portò sull'orlo dell'orgasmo.

Sotto le coperte, avvicinai una mano verso Ben, trafficando un po' fino a riuscire a infilargliela nei boxer. La sua erezione era dura quanto la mia, la pelle liscia e calda sotto il mio palmo e quando feci risalire la mano, trovai la sua punta già bagnata di sperma. «Oh, Benji.»

Ben prese a toccarmi con più decisione facendomi impazzire. Imitai il suo ritmo e avrei voluto poter vedere di più, ma c'era qualcosa di perfetto in quella situazione, nei nostri sospiri che si mischiavano, nel rumore della nostra pelle che si incontrava.

Di colpo spostammo via le coperte e rimasi scioccato dall'aria fredda contro la mia pelle accaldata. Persi contatto con il sesso di Ben che si era appena spostato, ma prima ancora di riuscire a respirare, Benji mi aveva tirato giù i pantaloni fino ai fianchi. Inarcai il corpo al primo contatto delle sue labbra sul mio inguine. «Oh, cazzo.»

Cominciò a muovere la bocca con desiderio, senza finezza, ma andava benissimo così. Al diavolo la finezza. Quando gli strinsi i capelli, sentii i suoi riccioli scorrermi fra le dita come seta. Allo scomparire della sua bocca, gemetti di disappunto e cercai senza guardare di riportarlo dov'era. Mi accorsi che si era spostato soltanto per potersi avvicinare ai miei testicoli e il mio orgasmo iniziò a montare mentre con la barba mi accarezzava la parte interna della coscia e le sue dita avevano ripreso ad accarezzarmi il sesso.

«Sì, vieni, vieni per me,» mi incitò Ben continuando a succhiarmi gentilmente i testicoli.

Dopo qualche altra carezza, le scosse dell'orgasmo mi scossero con un'intensità sconvolgente. Mi ritrovai schizzi di sperma caldo sul petto e sullo stomaco. Quasi non mi resi conto che Benji aveva cominciato ad accarezzarmi il torace con il naso per ripulirmi con la lingua. Quando lo capii, quella consapevolezza mi scosse con dei nuovi tremori.

Era finito tutto troppo in fretta. Rimasi disteso, vagamente stupefatto, in attesa che il mio cuore rallentasse e la testa ricominciasse a funzionare. Avevo ancora le dita strette intorno ai capelli di Ben. Glieli scansai dal volto. «Adesso tocca a te.»

«Sono arrivato prima di te,» disse ridendo.

«Oh.» Il disappunto mi scosse più di quanto non mi sarei aspettato. «La prossima volta, allora.»

Ben mi si strinse addosso appoggiandomi la testa sulla spalla. Non ero una persona che amava le coccole e pensai per un attimo di liberarmi dal suo abbraccio, ma la sensazione di Ben contro di me era assurdamente perfetta. «Odori ancora di impasto per i pancake,» mormorò.

Scoppiai a ridere. «Ti rendi conto, vero, che adesso non riuscirò mai più a mangiare dei pancake?»

Sentii le labbra di Ben curvarsi contro la mia spalla. E quello fu il mio ultimo ricordo. Qualche istante dopo ricaddi in un sonno privo di sogni.

La mattina dopo, mi svegliai con Benji già in piedi e mezzo vestito. Vidi di sfuggita la sua schiena nuda mentre si infilava la maglia e mi venne subito voglia di ritrascinarlo nel letto con me, e stavolta per qualcosa di più di una masturbazione veloce. «Ehi, che fretta hai?» gli chiesi scherzando mentre strofinavo via il sonno dagli occhi.

Ben si sedette su una sedia per allacciarsi gli scarponi. Aveva le spalle rigide ed evitava il mio sguardo.

«Ben?» Mi sollevai su un gomito.

Fece un sospiro. «Non posso fare una cosa del genere con te.» Il suo sguardo era pieno di vero rimpianto ed esitò sul mio corpo che era coperto soltanto fino ai fianchi. «Mi dispiace, pensavo che ce l'avrei fatta.»

Mi misi a sedere con lo stomaco stretto in un nodo e nello stesso momento Ben si alzò dalla sedia. «Che vuoi dire?» gli chiesi.

«Vuol dire che potremo lavorare insieme fino a che non scoprirai qualcosa o finché non ti stuferai e deciderai di tornare a casa, ma quello che è successo ieri notte non può ripetersi.»

«Non capisco. Perché no?»

«Perché finirò per innamorarmi di te,» rispose semplicemente con una mano già sulla maniglia della porta. «Quando te ne andrai, mi spezzerai il cuore. E questa volta non riuscirò a sopportarlo.»

Le parole di Ben mi assestarono due pugni agrodolci allo stomaco. Non aspettò di sentire la mia reazione e tutto quello che mi rimase da fare, fu guardare a bocca aperta la porta che si era fermamente chiuso alle spalle.

Capitolo 11

"*Finirò per innamorarmi di te… e questa volta non riuscirò a sopportarlo.*"

Le parole di Ben mi restarono appiccicate addosso molto dopo la sua partenza. E ogni volta che le ripetevo, sentivo qualcosa stringermi il cuore.

Non potevo andare a trovare papà, non prima di aver sistemato alcuni dei sentimenti che mi rimbalzavano in testa, mi avviai perciò verso Alton per continuare con le pulizie della casa mobile. Almeno in questo caso, le accuse di Janet si erano rivelate decisamente accurate.

Tre ore dopo, la casa era finalmente vuota, ma la mia testa, purtroppo, no. Fu così che mi trovai di nuovo davanti a casa di Angela Morning, dove scoprii che Ben non c'era, ma che aveva preparato sua madre.

Adesso che aveva un pubblico disposto ad ascoltarla, Angela non vedeva l'ora di parlare. Mi invitò dentro, preparò del tè, e mi aggiornò su tutte le piste che erano state seguite, poche e senza alcuno sviluppo. Come si poteva rintracciare una ragazza senza carte di credito, senza un passaporto, senza un cellulare con il GPS e addirittura senza un numero di previdenza sociale?

Angela aveva copie di tutte i rapporti originali della polizia e degli aggiornamenti fatti da investigatori privati che aveva assunto nel corso degli anni. Aveva preso nota di tutto, delle persone con cui aveva parlato, di tutte le lettere scritte, di ogni soffiata, di ogni volta che aveva contattato la polizia per un aggiornamento. Nel corso degli anni c'erano stati un paio di avvistamenti credibili, incluso uno secondo cui Misty faceva la prostituta nella città di Victoria e Angela aveva seguito quella pista di persona, era andata fino lì, solo per scoprire che la ragazza era la figlia di qualcun altro.

I resoconti erano piuttosto risicati, ma ero comunque impressionato. Angela sarebbe stata un'ottima giornalista se non fosse stato per la sua totale parzialità nei confronti di Derek Gagnon. Mentre parlavamo, avrei voluto scuoterla per essere così ossessionata, per non essere capace di vedere che aveva un altro figlio che aveva bisogno di attenzione. L'immagine di Ben l'altra notte, disperato e vulnerabile, mi stringeva il cuore anche per conto di sua madre. Benji l'aveva sempre sostenuta rimanendole accanto nel corso degli anni e durante tutta la nostra conversazione lei non aveva mai neanche fatto il suo nome.

Non sapevo se sentirmi dispiaciuto o furioso.

«Vuoi vedere la sua stanza?» mi chiese Angela quando si era messa già in piedi senza lasciarmi altra scelta che seguirla.

Non capivo come avrebbe potuto essere utile, ma non avevo certo intenzione di dirglielo. La polizia aveva già setacciato la stanza di Misty vent'anni prima alla ricerca di indizi che potessero spiegare dove fosse finita.

Nel momento in cui Angela aprì la porta, sentii tutta l'aria uscirmi dai polmoni.

Se la casa era una capsula del tempo, la stanza da letto era il cuore di quel sacrario. La camera era esattamente come me la ricordavo: rosa e femminile, come in attesa che Misty tornasse a rannicchiarsi su quel frivolo letto a baldacchino sotto il poster dei Backstreet Boys attaccato alla parete.

Persino l'odore era rimasto lo stesso, Obsession di Calvin Klein. Com'era possibile dopo tutto quel tempo?

Fu allora che notai le bottiglie di profumo sul comò. Una era piena, come se fosse stata comprata da poco. Forse Angela le usava per conservare quel profumo?

Provai dei brividi lungo le braccia. Adesso riuscivo davvero a capire la preoccupazione di Ben. Quella preservazione maniacale del passato andava ben oltre il lutto. Aveva un che di malato.

«Ogni tanto vengo qui,» disse Angela, «per pensare, per sentirmi vicina a Misty.»

Se Angela Morning era mai stata affettuosa e attenta nei confronti dei suoi figli, doveva essere stato molto prima del mio arrivo in scena. Forse quando suo marito era ancora vivo, le cose erano state diverse, ma non riuscivo a ricordare che passasse molto tempo a casa. Faceva turni di dodici ore alla segheria e quando rientrava a casa, di solito era stanchissima. Misty era stata lasciata a occuparsi di suo fratello minore anche se una volta compiuti sedici anni e presa la patente, anche lei non si faceva quasi mai vedere in giro. Dal mio punto di vista, Ben si era cresciuto da solo.

L'insana ossessione di Angela per Misty era un caso di "troppo poco e troppo tardi" o piuttosto il suo modo per fare ammenda? Il subire giorno dopo giorno il tormento dell'assenza di Misty?

Anche la stanza di Ben era uguale a vent'anni fa? Ne dubitavo fortemente.

Angela prese uno degli animali di pezza appoggiati sul letto e se lo avvicinò al naso. Quei residui d'infanzia sembravano totalmente incongrui con la giovane donna sensuale di cui mi ricordavo. Era così che Angela vedeva ancora Misty, come una bambina dolce e innocente?

Osservai le vecchie polaroid di Janet e Misty infilate nella cornice dello specchio. Janet aveva comprato una macchina fotografica di seconda mano a una vendita di beneficenza in città e sorrisi ricordandomi di come, durante le settimane seguenti, continuasse a spuntare nei momenti più inaspettati, con il flash che accecava i suoi poveri soggetti facendoli finire tutti con gli occhi chiusi o le bocche spalancate.

Accarezzai con le dita la superficie del comò, la spazzola di Misty, una vecchia fascia per i capelli e un portagioie di legno con i bordi dorati, quasi spaventato all'idea di toccare quegli oggetti. Non riuscivo a scrollarmi di dosso la sensazione che Misty sarebbe entrata in camera da un secondo all'altro pescandomi a sbirciare fra le sue cose.

Hai mai visto una ragazza nuda, Sandy?

Chiudendo gli occhi, riuscivo ancora a vederla, esattamente come quel giorno di primavera. Io e Benji avevamo passato il tempo a giocare nel cortile dopo la scuola. Sua madre era al lavoro come al solito e io ero andato in bagno per fare la pipì. Mentre mi trovavo in corridoio per raggiungere il bagno, però, ero passato davanti alla camera di Misty che aveva lasciato la porta spalancata. Non indossava altro che un asciugamano e i capelli bagnati le ricadevano sulla schiena mentre li pettinava. Restammo a fissarci.

«Oh ... be', scusa,» balbettai sentendo il sangue finirmi tutto in faccia e in altri posti. «Stavo ...» Sapevo che avrei dovuto distogliere lo sguardo, si trattava pur sempre della sorella di Benji, ma mi sentivo come ipnotizzato. E Misty non sembrava affatto imbarazzata.

Fece un passo verso di me. Si fece scivolare il pettine sul petto esitando sul nodo che teneva fermo l'asciugamano. «Hai mai visto una ragazza nuda, Sandy?»

Avevo la bocca secca. «Non... non dal vivo.»

Mi guardò con un sorrisetto e poi l'asciugamano le cadde sui piedi rivelando dei seni sodi e chiari con dei capezzoli rosa e un triangolo di peli biondi fra le cosce. Aveva continuato a pettinarsi i capelli come se fosse la cosa più normale del mondo, come se io non fossi lì davanti a lei.

«Ma guarda un po',» disse Misty sottovoce. Avevo seguito la direzione del suo sguardo finendo per notare la stoffa dei miei pantaloni tesa da un'erezione. «Tutto sommato allora ti piacciono le ragazze. E pensare che tutto questo tempo, io e Janet eravamo convinte che tu e Benji vi facesse le seghe insieme.» Fece una risatina. Come ero riuscito a dimenticare quel suono? Una combinazione di vittoria e denigrazione. «Sono sicura che gli dispiacerà quando glielo racconterò. Ha una cotta per te, sai.» Gesù. Scacciai quel ricordo dalla testa. Anche il semplice ripensarci mi faceva sentire sporco. Non avevo mai parlato di quell'incontro con Benji, ma le parole di Misty mi avevano perseguitato per tutta l'estate. *Ha una cotta per te.* Erano state quelle parole a far cominciare tutto? Perché dopo quel giorno, niente era rimasto uguale a prima per me. Eravamo rimasti amici per la pelle, ma non potevo fare a meno di guardarlo con occhi diversi.

Sollevai il coperchio del portagioie. Una ballerina di plastica cominciò a girare lentamente seguendo una melodia stonata e irriconoscibile prima di fermarsi a metà piroetta.

«Devi caricarla,» suggerì Angela.

Feci una smorfia immaginandola in questa stanza ad ascoltare la musica del carillon di Misty, a spruzzare del profumo.

«Cosa pensa Ben di tutto questo?» le chiesi.

«Ben?» Pronunciò il suo nome come se fosse quello di un estraneo.

«Sì, Ben, tuo figlio.»

Continuò a fissarmi come se avessi due teste. «Ben non viene mai qui. Vive sopra il garage. Hanno detto che sarebbe stato meglio per lui quando ha lasciato quel posto.»

«Che posto?» dissi con il cuore impazzito.

«L'ospedale a Victoria. Be', non era proprio un ospedale.» Impallidì di colpo. «Oh, non avrei dovuto dire nulla. Non gli piace parlarne.»

Parlare di cosa? Ben era stato in ospedale? «Angela,» borbottai alla ricerca disperata di altre informazioni.

Scosse la testa.

«Vuoi dire che Ben è stato in un ospedale psichiatrico? Perché?»

«Non vorrebbe che io ne parlassi.» Il suo tono di voce non ammetteva discussioni. *Maledizione.*

Angela si avvicinò per prendere il carillon. Avevo dimenticato di averlo ancora in mano. Accarezzò con un dito la vecchia figurina. «Misty ha sempre desiderato diventare una ballerina,» disse con affetto.

«Angela, non puoi menzionare una cosa del genere e poi aspettarti che io lasci perdere.» Mentre chiudeva il coperchio della scatola, notai qualcosa. «Aspetta,» le intimai.

Che diavolo?

Nascosto fra gli strass e i braccialetti di perline, c'era un paio di semplici orecchini d'oro. Erano in stile liberty, con un disegno inciso sopra e incastonati con una perla di onice nera. Riconobbi quegli orecchini, erano di mia madre. Crescendo, glieli avevo visti addosso in tutte le occasioni speciali.

Quante possibilità c'erano che un'adolescente ne avesse un paio uguali?

Zero.

Erano unici, antichi, ed erano appartenuti alla mia bisnonna. Ricordavo benissimo della scenata fatta da mia madre quando, una volta arrivati a Seattle, si rese conto che non erano con il resto dei suoi gioielli. Come faceva ad averli Misty?

«Li hai dati tu a Misty?» chiesi.

Angela mi osservò la mano. «No, non sono stata io, ma c'era sempre qualcuno che le regalava qualcosa.»

Di certo non costosi gioielli antichi. Quegli orecchini erano eleganti e non il genere di cosa che Derek Gagnon avrebbe regalato alla sua ragazza, neanche se avesse potuto permetterseli.

Di colpo, venni investito dall'urgenza di uscire da lì, lontano dal lutto opprimente che riempiva quella casa. Lontano da quei preoccupanti orecchini. Li rimisi nel portagioie, mi scusai vagamente con Angela e andai via portando con me alcuni dei suoi documenti.

Quella sensazione rimase con me anche dopo essere andato via. Solo una volta tornato per strada riuscii finalmente a scuotermi di dosso la presenza di Misty. Le uniche cose a cui riuscivo a pensare adesso erano Ben e quello che gli era successo a Victoria. Poi c'erano gli orecchini di mia madre. E una nuova preoccupazione che aveva cominciato a farsi largo nella mia testa.

Dopo la casa dei Morning, l'ospedale, con il suo odore di disinfettante e di morte, mi sembrò quasi un sollievo.

Incontrai Katy in corridoio. Era la prima volta che la vedevo dopo essere uscito con lei il venerdì precedente e non sapevo bene come comportarmi.

Mi salutò con un sorriso affettuoso. «Ciao, Alex, il tuo amico è appena andato via.»

«Amico?»

«Un ragazzo con i capelli ricci e la barba?»

Ben? Ben era venuto a trovare papà? Il pensiero che avesse fatto una cosa del genere mi commosse profondamente.

«Purtroppo, non è in una delle sue giornate migliori. È molto confuso. Mi dispiace, ma adesso devo scappare.» Katy si affrettò lungo il corridoio, poi si fermò e si girò di nuovo verso di me. «Senti, Sam andrà a stare da suo padre domani sera. Ti va di venire a cena? Faccio un ottimo pollo alla parmigiana.»

Sentii una stretta allo stomaco e capii in quel momento che quello che c'era fra me e Ben era più profondo di quanto temessi. «Io ... be'...»

Katy sospirò. «Non preoccuparti. So quando devo lasciar perdere.»

Lanciai una maledizione sottovoce mentre lei si allontanava. «Idiota.» Chi rifiutava un'offerta per del sesso senza complicazioni? Soprattutto quando Ben aveva messo in chiaro di essere off-limits. Dopo la notte passata insieme, però, sapevo che non era Katy la persona che volevo. Fingere che lo fosse, avrebbe soltanto peggiorato le cose.

Quando entrai nella sua stanza, papà era a letto con gli occhi spalancati a fissare il soffitto. Qualcuno gli aveva fatto la barba dandogli un aspetto meno sciatto.

«Ciao, papà...» Le parole mi restarono incastrate in gola. Non si era mosso, non aveva sbattuto gli occhi al mio ingresso. Stavo per partire di corsa alla ricerca di

Katy quando un piccolo respiro gli scosse il petto. Le sue palpebre si mossero.

Le linee sul monitor del cuore erano solide.

Gesù. Sarebbero andate così le cose da oggi in poi? Con il dubbio costante di essere arrivati al suo ultimo giorno?

Scuotendomi di dosso gli ultimi brividi di panico, gettai la giacca sulla sedia per i visitatori e mi misi a sedere. «Ehi… ciao papà. Sono io.» Si rendeva almeno conto che mi trovavo lì con lui? Guardai l'orologio. Dov'era Janet? Di solito passava sempre nel tardo pomeriggio.

Ero ansioso di tornare al motel per studiare gli incartamenti che mi aveva dato Angela. Buttarmi in quel progetto era proprio quello di cui avevo bisogno. Di certo non avrei trovato granché, ma c'era sempre la possibilità di incappare in una pista ancora inesplorata.

C'era qualcosa, però, che dovevo sapere prima.

Saltai in piedi e mi avvicinai alla finestra. Erano le quattro del pomeriggio e la luce del giorno stava scomparendo con rapidità. Le luci nel parcheggio si erano appena accese.

«Indovina chi ho visto oggi, papà? Angela Morning. Ti ricordi dei Morning? Dovresti vedere casa loro adesso. È come se il tempo si fosse fermato nell'agosto del 1996. La signora Morning, Angela, non ha cambiato niente nella camera da letto di Misty.»

Mi girai di colpo verso il letto. Papà non si era mosso e il rantolio dei suoi respiri era snervante.

«Sto scrivendo un articolo su Misty, sulla sua scomparsa. Mi sembra che ci sia una storia da raccontare. Angela mi ha fatto dare un'occhiata in giro, ma è stato inutile. Mi ha soltanto lasciato addosso una brutta sensazione. Non ho trovato niente di interessante, non che mi aspettassi un diario segreto nascosto sotto il materasso. Siamo onesti,

Misty non era proprio un tipo da diario, no? Ma immagino che avesse un sacco di segreti.»

Mi avvicinai di un passo osservando il suo volto alla ricerca di segni che mi avesse sentito, che avesse capito quello che stavo dicendo. La luce del crepuscolo sul letto aveva allungato le ombre e reso le guance di papà ancora più emaciate. Si stava ritirando davanti ai miei stessi occhi.

Chi sei?

«Più ci penso, anche se non mi sembra strano che Misty abbia deciso di andare via, più mi convinco che non sarebbe sparita in quel modo. Avrebbe fatto una grande scena, come faceva per tutto il resto. Ti ricordi com'era, no? Avrei voluto prestare più attenzione alle cose allora. A tutto. C'era qualcun altro alla guida della sua macchina quel giorno? Chiudo gli occhi e cerco di ricordarlo, ma io e Ben non eravamo abbastanza vicini.»

Nessuna risposta ovviamente. Soltanto il pulsare lento e costante delle macchine e il suo respiro affannoso.

Mi passarono per la testa tutte le volte in cui Misty era stata a casa nostra: immagini di pigiama party, di feste di compleanno, di lei e Janet distese su degli asciugamani in cortile e prendere il sole durante l'estate. Non avevo voluto rendermi conto allora di come la guardasse mio padre. Del rossore che gli attraversava il volto o della maniera imbarazzante in cui flirtava con lei quando mamma non era in giro.

Ci aveva fatto un pensierino? Anche quando Misty non era che una ragazzina?

Dopo aver perso il lavoro, papà aveva cominciato a passare molto più tempo a casa. Con mamma al lavoro e noi a scuola, l'aveva tutta per sé. Sentii una stretta allo stomaco. Immaginai Misty come mi era apparsa davanti una volta, con quel suo sorrisetto furbo. L'asciugamano che cadeva per terra. *Hai mai visto una ragazza nuda?*

Misty era una *ragazza*, non una donna. Un'adolescente, una minorenne. *Oddio, papà, ti prego, non dirmi che te ne sei approfittato.*

«Lo hai fatto?» gli chiesi con la gola secca, la bocca piena di disgusto. «Sei andato a letto con lei? Sei stato tu a darle gli orecchini di mamma?» Qualcuno lo aveva fatto, a meno che non li avesse rubati lei stessa.

Sentii un piccolo gemito provenire dalle sue labbra, le sue dita strinsero le lenzuola.

«Dimmelo, bastardo. Sei stato tu? Non puoi andartene così.»

Mio padre girò la testa e alzò gli occhi per guardarmi. Erano lucidi, quasi supplichevoli. Mosse le labbra sforzandosi di parlare. Cercai di non tirarmi indietro quando il suo fetido respiro mi raggiunse il viso. «Lei... lei...» Una lacrima solitaria gli scese lungo la guancia infossata.

«Giuro su Dio che se sei stato tu...»

Mi afferrò il polso e questa volta riuscii a non ritrarmi al tocco delle sue dita scheletriche. «Non ho... molto tempo. Sono pronto ad andare. Ho bisogno che... devi fare una cosa, ma non dirlo a Janet.»

«Dio santo, sei incredibile,» sibilai, «perché non puoi dire la verità e basta? Per una volta nella tua vita, fai la cosa giusta.»

«Sto provando. Ti prego.»

Quella supplica mormorata mi colse di sorpresa. Non riuscivo a ricordarmi di alcuna richiesta da parte di mio padre, se non per prendergli una birra fredda dal frigo. «Di cosa si tratta?» gli chiesi rigidamente.

La sua voce era sottile, poco più di un sussurro. «Quando sarò andato via... le fotografie... a casa mia...»

«Quali fotografie? Vuoi dire il ritratto di famiglia in soggiorno? Ce l'ho al motel.»

La testa di papà si mosse convulsamente sul cuscino. «Oh, no, no. Non quella… le altre.»

«Ho svuotato casa tua. Non ci *sono* altre fotografie.» Strinsi i denti. Che perdita di tempo. Avrei dovuto sapere che Jerry Colville non avrebbe saputo tirare fuori le palle neanche alla fine.

«Saprai cosa fare di loro.» Mi accarezzò piano la mano curvando appena le labbra. «Ho sempre saputo che sapevi badare a te stesso. Non hai mai avuto bisogno di me.»

La gola mi si strinse all'improvviso. «Ti sbagli, papà,» dissi in maniera soffocata, «avevo bisogno di te.» Mi si annebbiò la vista. Merda. Ero sul punto di scoppiare a piangere.

Papà fece un gemito di dolore e mi strinse la mano. «Non voglio… morire da solo. Puoi perdonarmi?»

«Per cosa?» Volevo sentirglielo dire chiaramente.

«Per tutto.»

Potevo perdonarlo? Aprii la bocca, ma le parole non volevano uscire e così la richiusi e gli strinsi la mano fino a che non si addormentò.

Fu così che ci trovò Janet.

Dopo aver lasciato l'ospedale, io e Janet mangiammo qualcosa al ristorante cinese vicino al motel e poi passai il resto della serata nella mia stanza a riflettere sui documenti di Angela. Era quasi un sollievo gettarmi in quelle carte invece di pensare a papà.

Le persone non scompaiono e basta, aveva detto Angela, ma Misty aveva fatto proprio quello.

Cominciai a pianificare una strategia, a fare una lista di tutte le persone che avevano rilasciato delle dichiarazioni o erano state interrogate dalla polizia. Le trascrizioni originali non erano fra i documenti di Angela, ma c'era abbastanza in quegli appunti per capire che non era stata fatta nessuna scoperta importante. La maggior parte degli interrogati erano stati amici di Misty. Riconobbi molti nomi, si trattava di studenti all'ultimo anno delle superiori. C'erano anche Janet, ovviamente, e Derek e il buon vecchio Garrett Wilde.

Era difficile crearsi un senso di colpevolezza o innocenza dalle parole scritte su una pagina. Avrei dovuto verificare chi di loro fosse ancora in giro e vedere se avrebbero avuto voglia di fare quattro chiacchiere con me. Uno di loro doveva pur sapere qualcosa. Oh, e già che c'ero, forse avrei potuto rintracciare qualcuno dei poliziotti che avevano lavorato al caso. Mi preparai a una lunga nottata.

Qualche ora dopo, con gli occhi che mi bruciavano per tutto il tempo passato a leggere, presi una pausa e mi distesi sul letto pieno di bitorzoli. Forse stavo guardando l'intera faccenda dal lato sbagliato, alla ricerca di collegamenti dove collegamenti non c'erano. Gli orecchini non potevano essere ignorati, ma forse Misty aveva soltanto avuto un problema con la macchina, papà non era forse sempre impegnato a sistemare quel pezzo di ferraglia? E magari si era trovata nel posto sbagliato al momento sbagliato.

Volevo crederci con tutto me stesso.

Di colpo, venni preso dal bisogno di sentire la voce di Ben, ma dopo la notte precedente, non ero nemmeno sicuro che volesse parlarmi. *Smettila di comportarti come un adolescente*, mi dissi, e lo chiamai.

Il telefono squillò per molto tempo prima che Ben rispondesse con un grugnito.

«Ehi,» gli dissi allegramente, «ho saputo che sei passato a trovare papà oggi. È stato gentile da parte tua.»

«Mmm.» Sembrava mezzo addormentato.

«Sei a letto?»

«È passata la mezzanotte. Tu che pensi?»

«Oh, è davvero così tardi?»

«Sì, Alex, è davvero così tardi.»

«Sei da solo?»

«No, non proprio.»

«No?» risposi mettendomi a sedere.

«C'è Luna con me.» Riuscivo a sentire il suo sorriso soddisfatto anche da questo capo del telefono.

«Cretino,» gli dissi.

«Scemo.»

Avrei voluto essere con lui in quel momento, rannicchiato nel letto con il fuoco acceso nella stufa, anziché da solo in questa squallida camera di motel. «Sai, se dovesse servirti uno scaldaletto…»

La sua risata era bassa e sexy. Sentii qualcosa muoversi all'altezza del mio inguine e dovetti resistere alla tentazione di infilarmi la mano nei pantaloni. «Non esagerare,» mi avvertì, «la mia forza di volontà è già abbastanza debole.»

«Mi dici una cosa del genere e ti aspetti che la smetta? Non ti capisco. Tu vuoi me. Io voglio te. In questo momento potremmo essere insieme, invece di scambiarci battute al telefono.»

«Ti prego, Alex.»

«Va bene. Ti va di fare una gita con me domani?»

«Come?»

Era davvero adorabile. Cominciai a spegnere il computer per poter andare a dormire. «L'ho trovato.»

«Hai trovato chi?»

«Cleary. Uno dei poliziotti che hanno lavorato al caso di Misty nel '96. È andato in pensione e vive a Prince Rupert.»

«Come hai fatto a trovarlo così velocemente?»

Sembrava così impressionato che quasi odiai dovergli dire la verità. «Google. Adesso fa l'agente immobiliare. Ci credi che si fa pubblicità sul sito delle guardie a cavallo? Gli ho mandato una e-mail per chiedergli di incontrarci domani.»

«Incontrarci? È a quattro ore da qui. Non puoi usare il telefono?»

«Nella mia esperienza, la gente è più onesta quando ti guarda in faccia e poi in quel modo è anche più difficile mentire.»

Ben fece un sospiro.

«Ben?»

«Sto riflettendo.»

«Sarebbe bello passare un po' di tempo insieme. Mentre sono qui.»

«Va bene.»

«Posso passare a prenderti…»

«Non serve. Non voglio farti fare della strada inutile. Ci vediamo al tuo motel alle otto. Va bene?»

«Perfetto.»

Un altro lungo silenzio. Non riuscivo a chiudere la telefonata, anche se mi rendevo conto di quanto fosse sciocco e infantile. Finché Ben era lì, all'altro capo del telefono, non dovevo guardare in faccia la realtà. E poi la sua voce assonnata era sexy da morire, mi stava facendo pensare alla notte che avevamo passato insieme.

«Hai intenzione di attaccare?» mi chiese alla fine.

«Attacca *tu* per primo.»

«Sei stato tu a chiamare *me*. Quanti anni hai esattamente?»

Scoppiai a ridere. «Ehi, ti ricordi che facevamo sempre così con i walkie-talkie?» Quante notti avevo superato grazie all'aiuto di Benji? Con la sua voce dall'altra parte della radio a sostenermi, ero riuscito a tenere lontano il suono di mamma e papà che litigavano. A quel tempo, eravamo tutto ciò che avevamo.

«Sì,» rispose, «grazie al cielo hanno inventato i telefoni cellulari, così non devo continuare a dire "passo" ogni volta che finisco di parlare.»

«Ricevuto, Uno Rosso.»

Fece un verso nel sentirmi pronunciare il suo vecchio nome in codice.

Sorrisi. «A quell'epoca però, la tua voce non era così sexy.»

«Mettiti a dormire, Alex.»

«Mmm…prima devo farmi una doccia, magari masturbarmi. Mi hai fatto venire voglia adesso.»

Lo sentii trattenere il respiro. «Sei una vera carogna. Ci vediamo domani.»

«Passo e chiudo, Uno Rosso.»

Capitolo 12

Come promesso, trovai Ben ad aspettarmi nel parcheggio alle otto della mattina seguente. Avevo riempito un thermos con del pessimo caffè ed ero corso fuori per saltare nella sua macchina.

«Non vieni nemmeno a prendermi sulla porta? Che razza di appuntamento è?»

Fece una smorfia a quella mia battuta, ma si riprese in fretta. «Tanto per cominciare, non è un appuntamento.»

«Peggio per te. Io sono un tipo facile.» Quando Benji socchiuse gli occhi, gli diedi un colpetto sulla spalla. «Ehi, sto scherzando. Cercavo di alleggerire l'atmosfera. Hai un aspetto particolarmente attraente questa mattina, sai.»

«Attraente?»

Feci un sorriso in direzione della sua camicia di flanella a quadri e del gilet trapuntato. «Sì, come un boscaiolo alto, magro e gay. È una cosa molto sexy.»

Le labbra di Ben tremarono per un attimo. «Sei…»

«Incorreggibile? Adorabile? Bello in maniera irresistibile?»

«Mi arrendo,» disse con un sospiro, ma lo aveva detto sorridendo e comunque la mia leggerezza aveva funzionato: ogni tensione rimasta dopo la notte passata insieme era scomparsa.

«Sei ancora sicuro di volerlo fare?» gli chiesi.

«E tu?»

«Oddio, certo che sì.»

«Andiamo allora.» In silenzio, cominciammo la nostra ascesa verso le montagne con la sola radio a farci compagnia. Se non avessimo incontrato qualche cantiere o camion che trasportava legname oppure degli incidenti, saremmo dovuti arrivare a Prince Rupert intorno a mezzogiorno e fino a quel momento, le cose erano andate per il meglio. Una volta usciti dalla valle, era persino apparso un po' di sole da dietro le nuvole.

«Come hai fatto a convincere questo tizio a parlare con te?» mi chiese Ben.

Feci una smorfia. «Stiamo cercando casa.»

«Come?»

«Dovevo essere sicuro che fosse disponibile. Ho preso appuntamento con lui. Tu sei il mio partner e vogliamo comprare una casa a Prince Rupert.»

«E come pensi che reagirà quando gli dirai il vero motivo per cui sei lì? È un ex poliziotto, te lo sei scordato?»

«È tutto parte del mio piano. Ho constatato che è più difficile cacciare via qualcuno quando è già sulla soglia di casa tua.»

«Spero che tu abbia ragione. È un viaggio lungo da fare soltanto per farsi sbattere una porta in faccia.»

Trattenni un sorriso. Forse Ben non era entusiasta all'idea di trovarsi qui, ma era pur sempre venuto. Era impossibile non amare un uomo che ti sosteneva comunque, in ogni circostanza.

La strada sinuosa che attraversava le montagne per andare da Smithers a Prince Rupert lungo la costa era suggestiva, ma io la ignorai quasi del tutto. La mia attenzione era concentrata sull'uomo dietro al volante. Guardarlo era molto più gradevole che continuare a pensare a mio padre.

Aveva un po' di vernice verde sotto le unghie e una goccia gli era finita sul dorso di una mano. «Stavi dipingendo questa mattina?» gli chiesi un'oretta dopo esserci messi in viaggio.

«Sì, mi sono alzato presto. Non riuscivo a dormire.»

A causa mia? Lo speravo proprio.

«Hai intenzione di fissarmi mentre guido durante tutto il viaggio?» mi chiese alla fine. Aveva due rughe d'espressione fra le sopracciglia mentre era impegnato a prendere una curva difficile.

«Forse. Sei davvero carino quando sei tutto concentrato.»

Esasperato, alzò gli occhi al cielo e lanciò un'occhiata al mio inguine. «Piantala. E comportati bene.»

Gli sorrisi. «E se non dovessi farlo?»

«Non ti stanchi mai di farti rispondere male?»

«Non da te, a quanto pare.» Se avessi percepito dell'ostilità o della vera irritazione, avrei tenuto sotto controllo tutto quel flirtare, ma le linee che si allargavano intorno agli occhi di Ben mi dicevano che gli piaceva il modo in cui tentavo di provocarlo.

«Come sei diventato un artista?» gli chiesi. «Ti sei laureato in Belle Arti?»

«No, non ho superato neanche il primo semestre di università a Victoria. Sono praticamente autodidatta. Lo sai che anche da bambino mi piaceva disegnare.»

«E cosa ti ha spinto a insegnare?»

«Mi stai facendo un interrogatorio?» chiese con un sorriso.

«No, solo tentando di recuperare il tempo perduto.»

«Ho cominciato a fare volontariato alla scuola superiore circa cinque o sei anni fa. Mi occupavo di un programma doposcuola. Ha avuto così tanto successo che hanno trovato i soldi necessari per aggiungerlo al curriculum regolare e mi hanno assunto. Per i ragazzi di queste parti…be', non c'è molto per loro.»

«Me lo ricordo. Le cose sembrano essere peggiorate,» aggiunsi ripensando ai gruppi di adolescenti che ciondolavano in giro per la città. Con la maggior parte delle famiglie che avevano uno o anche tutti e due i genitori che facevano turni di lavoro, l'assenza di figure genitoriali era piuttosto comune.

«È vero. Quando ha chiuso la falegnameria, molta gente ha perso il lavoro. È stato allora che ho trovato dei fondi per cominciare la classe del fine settimana. Aiuta a tenere i ragazzi più piccoli impegnati e fuori dai guai, e per gli adulti è una via di fuga. A primavera, sono stato invitato a fare una classe settimanale per gli anziani che vivono a Pine Point.»

«Ti piace molto, vero?»

Sorrise. «Sì. Non sono così sciocco da pensare di fare chissà che differenza, ma mi fa sentire utile, mi fa sentire apprezzato.»

Perché non è mai stato così mentre crescevi.

«Quindi come vedi, non sono poi tanto altruista. Anche io ne ricavo qualcosa,» aggiunse, «okay, adesso tocca a me. Qual è il vero motivo per cui sei qui?»

«Be', stiamo andando a trovare Douglas Cleary.»

«Misty è scomparsa da vent'anni. Pochi giorni in più non possono fare alcuna differenza. Perché tutta questa fretta di colpo per andare a parlare con lui quando potresti, anzi dovresti, passare del tempo con tuo padre?»

Rimasi a fissare il panorama che passava davanti al finestrino.

«Oh, adesso non ti va di parlare. Puoi farmi un interrogatorio sulla mia vita, ma la tua è off-limits?»

«È solo che non capisco come mai dovrei sentirmi turbato e rattristato per questa cosa. Insomma, mio padre non ha fatto parte della mia vita per anni e anni. Se ci avesse voluto tutti riuniti al suo capezzale, allora forse non avrebbe dovuto allontanarci prima.»

«Un discorso davvero maturo, Alex.»

«Non posso farci nulla. Era nostro padre. Avrebbe dovuto volerci bene, ma una volta che siamo andati via, è stato come se non fossimo più esistiti. È come se lui non si fosse mai guardato indietro.»

Ben rispose con un verso. La tensione improvvisa nella macchina si rifletteva lungo la linea rigida della sua mascella. «Mai guardato indietro, eh? Mi sembra familiare.»

Cazzo. Non avevo fatto anche io la stessa cosa con lui? Non lo avevo dimenticato l'attimo stesso in cui eravamo partiti?

«Perché sei venuto allora?» chiese Ben. «Se lo odii così tanto? Non dovevi certo fare tutta questa strada soltanto per scrivere il tuo articolo.»

Mi accostai al poggiatesta. «Suppongo che…Forse speravo di capire finalmente perché ci avesse allontanati in quella maniera.»

«Se è un alcolizzato, potresti non trovare mai una risposta. O almeno non una risposta che ti soddisfi. Per loro conta soltanto l'alcol.»

«Lo so. Ho intervistato persone con delle dipendenze. È solo che…»

«Che è diverso quando si tratta di *tuo* padre?» Non gli risposi. Non ce n'era bisogno. Ben era sempre stato capace di leggermi dentro. «Alex, è tutta qui. Questa è l'unica vita che hai. Non si può tornare indietro per cambiare il passato. Puoi accettare tuo padre così com'è e cercare di creare un nuovo legame con lui finché puoi, oppure restare attaccato al tuo risentimento fino a farti divorare. E credimi, ti divorerà.»

«È quello che hai fatto tu con tua madre?»

«È quello che cerco di fare,» fece un sorrisetto, «non funziona sempre. Ma davvero, se non fai pace con lui adesso, in futuro te ne pentirai.»

«Mi ritieni un egoista, vero?»

«Lo hai detto tu, non io.»

Spinsi la fronte contro il vetro freddo del finestrino. «Ho paura. Ho passato così tanti anni ad avercela con lui per il modo in cui ci ha feriti. È più facile odiarlo per la sua debolezza ed egoismo piuttosto che pensare all'alternativa, che non ci voleva, che non voleva *me*, che sono stato io la ragione per cui ha smesso di fare il padre. E adesso, tutto sommato, non sono certo di essere in grado di affrontare la verità.»

«È stato lui ad aver perso, Alex.» Ben spostò la mano dal volante per stringermi la coscia. «Ma io non credo che sia colpa tua. Da bambini pensiamo ai nostri genitori solo in relazione con noi stessi. Ci dimentichiamo che sono delle persone anche loro. Persone che sbagliano, che fanno stupidaggini, persone che hanno i loro problemi.»

Quelle parole sembravano uscite dalla bocca di uno psicologo e ripensai subito a quello che Angela si era lasciata sfuggire. «È un pensiero molto profondo. Dove l'hai imparato?» Volevo che mi dicesse di Victoria e di qualunque cosa gli fosse successa lì.

Ben si irrigidì e tolse la mano lasciandomi un senso di vuoto sulla gamba. «Non sei solo tu ad avere problemi di famiglia, non te lo ricordi?»

Subito dopo, piombammo in un altro silenzio, ma c'era una semplicità in esso che mi confortava. Io e Ben eravamo sempre stati bravi con il silenzio; anche da bambini nessuno dei due si era mai sentito obbligato a fare conversazione.

Spesso passavamo delle ore nel nostro nascondiglio tra i boschi a leggere uno accanto all'altro, o con Ben che disegnava mentre io giocavo con il Game Boy.

La radio era sintonizzata su una stazione locale e una discussione di un'ora sui lavori per aumentare la sicurezza delle autostrade, lungo cui avrebbero aggiunto altre quattro telecamere, mi aveva fatto venire sonno. Dovevo essermi addormentato già da un po' quando la voce dell'annunciatore mi scosse dal torpore.

«... un padre e un figlio di Prince George devono affrontare un'accusa di tentato omicidio, aggressione aggravata e rapimento dopo che sabato sera una giovane donna è stata trovata ferita lungo l'autostrada 16.»

Spalancai gli occhi e io e Ben ci tirammo su nei sedili nello stesso momento. «Gesù,» mormorai girandomi per guardarlo.

«La ragazza si sta riprendendo in ospedale. La polizia dice che la vittima conosceva gli aggressori e che l'attacco è stato premeditato. Le indagini continuano. Chiunque abbia qualche informazione, è pregato di chiamare...»

Ben cambiò le stazioni radio fino a trovarne una che trasmetteva musica anni Settanta, Ottanta e Novanta che si sentiva abbastanza bene.

Non dicemmo una parola, non ne avevamo bisogno. Era ovvio che stavamo pensando alla stessa cosa.

Il notiziario era stato uno sgradito monito che questa non era una semplice gita fuori porta, che Misty non era stata fortunata come quella povera ragazza.

Proseguimmo per più di cento chilometri prima che riuscissi a rilassarmi di nuovo. «Quanto spesso succede da queste parti?» gli chiesi alla fine. Il fatto che Ben sapesse esattamente a cosa mi riferissi, confermò che anche lui aveva continuato a pensarci.

«Non abbastanza spesso perché sia una cosa comune, ma troppo spesso per fare finta di nulla. Te l'ho detto, la vita quassù è dura per molte persone.»

«Non mi ricordo di nulla del genere quando eravamo bambini, ma deve essere successo anche allora. Alcuni di quei casi lungo l'Autostrada delle lacrime sono vecchi di decenni.»

«Vivevamo nel nostro piccolo mondo. La realtà non ne faceva parte. Scommetto che c'erano tantissime cose che non vedevamo.»

Lanciai a Ben uno sguardo stupito alla ricerca di qualche significato nascosto in quelle sue parole. Che cosa aveva voluto dire?

Le note di apertura di *Life Is a Highway* di Tom Cochrane riempirono la macchina e approfittai dell'occasione per alleggerire un po' il clima che si era creato. «Oh, te la ricordi?» Girai la manopola del volume e mi misi a cantare a squarciagola.

«Smettila!» Urlò Ben.

«Ti piaceva questa canzone.»

«Sì, prima che tu la distruggessi con quei lamenti.»

Mi lanciai in un assolo con un'armonica a bocca invisibile. «Visto? Ci so ancora fare.»

«Fare cosa? Imitare una serie di tic?» Aveva cominciato a ridere così tanto che le guance gli si erano rigate di lacrime. «Dio santo, piantala. Sto cercando di guidare. Finirai per farci ammazzare.»

Senza tutti i camper e le roulotte che affollavano la strada durante l'estate, stavamo procedendo piuttosto rapidamente ed eravamo soltanto rimasti bloccati per qualche chilometro dietro a un camion che trasportava legname. Passammo i tre quarti d'ora seguenti a cantare le canzoni della nostra giovinezza fino a che non perdemmo la stazione radio nei pressi di Terrace. Eravamo per strada ormai da tre ore e avevo cominciato a sentirmi un po' irrequieto. E affamato.

«Avrei dovuto prendere qualcosa da mangiare prima di partire,» osservai, «forse potremmo fermarci prima di arrivare da Cleary.»

Le linee intorno agli occhi di Ben si incresparono per il divertimento. «Sempre lo stesso Alex. C'è un frigo portatile sul sedile posteriore con qualche sandwich.»

Gli sorrisi. «Burro di noccioline e marmellata?»

«È una cosa stupida, lo so…»

«Non riesco a credere che tu ci abbia pensato.» Slacciai la cintura e presi il piccolo frigo portatile dal sedile.

«Ho immaginato che tu non ci avresti pensato. Sei sempre stato così, impaziente di scappare da qualche parte senza pensare alle provviste.»

«Perché sapevo che tanto avresti pensato tu a noi.»

Ricambiò il mio sorriso e il mio cuore fece una piccola capriola. *A noi.* Strano come due piccole parole volessero dire così tanto.

Alzai il coperchio del frigo e scoppiai a ridere. «Anche i Twinkie! Te ne sei ricordato.» Sentii un nodo in gola per l'emozione.

Ben mi guardò con un'aria divertita. «Che c'è? Sono soltanto dei tramezzini.»

Erano molto più di quello. «Hai fame?» gli chiesi.

«Non mi dispiacerebbe mangiare qualcosa.»

Ben aveva infilato nel frigo anche un paio di bottiglie d'acqua. Ne presi due, poi scartai uno dei sandwich e gliene passai una metà.

Sorrisi sentendo quei sapori familiari spandersi nella mia bocca. Non ricordavo neanche l'ultima volta in cui avevo mangiato un tramezzino con burro di noccioline e marmellata, forse fin da quando ero ancora un bambino. «È buonissimo.» Un po' di marmellata mi finì sulla coscia. «Accidenti.»

«Non posso portarti da nessuna parte. Ci sono dei tovaglioli nel vano portaoggetti.»

Presi un paio di tovaglioli per pulirmi in modo da non avere una grossa macchia all'altezza dell'inguine durante l'incontro con Cleary. Dopo aver infilato la mano nel vano portaoggetti, lanciai un urlo di sorpresa e tirai fuori una vecchia bussola militare. «Ma questa…? È la stessa?» Aprii il coperchio della bussola. «È quella che ti ho regalato io?»

Le guance di Ben divennero tutte rosse. «Perché non dovrebbe esserlo? Funziona ancora. Non avrebbe senso comprarne una nuova.»

Ce l'ha ancora. L'ha conservata anche dopo tutti questi anni. Non riuscivo a smettere di sorridere. «Non l'hai sostituita con un navigatore satellitare.»

«Qualche volta quando si va a camminare in montagna, i navigatori satellitari non funzionano. Il segnale è forte lungo l'autostrada, ma una volta arrivati in collina… Smettila, scemo. È soltanto una bussola.» Me la prese di mano e la ributtò nel compartimento.

Continuammo a mangiare in silenzio mentre ci avvicinavamo a Prince Rupert, una comunità lungo la costa che viveva del commercio di legname. L'autostrada passava lungo il fiume Skeena e il panorama era mozzafiato, ma non ero lì per fare il turista e quell'aspra bellezza non faceva che enfatizzare la solitudine e l'isolamento di quella zona. Sentii un nodo d'ansia stringermi lo stomaco.

Una volta entrati in città, raccolsi i nostri rifiuti, misi via il frigorifero e tirai fuori le indicazioni che avevo appuntato. Douglas Cleary viveva in un bel quartiere vicino alla baia e lavorava da casa in un garage convertito in ufficio; me ne ero accertato la sera precedente controllando su Google Maps.

Parcheggiammo lungo la strada di fronte alla casa perfettamente mantenuta di Cleary. Per quanto abbastanza modesta, l'abitazione era su un promontorio che si affacciava sull'acqua. L'agenzia immobiliare doveva rendere bene, se poteva permettersi un posto come quello.

Il corpo di Benji si era irrigidito. Le sue dita stringevano il volante talmente forte che le nocche gli erano diventate tutte bianche. Venni attraversato da un'ondata di senso di colpa. Ero così concentrato sui miei bisogni egoistici quando gli avevo chiesto di venire con me, che non avevo pensato cosa avrebbe significato per lui trovarsi qui.

«Preferisci restare in macchina?» gli chiesi.

Ben sembrò scuotersi dal suo torpore. «No, sto bene.»

Ci avviammo lungo il vialetto lastricato in direzione dell'ufficio.

La porta non era chiusa a chiave ed entrando sentimmo scattare un campanello sopra le nostre teste. Un uomo robusto con una frangia di capelli bianchi ci si parò subito davanti salutandoci con un sorriso e una mano allungata verso di noi. «Salve,» disse, «sono Doug Cleary, lieto di conoscervi.» Malgrado gli anni, lo riconobbi immediatamente come uno dei poliziotti che erano venuti a interrogarci dopo la scomparsa di Misty. Un dettaglio di cui non mi ero reso conto durante le mie ricerche.

Cleary si fermò un attimo e fece una smorfia mentre stringeva la mano di Ben. «Noi ci conosciamo, vero? Solo un attimo, ce l'ho sulla punta della lingua … Morning, giusto? Benji?»

Ben spalancò gli occhi per la sorpresa. «Sì, non riesco a credere che se ne ricordi ancora.»

«Ho visto tua madre in televisione l'altro giorno, ma mi sarebbe comunque tornato in mente prima o poi. Sono sempre i casi irrisolti che ti restano addosso. Mi fa piacere rivederti.» Si girò verso di me. «E quindi tu devi essere…»

Decisi di essere onesto. «Alex Colville. Sono io ad averla contattata. Faccio il giornalista, ma sono anche un amico di famiglia. Forse si ricorderà di me…»

«Il ragazzino che viveva dall'altro lato della strada,» concluse. Ero davvero impressionato. Chiaramente il vecchio poliziotto era ancora sul pezzo se era riuscito a riconoscermi quando nessuno sembrava esserne in grado. «Be', immagino che non siate alla ricerca di una casa, vero? Cosa posso fare per voi, ragazzi? Come se non lo sapessi già.»

«Siamo qui per il caso di mia sorella,» intervenne Ben.

«Mi dispiace avervi fatto venire fin qui. Sono andato in pensione sette anni fa e non c'è molto su cui possa aiutarvi. Dovreste parlarne con l'agente che si occupa del caso.»

«In realtà, signor Cleary,» dissi, «non siamo qui per l'indagine in corso. Siamo interessati a sentire le sue impressioni di allora. In via confidenziale, ovviamente.»

Cleary spostò lo sguardo da me a Ben. Avevo sperato che portare Ben con me avrebbe smosso la sua coscienza e la mia strategia sembrava aver funzionato. Cleary ci invitò dentro casa. «Accomodatevi,» disse e poi, «DeeDee, abbiamo degli ospiti. Prepara del caffè, per favore.»

Ci accompagnò in una veranda con grandi vetrate che si affacciava sulla baia. D'estate, la vista doveva essere mozzafiato, ma con l'avvicinarsi dell'inverno il panorama era grigio e triste. Una coltre di nebbia si estendeva sulla superficie dell'acqua.

Io e Ben ci sedemmo uno accanto all'altro su un divanetto di vimini. Cleary prese una sedia.

«Tua madre come sta reagendo?» chiese a Ben.

«È testarda come sempre.»

«Non ho mai incontrato una donna così determinata. Si poteva regolare l'orologio con Angela Morning. Ogni anno, nell'anniversario della scomparsa di Misty, ricevevamo una sua telefonata. O qualche volta una visita.» Sorrise con affetto prima di girarsi verso di me. «E tu hai detto di fare il giornalista, TV? Giornali? Oppure, lasciami indovinare, stai scrivendo un libro di cronaca nera. Sembra andare molto di moda ultimamente.»

«Riviste,» ammisi lanciando uno sguardo preoccupato verso Ben. Diedi a Cleary uno dei miei biglietti da visita.

«Americano,» disse sorpreso.

«Sì, ma come sa, ho un rapporto personale con Ben e sua sorella. Speravo che ci avrebbe permesso di dare un'occhiata ad alcuni dei suoi appunti privati sul caso. So che a volte ci sono molte informazioni che non finiscono nei rapporti.»

«Non serve,» disse toccandosi la testa, «è tutto qui. Ogni detective ha almeno un caso che gli resta appiccicato addosso. Quello di Misty è il mio.» I suoi occhi si appannarono per un attimo e mi domandai a cosa stesse pensando. «C'è qualcosa che non mi ha mai convinto. Misty non è come le altre.»

«Le altre?» chiese Ben.

«Le altre ragazze che sono scomparse lungo l'autostrada 16 nel corso degli anni.»

Mi chinai verso di lui. «È per quello che non è mai stata aggiunta alla lista ufficiale?»

«Ci sono soltanto diciotto casi sulla cosiddetta lista ufficiale dell'Autostrada delle lacrime e sono i casi gestiti dalla squadra speciale.»

«E le altre, come Misty, non contano nulla?»

«Non mettermi in bocca cose che non ho detto, giovanotto,» sbottò Cleary. Qualsiasi cosa pensassi dell'indagine, era chiaro che per lui Misty contava qualcosa. *Ancora.* «Stiamo parlando di settecento chilometri di autostrada che attraversano una zona selvaggia. È impossibile controllare un territorio del genere. Possono mettere tutte le telecamere che vogliono, ma succederà sempre qualcosa. Misty, però, non era una ragazza ad alto rischio. Non si prostituiva e non stava facendo l'autostop. Aveva la sua macchina.»

«Proprio come Madison Scott.» Avevo fatto bene le mie ricerche. Quella ragazza di vent'anni era scomparsa nel 2011 dopo aver campeggiato con degli amici nei pressi del lago Hogsback.

«Non ho lavorato al caso Scott, ma per quello che ne so, anche la sua scomparsa è rimasta irrisolta. L'unica differenza è che in quel caso c'era una scena del crimine. Il suo pick-up e la sua tenda sono stati trovati abbandonati. Con Misty non avevamo nulla. Non allora, almeno.»

«L'opinione più comune in città è che la polizia non abbia cercato con molta convinzione,» puntualizzai.

La moglie di Cleary, con un vassoio di caffè e biscotti assortiti fra le mani, ci interruppe prima che l'uomo potesse rispondere. «Continuate pure,» disse, «non fermatevi per me. Ho sentito queste cose mille volte.» Mi chiesi se pensasse che fossimo lì per comprare una proprietà o forse, come moglie di un poliziotto, era semplicemente abituata a trovarsi per casa degli estranei.

«Quindi lei non ritiene che possa essere il lavoro di un assassino seriale?» gli chiesi di colpo.

Cleary rispose con una mezza risata. «Voi scrittori, sempre alla ricerca di drammaticità. Penso che *alcuni* di quei casi siano l'opera di uno o più assassini seriali? Certo.

Ma, credimi, la maggior parte di quelle ragazze sono casi isolati, e sono state aggredite da persone che conoscevano.»

Venni percorso da un brivido ripensando alla notizia che avevamo ascoltato alla radio lungo la strada.

«Insomma,» disse Cleary con una traccia di impazienza, «Misty aveva diciassette anni e aveva detto più volte ai suoi amici di volersene andare. I suoi vicini l'hanno vista allontanarsi in macchina anzi, siete stati propri voi due a vederla. Aveva un rapporto difficile con sua madre. Aveva combinato qualche guaio...»

«Un attimo, che genere di guai?» chiesi.

Cleary guardò Ben prima di girarsi di nuovo verso di me. «Aveva ricevuto degli avvertimenti dalla polizia locale, cose di poco conto in realtà. Consumo di alcolici, piccoli furti.»

Piccoli furti? Sapevo che Misty non era un angelo, ma Janet era stata a conoscenza di tutte quelle cose? Le aveva fatte anche lei?

«Misty aveva la fedina penale sporca?» chiesi.

«No, solo qualche avvertimento.»

Avevo decine di domande sulla punta della lingua, ma non volevo interrompere di nuovo Cleary rischiando di irritarlo.

«Poi c'è stata la faccenda dei soldi per il Ballo di Primavera scomparsi.»

Percepii Ben irrigidirsi al mio fianco. Il cuore prese a battermi più forte, ma non ero sicuro del motivo. «Sapevate di quella faccenda?» chiesi fingendo di conoscerla.

«Non siamo del tutto incompetenti,» osservò Cleary facendo l'occhiolino. «Qualcuno, non ricordo chi, ci aveva informato di una voce che girava a scuola secondo cui Misty, e anche tua sorella, avessero rubato i fondi che dovevano servire per il ballo. Si trattava di circa duemila dollari. Ma non siamo mai riusciti ad ottenerne conferma dalla scuola e il ballo è andato avanti come previsto, quindi non c'era nulla su cui indagare.»

Mi sforzai di contenere la sorpresa. Era questa la storia a cui aveva fatto allusione Arlene Jerkovic? Da vero sfigato, non avevo nulla a che fare con i balli scolastici, ma immaginai che lo avrei saputo se mia sorella avesse rubato dei soldi durante la scuola superiore.

«In ogni caso,» continuò Cleary, «non c'era nulla che facesse pensare che Misty non fosse semplicemente scappata via. Organizzammo comunque delle ricerche aeree e sul terreno.»

«Che cosa le diceva il suo istinto?» gli chiesi.

Cleary bevve un sorso di caffè. Stava evitando di guardarci in faccia.

Fino a quel momento Ben era rimasto stranamente silenzioso. «Può essere sincero,» disse in quel momento, «non sono mia madre. Sono consapevole dei…difetti di mia sorella. Non sono molte le cose che potrebbero sorprendermi.»

Cleary sospirò e appoggiò la tazza. «Appena sotto l'apparenza delle cose, c'erano parecchie persone che non provavano molto affetto verso Misty. Oh, si trattava di cose da ragazzi nella maggior parte dei casi, invidie e cuori infranti, ma se c'è una cosa che ho imparato dopo aver fatto questo lavoro così a lungo, è di non sottovalutare mai quello che la gente è capace di fare.»

«E Derek Gagnon?» chiesi ripensando alla conversazione che avevo avuto con lui.

«Il ragazzo di Misty? Inutile dire che lo abbiamo tenuto d'occhio molto da vicino. Alcuni dei loro amici ci avevano raccontato che avevano avuto varie liti e che lui era un tipo piuttosto rozzo, ma aveva un alibi solido per il giorno della scomparsa.»

«Non è possibile che Misty si sia incontrata con lui più tardi?»

«Tutto è possibile, ma Gagnon quel giorno ha lavorato nell'officina di suo padre fino alle otto di sera. E a essere sincero non mi ha mai dato l'impressione di essere colpevole. Ci ha detto che la loro non era una relazione seria, che pensava che Misty fosse andata via. A quanto pare, a un certo punto lei gli aveva fatto capire che avrebbe potuto trovare di meglio, che *aveva trovato* di meglio, e che lei e quest'altra persona sarebbero "scappati insieme".»

Mi irrigidii a quelle parole che sembravano confermare la storia che Derek mi aveva raccontato, che c'era qualcun altro nella vita di Misty. La prima persona che mi venne in mente fu mio padre e sentii una sensazione di disagio all'altezza dello sterno. Mi schiarii la voce. «Quella informazione non è nei rapporti ufficiali. Perché non ne avete fatto parola?»

«Della teoria dell'altro amante? Non abbiamo mai trovato prove certe. Nessuno che potesse confermare la storia, neanche i suoi amici. È una piccola città, una cosa del genere si saprebbe subito. È più probabile che si trattasse delle vanterie di un'adolescente e, per dirla tutta, non credevo che fosse il caso di far sentire certi dettagli a una madre. Gagnon, però, aveva qualche amico discutibile,» aggiunse Cleary, «piccoli spacciatori. Passammo un po' di tempo a indagare su quelle piste.»

«Una faccenda di droga?» Derek aveva lasciato intendere di aver dato della marijuana a mia sorella e Misty. Mi girai verso Ben. «Misty si drogava?»

Il suo sguardo mi disse che era proprio così. «Nessuna droga pesante, che io sappia,» chiarì, «ma di tanto in tanto avevo trovato degli spinelli nel suo zaino.» Arrossì, imbarazzato per aver ammesso di aver ficcato il naso nelle cose di sua sorella.

Se Misty avesse avuto a che fare con degli spacciatori, Janet doveva senz'altro saperlo. Avrei dovuto chiederglielo.

Cleary rispose a qualche altra domanda di routine e, poco dopo, lo ringraziai per il suo tempo e la sua ospitalità e ci preparammo ad andare via. Sulla soglia di casa, mi girai di nuovo verso di lui. «In via confidenziale, crede che Misty sia morta?»

Cleary ci guardò dritti in faccia. «Sì, ma a meno che qualcuno non si decida a confessare, dubito che lo sapremo mai con certezza. Quei boschi sono il posto ideale per far scomparire una persona. Non sto parlando di trovare un ago in un pagliaio, è piuttosto come cercare un ago in un *campo* di pagliai. Nel 1997, un tizio di Prince George ha sparato a sua moglie, ne ha seppellito il corpo nei boschi e ha raccontato in giro che la donna era scappata. Undici anni dopo, ha confessato l'omicidio dopo essere stato beccato per truffa. Non abbiamo mai ritrovato il corpo anche se abbiamo tentato di localizzare il posto. Se quell'uomo avesse tenuto la bocca chiusa, probabilmente oggi sarebbe un uomo libero, ma il senso di colpa ha un modo tutto suo di farsi sentire. Non importa quanto in profondità venga ricacciato, la verità alla fine riesce sempre a trovare la strada verso la superficie.»

«Guida tu,» disse Ben non appena ci trovammo fuori. Mi lanciò le chiavi. Fu soltanto allora che notai la tensione sul suo viso.

«Sapevi già tutte quelle cose?» gli chiesi infilandomi dietro al volante.

Ben annuì. «Quasi tutto. Pensavo che sapessi anche tu dei furti. Era coinvolta anche Janet. Non ti ricordi i poliziotti che un inverno le hanno riaccompagnate a casa?»

Ecco allora che cosa era successo quella notte in cui i poliziotti erano venuti a casa nostra. «Mia madre mi ha soltanto detto che era una cosa fra lei e Janet.»

«Io ho scoperto quello che era successo soltanto in seguito. Credo che avessero rubato delle cose da Murphy's. Il negozio però, non aveva sporto denuncia perché la refurtiva era stata restituita.»

«Gesù. Mi chiedo come mai nessuno nella mia famiglia ne abbia mai parlato,» borbottai, «in effetti spiega molte cose. Le litigate fra mamma e Janet, la tensione a casa. E quella faccenda del ballo?»

«Non lo so. I balli non erano proprio il mio ambiente, non ti ricordi? Perché non glielo hai chiesto?»

«Avevo paura che si chiudesse a riccio, ma conosco qualcuno che potrebbe unire i puntini,» risposi pensando ad Arlene. «Ehi, hai fame?»

Prima di ripartire, ci fermammo in città per mangiare qualcosa e fare benzina, poi prendemmo la via di casa. Non c'erano lampioni lungo l'autostrada e con il calare del buio la mia visuale si ridusse ai due fasci di luce dei fari. Quando mi girai per guardare Ben, riuscii a malapena a vedere il suo volto. «Stai bene?» gli chiesi.

«Sì. Ma oggi mi sono reso conto che tutta questa storia è vera.»

Gli misi una mano sulla coscia. Sentii i suoi muscoli irrigidirsi al mio tocco, ma non disse nulla e lasciai la mano dov'era. Un attimo dopo, le sue dita fredde si intrecciarono alle mie e mi venne un nodo in gola.

«Sai, ho passato la notte scorsa a leggere i ritagli di tua madre. Non sei mai chiamato per nome. Mai. Non ci sono dichiarazioni, interviste. È sempre e soltanto Angela.»

Quando Ben si girò per guardarmi, il bianco dei suoi occhi brillò nel buio della macchina. «Che vuoi dire?»

«Niente, solo che mi pare strano.»

«Mi piace la mia privacy.»

«Da Cleary, mi è sembrato che tu ne sappia di più di quello che vuoi lasciare intendere. Perché non mi hai mai raccontato degli spinelli?»

«Ci sono un sacco di cose che non ti ho mai detto, Alex.»

Stava parlando del fatto di essere gay? Dopotutto, avevo saputo da Misty quello che provava per me, senza che fosse lui stesso a confessarmelo. O forse si trattava di qualcos'altro? Ero sempre stato convinto che avessimo condiviso tutto, ma ora mi rendevo conto che anche io avevo mantenuto dei segreti. C'erano delle cose che non avevo mai detto a Ben.

Il suono improvviso del mio telefono ci spaventò entrambi. Armeggiai con una mano nella tasca della giacca. «Merda. Ti dispiace…?»

Ben riuscì a prendere il telefono. «È Janet,» disse guardando lo schermo. Sentii un nodo allo stomaco. Annuii e Ben attivò il vivavoce.

«Dove cazzo *sei*?» urlò Janet senza preamboli. «È un'ora che provo a chiamarti.»

«Davvero? Devo aver perso la ricezione. Sono in montagna. Che c'è? È…?»

«Papà è in coma. Dicono che non manca molto.»

Lo sguardo di Ben era fisso sul mio volto e malgrado ogni istinto mi dicesse di scappare via, sapevo che non avrei potuto farlo. «Sei in ospedale?»

«Sì.»

«Arriverò il prima possibile.» Controllai l'orario sul cruscotto. «Sono a circa un'ora di distanza.»

«Ma dove…»

«Avevo delle faccende da sbrigare. Ci vediamo presto.»

Sentii senza doverla vedere la smorfia di Ben. «Non le hai detto cosa dovevamo fare?»

«No.»

«Perché no?»

«Ha abbastanza cose a cui pensare in questo momento.»

Guidai il più velocemente possibile nel crepuscolo che si faceva sempre più intenso tenendo d'occhio la strada per evitare possibili alci o cervi. Colpirne uno avrebbe potuto voler dire non tornare a casa mai più. Erano comunque quasi le sei di sera quando arrivammo alla periferia di Smithers.

«Ti dispiace lasciarmi all'ospedale?» gli chiesi dirigendomi automaticamente in quella direzione.

«Come farai a tornare al motel?»

«Chiederò un passaggio a Janet.»

«Ne sei sicuro? Non mi dispiace…»

Con una curva spericolata, mi infilai nel parcheggio dell'ospedale fermandomi di botto davanti all'ingresso. Alla disperata ricerca di conforto, mi girai per sfiorare con la mano la guancia di Ben. Sentii la sua barba pizzicarmi i polpastrelli.

«Credimi, non c'è nulla che vorrei di più che averti con me in questo momento, ma penso che sia una cosa che devo fare da solo.»

Ben annuì. «Capisco.»

Prima di cambiare idea, scesi dal pick-up e Ben cambiò sedile per mettersi al volante.

«Posso chiamarti dopo?» gli chiesi.

«Faresti meglio a farlo.»

«Mandami un messaggio quando arrivi a casa, okay?»

Le sue labbra si inarcarono in un piccolo sorriso. «È tutta la vita che guido su queste strade.»

«E allora? Non vuol dire che non debba preoccuparmi.»

«È passato tanto tempo da quando qualcuno si è preoccupato per me.» Pronunciò quelle parole con leggerezza, ma sentirle riuscì comunque a spezzarmi il cuore. Con un ultimo saluto, chiusi la portiera della macchina ed entrai nell'ospedale per nulla preparato ad affrontare quello che mi aspettava oltra la soglia.

Erano in corso le ore di visita serali e nel reparto c'era un po' di gente. Janet doveva aver tenuto le orecchie aperte per il mio arrivo perché uscì di corsa dalla stanza di papà per gettarsi fra le mie braccia.

Feci un passo indietro. Janet era sempre stata la sorella maggiore, poco più di un'estranea per quasi tutta la mia vita. Per quanto ricordassi, quello era stato il suo primo abbraccio.

«È…?»

«Non ancora,» borbottò contro la mia spalla, «non voglio che muoia da solo. Avevo paura che non saresti arrivato in tempo.»

«Mi dispiace, Jan. Avrei dovuto essere qui.»

Si irrigidì fra le mie braccia raddrizzandosi, «Benji?»

Mi girai. Ben mi aveva seguito dentro.

«Ciao, Janet,» disse piano. Si era fermato a qualche metro da noi. «Mi dispiace avervi interrotto.»

Lasciai andare Janet e mi avvicinai a lui. «Pensavo che fossi andato via.»

Mi avvicinò il mio cellulare. «Ti sei dimenticato questo e ho pensato che potesse servirti, specie dal momento che devo mandarti un messaggio,» concluse con un sorriso triste.

«Grazie.»

Janet si avvicinò a Ben con un'espressione stupefatta in volto. «Ti avrei riconosciuto ovunque,» mormorò, «le assomigli così tanto.»

Ben impallidì. «Mi dispiace, Janet. Tuo padre... be', è sempre stato buono con me.»

Qualcosa di non detto sembrò passare fra di loro. Janet annuì con le guance rigate di lacrime senza aprire bocca.

«Farei meglio ad andare,» disse Ben. Mi strinse forte la mano e se ne andò. Osservai la sua figura allontanarsi attraverso occhi velati di lacrime e quando mi voltai, Janet era andata via. La trovai nella stanza di papà, seduta accanto a lui a tenergli la mano. Sentivo un nodo stringermi la gola, un insieme di tutte quelle cose che non gli avevo mai detto e che non avrei mai più avuto occasione di dirgli.

Papà era immobile e tranquillo. Avrebbe potuto essere già morto, se non fosse stato per il bip costante sul monitor accanto al suo letto.

«Tu e Benji, eh?» La domanda di Janet ruppe il silenzio.

«Come...»

«Dal modo in cui vi guardate.»

«È... complicato.»

«Non me ne ero resa conto. Cioè, lo so che vi prendevamo in giro, ma non sapevo... Mi dispiace.»

«È passato tanto tempo, Jan, non fa niente.» Con mia sorpresa, mi resi conto che era proprio così. A un certo punto, nel corso degli ultimi giorni, avevo lasciato andare la gelosia e il risentimento che mi ero portato dentro per così tanto tempo. Janet era mia sorella e aveva bisogno di me.

«Ma gli vuoi bene,» disse.

«Sì,» ammisi, «molto.»

«E allora devi fare qualcosa in proposito. Non permettere che diventi troppo tardi.»

«Jan,» dissi sistemandomi sulla sedia, «non parliamone adesso.»

Un suo singhiozzo sommesso mi fece avvicinare a lei. «Mi dispiace così tanto,» ripeté.

«Non devi. Non c'è nulla di cui scusarti.» Le appoggiai una mano sulla spalla, restando scioccato dalle sue ossa sporgenti. «Sono felice che tu mi abbia fatto venire qui, davvero. E forse, dopo tutto questo, potremo ricominciare daccapo. Imparare a conoscerci meglio.»

Janet mi guardò con il volto rigato di lacrime. «Dici davvero?»

«Sì, davvero.»

Si asciugò le guance e si girò per guardare papà. «Non ho ancora chiamato mamma.»

«Non preoccuparti. Lo farò io quando sarà il momento.»

«Grazie.» Mi strinse forte la mano.

«Non ho voluto perdonarlo,» mormorai, con il senso di colpa che mi lacerava il cuore, la gola chiusa dal rimpianto. «Me lo ha chiesto, ma non ho voluto»

«Oh, Sandy.» Janet mi appoggiò la testa contro il fianco piangendo sommessamente. I miei occhi rimasero asciutti.

Restammo in quel modo, immersi nei nostri pensieri, fino a quando, grazie al cielo, non finì tutto.

Capitolo 13

Mia madre non parla molto di mio padre. Immagino che un tempo lo abbia amato. In fondo, era scappata con lui malgrado le proteste dei suoi genitori, devastati dal fatto che la loro figlia ventenne avesse deciso di abbandonare l'università per seguire un piantatore d'alberi canadese incontrato in campeggio nel 1978. A quell'epoca, papà aveva lasciato la costa orientale, dove il mercato ittico era crollato, per lavorare nell'industria del legname in espansione nella Columbia Britannica.

Spesso mi infilavo in camera sua per guardare dei vecchi album fotografici e mi ricordo di aver visto una volta una foto dei miei genitori nel giorno del loro matrimonio chiedendomi chi fossero quelle persone giovani e felici.

– Figlio di mio padre, Alex Buchanan

«Alexander? Si tratta di Jerry?» chiese mia madre indovinando cosa fosse successo nel momento stesso in cui l'avevo chiamata. Del resto, era quasi mezzanotte.

«È morto,» risposi, sorpreso da come la mia voce minacciasse di spezzarsi.

Ero seduto sul bordo del letto, con il telefono stretto in mano, e un ronzio basso nelle orecchie.

«Come sta Janet?»

«Non troppo bene.» Janet mi aveva appena riaccompagnato al motel. Non aveva spiccicato neanche una parola dal momento della morte di papà e il suo silenzio mi preoccupava.

Pensi che starai bene? le avevo chiesto prima di scendere dalla macchina.

Non lo so, Sandy. Davvero non lo so. Le parole di Janet mi avevano fatto venire la pelle d'oca. Le avevo detto di cercare di dormire un po' e che sarei tornato da lei l'indomani per decidere sul da farsi.

Sembrava ancora irreale che papà fosse morto, che fosse successo davvero.

Per la verità, mi sentivo come anestetizzato. Non avevo anticipato quella sensazione di vuoto che mi sentivo dentro.

«Verrà cremato domani,» dissi a mia madre.

Fece un sospiro. «Mi dispiace.»

«Perché? Cosa ha mai fatto per meritarsi la tua compassione?»

«Oh, Alexander. Le cose fra di noi non hanno funzionato, è vero, ma non vuol dire che abbia smesso di tenere a lui. E non vuol dire che tu debba smettere di farlo.»

Se persino mamma era stata capace di perdonarlo, non avrei dovuto fare lo stesso anche io?

«Perché hai lasciato papà se ci tenevi ancora a lui? Lo so che le cose non andavano bene, che litigavate sempre, ma *perché?*» Non era un discorso da affrontare in quel momento, ma la domanda mi era sfuggita di bocca. Io e mia madre ci sentivamo al telefono almeno una volta al mese, ma ci tenevamo sempre alla larga da ogni discorso troppo personale e sarebbe stato difficile andare più sul personale di così.

Sentii alcune voci in sottofondo. «Aspetta un attimo, fammi andare in un posto più tranquillo.» Aspettai che uscisse dalla stanza. Subito dopo, sentii dei passi e una porta che si chiudeva. «Eccomi. Che cosa vuoi sapere?» mi chiese riprendendo la nostra conversazione.

«Papà aveva una relazione?»

La sua esitazione mi diede la risposta che cercavo. Il piccolo barlume di speranza che avevo cercato di preservare si spense. Alla fine, mamma fece un lungo sospiro. «Non lo so con certezza. Quando gliel'ho chiesto, lui mi ha detto di no.»

«Ma?»

«Ma riuscivo sempre a leggergli dentro. C'era qualcosa che lo preoccupava più del solito.»

«Si trattava di Misty? Aveva qualcosa a che fare con la sua scomparsa? È per quello che hai deciso di andare via?»

«Oh, Alexander,» disse tirando su con il naso.

«Mamma,» le chiesi allarmato, «stai piangendo? Che cosa ha fatto papà?»

«Vecchi ricordi,» rispose cripticamente, come se quello spiegasse tutto. «Tuo padre non ha *fatto* nulla. Quello che è successo fra me e lui era inevitabile. Dopo aver perso il lavoro, non è più stato lo stesso. È cambiato. Ma forse avremmo anche potuto cavarcela se non fosse stato per il suo problema con l'alcol. Ammetto che a volte ho pensato che avesse una relazione. Quale donna non lo penserebbe? Misty era giovane e bella...»

«Aveva diciassette anni, mamma. Era minorenne. Aveva la stessa età di tua figlia.»

«Lo so, ma era molto matura per la sua età ed era... seducente. Non saprei come spiegarlo altrimenti. Forse tuo padre è andato con lei, ma se pensi che le abbia fatto del male... Tuo padre era molte cose, Sandy, ma non credo fosse in grado di fare del male fisico a qualcuno. Non l'ho mai visto essere violento. Non ne era capace.»

Dopo aver visto lo scatto di papà in ospedale, non ero così sicuro.

«Sono andata via perché non avevo altra scelta. Tuo padre rifiutava di ammettere di avere un problema e di cercare aiuto. Proprio come te, non voleva aprirsi o parlare con me, perciò gli ho detto che saremmo andati via se non avesse smesso di bere, che non era quello il modo di tirare su una famiglia. Ha fiutato il mio bluff e mi ha detto di andarmene se volevo, di tornare a Seattle. Mi ha detto che era stanco di provarci, che era finita e che saremmo stati meglio senza di lui.» Fece un sospiro tremante. «Immagino che io e te avremmo dovuto parlarne prima, ma non mi sei mai sembrato curioso e io non volevo pensarci troppo.»

Non le avevo mai chiesto dettagli perché avevo paura di sentirli. E adesso che l'avevo fatto, le cose erano persino peggiori di quanto avessi immaginato. Papà non ci aveva voluto.

«Alexander? Sei ancora lì?»

«Sì.»

«Perché me lo hai chiesto adesso, dopo tutto questo tempo?»

Avrei voluto dirle degli orecchini che avevo trovato, del sospetto che continuava a pulsarmi nel cervello, ma non potevo farlo. Non meritava altro dolore. «Trovarmi qui... be', ha fatto venire a galla un sacco di cose. Avevo bisogno di sapere e non c'è nessun altro a cui chiedere.»

Non restammo molto al telefono e mamma voleva chiamare Janet. «Mamma,» dissi prima di attaccare, «puoi dire a Dan che gli voglio bene? E digli che lo ringrazio.»

«Per cosa?» mi chiese.

«Per tutto.» Dopo aver chiuso la telefonata, mi ritrovai più confuso di prima. Mi sembrava di avere dentro un uragano di emozioni diverse: risentimento, rabbia, dolore, senso di colpa.

Accidenti a te, papà, avrei voluto urlare mettendomi in piedi. Mi sembrava che, ancora una volta, ci avesse abbandonato, avesse abbandonato *me.* Ed ero ancora senza risposte.

Mi accorsi che Ben mi aveva mandato un messaggio per dirmi che era arrivato a casa senza problemi. Mi attaccai a quelle parole, alla ricerca disperata di quella pace che Ben era sempre stato capace di darmi. Lo capii di colpo: c'era un solo posto dove avrei dovuto essere in quel momento.

Quando uscii dall'autostrada per immettermi su North Star Lane era passata l'una di notte. La casa dei Morning era buia, ma c'era una piccola luce che risplendeva nella grande finestra sopra al garage. Benji era ancora in piedi.

Avevo già attraversato mezzo cortile, quando venni preso da un ripensamento. Che stavo facendo nel portare tutto il mio casino alla porta di Ben nel bel mezzo della notte? Non era giusto, né per lui né per noi, specie considerato che non sarei rimasto in giro a lungo.

Ma avevo *bisogno* di lui. Quel bisogno mi faceva dolere il petto ed era un vuoto che soltanto lui avrebbe potuto riempire. Era sempre stata l'unica persona in grado di farlo.

Ormai era troppo tardi per tirarmi indietro. Mi ero spinto troppo oltre e i fari automatici si erano accesi annunciando il mio arrivo, subito seguiti da un abbaiare sommesso che arrivava dall'interno.

Non dovetti neanche bussare. Ben aprì la porta non appena raggiunsi il pianerottolo, come se mi stesse aspettando. Ancora una volta, provai una sensazione di inevitabilità, che i vent'anni passati fossero stati solo un preludio a questo momento.

Ben mi diede un'occhiata e uscì fuori al freddo senza indossare altro che i pantaloni di una tuta e un maglione di lana. «Alex? Che c'è?»

Per un attimo, non riuscii a fare altro che fissarlo e a chiedermi come fossi stato tanto stupido da cercare di nascondermi da lui, da fingere che questa non fosse la relazione più significativa della mia vita. Poi gli presi il viso fra le mani e lo baciai, lo baciai con tutto quello che avevo dentro. Labbra e denti che si scontravano. La soffice peluria della sua barba che mi pizzicava le mani gelate mentre prendevo possesso della sua bocca spingendo la lingua in profondità.

Pur non ricambiando il mio bacio, Ben non stava opponendo resistenza e quando ripresi il controllo e mi ritrassi, aveva cominciato a respirare in maniera affannata. «Faresti meglio a entrare,» disse con un'espressione imperscrutabile.

Lo lasciai andare con riluttanza, poi lo seguii dentro dove c'era il fuoco acceso nella stufa. Mi resi conto soltanto in quel momento di quanto sentissi freddo. Era un freddo che mi penetrava nelle ossa e che neanche il calore delle fiamme avrebbe potuto portare via. Cominciai a tremare.

Luna si era messa sull'attenti, chiaramente in attesa di vedere se fossi o meno un intruso, ma Ben le fece cenno di allontanarsi. Notai la musica classica che risuonava a basso volume nella stanza e il libro lasciato aperto sul divano.

«Mi dispiace disturbarti. Non sapevo dove andare. Avevo bisogno di … Avevo bisogno di vederti.»

«Va bene. Non riuscivo comunque a dormire.»

Ben mi tolse dalle spalle la giacca umida per appenderla a uno dei ganci accanto alla porta. Mi sfilai gli scarponi per non portare del fango sul suo bel pavimento di legno lucidato.

«È... è morto,» riuscii a dire.

«Oh, Alex, mi dispiace tantissimo,» mormorò toccandomi con gentilezza la spalla. All'improvviso, mi strinse fra le braccia e io accettai quel tocco con gratitudine, con desiderio, respirando a pieni polmoni l'odore caldo di legna e fumo di cui sapeva la sua pelle. Sentii qualcosa rilassarsi dentro di me.

Tutti i dubbi e le preoccupazioni che mi ero tenuto dentro in quegli ultimi giorni cominciarono ad affollarsi nella mia gola, a chiedere di essere ascoltati. Ben avrebbe saputo cosa fare, lo sapeva sempre. Eppure, come potevo dirgli quello che sospettavo di mio padre e Misty?

Ne sarebbe rimasto scioccato, orripilato. Mi sentivo falso ad accettare il suo conforto quando avevo tutti quei segreti che mi urlavano dentro. Il senso di colpa mi fece allontanare da lui. Evitando di incrociare i suoi occhi, guardai in giro nel suo confortevole studio. «Hai qualcosa da bere?»

«Credo che ci sia una bottiglia di vino aperta in frigo.»

Mi servii da solo, prendendo un bicchiere dall'armadietto per versarmi una generosa quantità di vino. Ritornai al divano e mi sedetti tenendo il bicchiere stretto fra le mani giusto per avere qualcosa da fare.

Come se percepisse la mia agitazione, Luna saltò sul divano accanto a me con un piccolo gemito. Spinsi le dita dentro il suo pelo folto e sospirai. «Perché deve sempre essere tutto così complicato, Ben?»

«Perché è la vita. È così che funziona di solito.»

Ben si fermò in piedi accanto a me. I suoi piedi nudi erano tutto quello che vedevo davanti ai miei occhi. Sentii il suo tocco leggero sulla spalla e poi sulla nuca.

Chiusi forte gli occhi e gli spinsi il viso contro lo stomaco. Ben presto, la stoffa contro la mia guancia divenne umida e mi resi conto che stavo piangendo. Ma per chi? Per mio padre? Per me stesso? Per tutti gli anni sprecati? «Forse Janet ha ragione, forse veniamo puniti per i nostri errori … e Dio solo sa che ne ho fatti abbastanza.»

Le dita di Ben mi arruffarono i capelli tagliati corti. «Facciamo tutti degli errori, Alex, ma ci distruggono solo se non riusciamo a rimediarli.»

Quell'idea era confortante, ma c'erano cose che non potevano essere riparate.

Percepii sotto il mento l'erezione di Ben e sentii una sensazione di calore cominciare a muoversi piano attraverso le mie vene. Sapevo che anche lui ne era consapevole perché il suo tocco era cambiato, era diventato più sensuale. Abbassai la testa e con la guancia accarezzai il rigonfiamento al di sotto del cotone morbido facendo inspirare Ben all'improvviso. Le sue dita si erano fermate sulla mia nuca, ma non si era tirato indietro. Incoraggiato, girai la testa per accarezzargli l'inguine facendo così aumentare la sua erezione. Respirai profondamente riempiendomi i polmoni del suo profumo.

Una trazione gentile sui miei capelli mi fece tirare indietro la testa. Gli occhi di Ben brillavano mentre mi fissava. Erano pieni di … qualcosa. Qualcosa di infinitamente forte, ma allo stesso tempo fragile.

Senza smettere di guardarlo, gli sollevai un po' il maglione, poi con le labbra socchiuse gli baciai la pelle appena sopra l'elastico dei pantaloni. Gli infilai la punta della lingua nell'incavo dell'ombelico che era circondato da una peluria dorata e Ben scoppiò immediatamente a ridere.

«Oh, scusa,» mormorai, «mi ero dimenticato che soffri il solletico.»

Ben si calmò lentamente e gli tirai un po' giù i pantaloni seguendo quell'invitante linea che portava dritta a della peluria rossastra e ben curata. «Bello,» mormorai prima di leccare e mordicchiare la sua pelle spostandomi da un fianco all'altro. Dopo quella mossa, il rialzamento nei suoi pantaloni era ancora più pronunciato.

Durante la notte passata insieme, non avevo avuto occasione di toccare troppo Ben e volevo recuperare il tempo perduto. Volevo esplorare ogni millimetro, imparare il suo sapore e ogni punto del suo corpo, fino a non avere altro in testa. Le sue narici si dilatarono quando presi ad accarezzargli il sesso eretto attraverso la stoffa della tuta. Non aveva mai smesso di guardarmi con quei suoi occhi grandi e dolci e caldi che si chiudevano a intervalli regolari.

Le mani di Ben mi accarezzarono il collo prima di spostarsi di nuovo. Con dita gentili, tracciò l'arcata del mio sopracciglio, le mie tempie, le orecchie. Come se volesse memorizzare il mio volto. Mi sfiorò il lobo di un orecchio facendomi tremare e poi mi appoggiò la mano sulla guancia per invitarmi ad alzarmi.

Ondeggiai verso di lui o forse fu Ben a farlo verso di me. In un modo o nell'altro, i nostri corpi si unirono come due magneti. E, finalmente, le nostre labbra si incontrarono.

Il nostro primo bacio, vent'anni prima, era stato casto e innocente. Il nostro secondo, quella stessa sera, brutale e disperato. Questo... questo bacio era perfetto. Era iniziato in maniera dolce ed esitante, un leggero tocco delle labbra, la sensazione della sua barba contro il mio mento. Una domanda non detta. Poi le sue labbra si irrigidirono, spingendosi contro le mie, chiedendo di più.

Gli lasciai prendere il controllo. Mi baciò gli angoli della bocca, mordicchiandomi il labbro inferiore prima di succhiarlo fra le labbra. Piano piano mi ritrovai avvolto nel suo incantesimo. Nessuno mi aveva mai baciato in quel modo, con quell'intensità e deliberazione, come se quel bacio, quell'esplorazione, fossero l'obiettivo e non un mezzo per arrivare ad altro. Era *questa* la sensazione che avevo tentato di ricatturare per tutta la vita.

Ben mi prese la testa fra le mani. Mi toccò le labbra con la lingua e io gli permisi di entrare. La danza dolce e lenta delle nostre lingue fece partire dei fuochi d'artificio sotto la mia pelle. Strinsi le braccia intorno alla sua schiena per non lasciare neanche un millimetro di spazio fra i nostri corpi. Sentivo ogni suo respiro, ogni battito del suo cuore come se fossero i miei.

Poi Ben mosse le labbra accarezzandomi una guancia prima di arrivare al mio collo.

«Sai baciare molto meglio di vent'anni fa,» sussurrai senza fiato mentre il ronzio che mi sentivo in testa si estendeva a tutto il corpo.

Ben mi morse piano il lobo dell'orecchio e sentii il mio sesso muoversi nei jeans. «Gesù, lo spero proprio,» disse ridacchiando.

«Dico solo che per uno che non sembra fare molta pratica, te la cavi piuttosto bene.»

«A essere sinceri, quel primo bacio non è stato un granché.»

«Ti sbagli.» Quel bacio mi aveva ossessionato per tutta la vita.

Ben mi guardò con dolcezza. Mi passò il pollice sulle labbra e poi mi baciò di nuovo, a lungo e profondamente.

Quando riprendemmo fiato, mi ci volle un attimo per ritrovare la voce. «E così immagino tu abbia cambiato idea sulla faccenda della castità.»

«Ho già cambiato idea l'altra notte. Pensi di farcela?»

Potevo? «Non lo so,» risposi onestamente. Certo avevo fatto sesso parecchie volte, sia con uomini che con donne, ma questo sembrava diverso. Stasera, però, non era il momento di riflettere.

Ci spostammo verso il letto continuando a baciarci, con le braccia intrecciate. Il mio maglione. La sua maglia. I nostri vestiti finirono sul pavimento creando un sentiero disordinato. Poi Ben ricadde sul materasso portandomi con sé.

Bau.

Luna si era messa sulle zampe in posizione d'attacco ai piedi del letto, la pancia quasi contro il pavimento, un ringhio che le cresceva in gola.

«Ehi, Ben,» dissi con voce soffocata.

Ebbe l'ardire di ridere e mi spinse da una parte. «Luna, vattene.» Fece un gesto con la mano e il cane si ritirò nel suo posto davanti alla stufa continuando però a tenermi gli occhi addosso. Non potevo biasimarla per voler proteggere il suo uomo.

Ben si appoggiò sui gomiti con le labbra arrossate dai nostri baci. «Dove ci trovavamo?»

«Mi pare che stessimo per spogliarci.»

«Ah sì?» Mi sorprese togliendosi i pantaloni in un'unica mossa lanciandoseli dietro le spalle e rivelando al di sotto pelle nuda e niente altro. «Fatto.»

Il suo sesso si era appoggiato allo stomaco. Gli avvolsi intorno le dita sentendone le pulsazioni sotto il palmo. Lo accarezzai lentamente guardando Ben in viso, una cosa che non facevo quasi mai con un partner, notando la maniera in cui i suoi occhi si erano addolciti, ascoltando i suoi sospiri ogni volta che muovevo la mano verso il basso.

Non avevo mai desiderato così tanto dare piacere a qualcuno. «Come lo immaginavi? Quando ci pensavi insieme?»

«Non lo so. Non avevo molta esperienza all'epoca. Immaginavo qualsiasi cosa. Era una specie di nebulosa con molti baci e molto movimento.»

Le sue dita si intrecciarono ai miei capelli e Ben mi catturò di nuovo le labbra per un altro lungo bacio. Gli succhiai la lingua mentre continuavo a giocare con la punta del suo sesso.

«Sei troppo vestito,» mormorò senza fiato dopo un po'.

Avevo abbassato la cerniera dei jeans per dare un po' di spazio alla mia erezione, ma non li avevo ancora tolti. Benji si tirò su di colpo, mi spinse per farmi stendere sulla schiena e si mise d'impegno a tirarmeli lungo le gambe. Scoppiai a ridere davanti alla sua impazienza e lo aiutai.

I jeans vennero subito seguiti dai miei boxer.

Finalmente i nostri corpi nudi si ritrovarono insieme. Benji fece un gemito e si spostò fino ad allinearli perfettamente. Mi girai per farlo finire sotto di me e cominciai a tempestargli volto e labbra di piccoli baci.

«Lo immaginavi così?» gli chiesi mentre mi spingevo contro di lui con la bocca attaccata al suo collo.

«Era più così.» Ancora una volta, scambiò le nostre posizioni. Questa volta si mise a cavalcioni su di me e mi mise una mano sul petto per tenermi fermo.

Il mio sesso sembrò apprezzare l'iniziativa ergendosi con entusiasmo. «Oh, mi avresti sedotto?» gli chiesi scherzando.

«Avrei potuto farlo.» Mi colpì i capezzoli con le dita, poi se ne prese cura accarezzandoli con la lingua. Le sue mani mi passarono lungo il torace e la pancia per stringermi l'erezione. Trattenni il respiro quando Ben avvicinò il suo sesso al mio, pelle contro pelle, e prese a muovere le dita.

«Guarda,» disse, «combaciano.»

Era vero, la curva discendente del mio sesso e quella ascendente del suo sembravano fatte l'una per l'altra.

«E, oh…cosa facevo io durante quelle tue fantasie?» Riuscii appena a porgli la domanda perché aveva cominciato a far scorrere la punta del suo membro contro la mia, bagnandomi con le prime gocce di sperma.

«Niente. Di solito tu dormivi.»

Gli accarezzai un lato del collo, l'incavo della clavicola. «È orribile. Chi riuscirebbe a dormire in una situazione del genere?»

«Te l'ho già detto. Non ne sapevo nulla all'epoca.»

«E così non hai mai immaginato che volessi partecipare? Che volessi succhiarti il cazzo? O leccarti. O ancora meglio che volessi farmi scopare?»

Ben fece un gemito alla crudezza delle mie parole. «Non ho mai pensato che potessi desiderarmi.» Le sue dita strinsero la presa, le sue carezze divennero più decise, più veloci. Il mio orgasmo era *lì*.

Una risata tremante mi scappò dalla gola e allungai la mano per accarezzargli il volto. «A chi credi che stessi pensando quella volta, quando mi sono masturbato?»

«A me?»

«A te. Baciami ancora,» lo supplicai, «ti prego.»

Con un piccolo sorriso, Ben si piegò in avanti per esaudire la mia richiesta. La sua mano era ancora impegnata a muoversi fra i nostri corpi e il suo respiro mi riempiva i polmoni, mentre ogni suo tocco sembrava darmi fuoco alla pelle. In perfetta sincronia, io e Ben venimmo allo stesso momento. Gli guardai il volto accaldato e in quell'attimo, ogni minuto degli ultimi vent'anni venne spazzato via, dimenticato. Esisteva solo il presente. Soltanto Alex e Benji. Come avremmo sempre dovuto essere.

❦ ❦ ❦

Un rumore metallico mi scosse dal torpore. Aprii gli occhi e vidi Ben accovacciato davanti alla stufa, impegnato a mettere legna sulla brace. Fra la luce della luna che entrava dalle finestre e quella del fuoco, la peluria che aveva su torace e cosce risplendeva come filamenti d'oro. Quando tornò verso il letto, snello e luminoso, sentii qualcosa scattarmi nel petto.

«Sei diventato davvero figo, Benji Morning,» borbottai.

Ben si infilò sotto le coperte e mi si lanciò addosso. «Davvero figo? E tu saresti uno scrittore?»

Lanciai un urlo. «Ah! Hai i piedi congelati.»

«Faresti meglio a scaldarmi allora.» Ridendo, mi intrappolò gli stinchi in mezzo ai suoi piedi gelidi. Mi mossi sotto di lui, cercando di sistemarlo meglio su di me, e feci un sospiro soddisfatto quando trovammo la posizione perfetta. Per la prima volta da moltissimo tempo, sentivo di essere proprio nel posto giusto.

«Comodo?» gli chiesi.

«Sì. Sei come una borsa dell'acqua calda, persino meglio di Luna.»

Gli diedi un colpetto sulla natica, poi lasciai lì la mano. Per un po', l'unico suono nella stanza furono i pezzi di legno che scoppiettavano fra le fiamme. Quasi subito, mi misi e riflettere. «Che cosa ti ha fatto cambiare idea stanotte? Non che me ne lamenti.»

La luce che proveniva dalla stufa danzava nella stanza, ma il nostro angolino era quasi tutto in ombra. Riuscii a vedere il profilo di Benji nel momento in cui alzò la testa, ma non c'era abbastanza luce per coglierne l'espressione.

Fece un sospiro. «Finirò comunque con il cuore spezzato. Ho pensato che almeno avrei potuto trarne qualcosa di bello.»

«Non deve essere...»

Un dito poggiato sulle labbra mi fece zittire. «No. Non farlo.» Ben sostituì il dito con un veloce bacio e poi si spostò da me. Tirò il piumone fino all'altezza dei nostri toraci e si rannicchiò contro il mio fianco. «Sai, avrei sempre voluto che tu fossi il primo per me,» disse, «ma adesso sono felice che non sia stato così.»

«È andata così male? Insomma, lo so che avevi qualche aspettativa, ma...»

Mi pizzicò un capezzolo. «Non adesso. *Allora.* Non ho perso la verginità fino ai diciannove anni, e quando è successo, è stato orrendo. Davvero terribile. Ero così nervoso. L'unica cosa che ricordo è che volevo che finisse presto.»

Mi tormentò il capezzolo con la barba e sentii una scossa di piacere arrivarmi dritta fino all'inguine.

Adesso che ne aveva parlato, non potevo smettere di chiedermi come sarebbe stato se Ben fosse stata la prima persona con cui avessi fatto sesso. Tecnicamente, avevo perso la verginità con una ragazza del corso di matematica quando avevo quindici anni. Era successo a una festa, quello lo ricordavo bene, ma tutto il resto dell'esperienza era una specie di nebulosa. Non riuscivo nemmeno a ricordare il nome della ragazza.

Il primato della mia prima volta con un uomo era andato a un anonimo studente del primo anno dell'università della Columbia Britannica e, una volta tolto di mezzo quell'ostacolo, non mi aveva fermato più niente. Ero andato a letto con chiunque mi mostrasse il minimo interesse fino a quando non avevo conosciuto Tanya e ci eravamo sposati.

Ora, però, non riuscivo a fare a meno di pensare di aver perso qualcosa. Qualcosa di molto più speciale di incontri da una botta e via con sconosciuti senza nome dopo aver bevuto troppo. Le mie memorie infantili e frammentarie di Benji erano più forti di qualsiasi ricordo legato a quegli incontri e suppongo che quello la dicesse lunga.

Con Ben sarebbe stato diverso.

Gli accarezzai il braccio sovrappensiero e mi fermai quando sentii sotto le dita quelle sue cicatrici. «Sei pronto a parlarmi di queste adesso?»

«Preferirei di no.»

«Peggio per te. Mi obblighi sempre a parlare delle cose di cui non voglio discutere.»

Ben rimase testardamente in silenzio, ma sapevo che dargli tempo avrebbe funzionato. Alla fine, fece un sospiro. «Non c'è molto da raccontare. Dopo che sei partito, ho avuto qualche anno difficile e non ho gestito le cose troppo bene.»

«E procurarti quei tagli ti ha aiutato?»

«All'epoca mi sembrava di sì. Mi sentivo molto solo. E arrabbiato. Tu eri andato via e Angela … be', non è mai stata esattamente materna, ma in un certo senso le cose erano peggiorate. Tutte le sue energie si riversavano sulla ricerca di Misty. Lo so che non ha alcun senso, ma tagliarmi era una cosa che potevo controllare in un momento in cui non riuscivo a controllare nient'altro.»

Le sue parole mi stavano colpendo come dei pugni.

«Basta,» disse.

«Basta?»

«È per questo che non volevo parlarne, adesso ti senti in colpa e non c'è alcun motivo perché tu lo faccia.»

Come potevo *non* sentirmi in colpa? Ben aveva avuto bisogno di me e io, egoisticamente, avevo tagliato ogni ponte con lui. «Non posso farne a meno,» mormorai.

Ben si sollevò su un gomito per guardarmi. «Non ti do la colpa di nulla, Alex. Voglio che tu lo sappia. Eravamo dei ragazzini e qualsiasi cosa sia successa alle nostre famiglie, qualsiasi cosa possa accadere in futuro, non ha nulla a che fare con *noi*.»

Con un nodo che mi stringeva la gola, tracciai le linee del suo braccio. Non mi ricordavo di aver mai sofferto per qualcuno prima. Se solo i miei genitori non si fossero separati. Se solo non ci fossimo trasferiti a Seattle. Se solo non fossi stato un tale idiota. Così tanti rimpianti. Con il pollice toccai la pelle sotto il bracciale di cuoio che Ben portava al polso e lo sentii irrigidirsi quando toccai la cicatrice che aveva in quel punto. Sentii una sensazione di vuoto allo stomaco.

«Ben,» dissi con voce strozzata.

Questa volta allontanò il braccio e si mise a sedere portandosi le ginocchia al petto. «È stato tanto tempo fa,» borbottò.

Il mio cuore aveva cominciato a galoppare con un ritmo disordinato. *Non il mio Benji. Non poteva aver fatto una cosa del genere.*

Gli toccai la schiena. I suoi muscoli erano tesi ed era trasalito al mio tocco. Fece un gran respiro, ansimando come se avesse appena corso una maratona.

«Ben?»

«Non sei tu,» riuscì a dire, «dammi soltanto un minuto.»

Rimasi seduto in silenzio, senza sapere davvero cosa fare, in attesa che Ben si sentisse pronto a parlare. Dopo qualche minuto, sembrò riprendere il controllo.

«Mi dispiace, non ero preparato a questo. Attacco di panico.»

«Ti succede spesso?»

«Non più.»

Questa volta, quando gli accarezzai la schiena, lo sentii rilassarsi contro la mia mano. «Ho avuto un esaurimento nervoso durante il mio primo semestre all'università. Mi è arrivato tutto addosso all'improvviso. Una notte sono andato nel locale doccia dello studentato con un coltellino e ho tentato di uccidermi.» Fece una risata amara. «Ho fatto un disastro. Mi ha trovato un tizio che aveva la stanza in fondo al corridoio e ha chiamato l'ambulanza. Dopo quell'episodio, ho passato un po' di tempo in ospedale e poi in una clinica per cercare di imparare ad affrontare meglio le cose. È stato lì che ho scoperto l'arteterapia.»

Girò la testa per guardarmi. «Non sono instabile.»

«Non ho mai pensato che tu lo fossi.» Stringendolo fra le braccia, gli accarezzai i capelli morbidi con la guancia.

«Sto bene adesso,» insistette, «davvero. Sono stato in analisi per un po' e lo Xanax è solo per le emergenze, quando l'ansia diventa difficile da gestire. Non devi preoccuparti che finirò per perdere la testa quando partirai. Ce la posso fare.»

Il pensiero di partire mi diede una fitta al cuore.

«Alex?»

Gli presi i polsi e diedi un bacio all'interno di ogni gomito. «Accidenti, Alex.» Liberò le braccia dalla mia presa e se le strinse intorno al petto.

«Ti prego,» mormorai, «puoi lasciarmi…?»

Ben chinò la testa in silenzio. Con dita tremanti, gli accarezzai i capelli, la nuca e poi lo sentii accasciarsi contro di me, affondare la testa contro la mia spalla. Le sue braccia gli ricaddero in grembo senza vita.

Timidamente, gli accarezzai il palmo della mano. Me la portai alle labbra e la baciai, pronto a lasciarla andare al primo segno di disagio. Poi, slacciandogli la fascia di cuoio intorno al polso, tracciai con le labbra il tessuto cicatrizzato.

Ben trattenne il respiro, con gli occhi che gli brillavano fra le ombre della stanza.

L'ho quasi perso. A quel pensiero, sentii il cuore perdere un colpo. Se non fosse stato per l'intervento casuale di uno sconosciuto, Ben non sarebbe stato con me in quel momento.

Sopraffatto, lo spinsi contro i cuscini e gli affondai il volto nel collo, nel punto in cui riuscivo a sentire il suo battito, forte e regolare, e il rumore rassicurante dei suoi respiri mi solleticava l'orecchio. Mi prese per le orecchie e mi spostò la testa fino ad allineare le nostre bocche. E poi, ancora una volta, mi baciò, divorandomi come se non potesse mai averne abbastanza.

«Non riesco a credere che tu sia qui. Perché ci hai messo così tanto?» disse senza fiato quando ci separammo.

Perché mi facevi paura. Ed è ancora così. «Non lo so,» dissi, «mi dispiace.»

Il sesso di Ben si spingeva contro il mio fianco e mi spostai dal suo abbraccio per baciarlo lentamente lungo il petto, succhiandogli i capezzoli fino a farli indurire, accarezzandogli con il naso la peluria sul basso ventre, assaporando ogni sospiro che gli usciva dalle labbra. Alla fine, proprio nel momento in cui raggiunsi il suo inguine, mi resi conto che avevamo compagnia. Luna era in piedi accanto al letto e ci guardava scodinzolando e con una posa della testa stranamente umana.

«Il tuo cane mi sta fissando. Mi sta facendo venire ansia da prestazione.»

Con un verso, Ben si scansò i capelli dagli occhi. «È abituata a dormire sul letto. Vuoi che la metta fuori?»

Gli strinsi la base dell'erezione accarezzandola con la lingua come un ghiacciolo. «Mmm, no, non se significa doversi muovere.»

«Okay, va bene,» disse senza fiato, con la voce soffocata e roca. Mi infilò le dita fra i capelli ricadendo con la testa sul cuscino. «Non fermarti.»

«Non ne avevo alcuna intenzione,» gli dissi succhiandogli la punta del pene nella bocca e tirando il piumone fin sopra la mia testa per avere un po' di privacy. Istantaneamente, mi ritrovai nell'abbraccio del buio e dei profumi di sudore, sesso e sapone. Con un sorriso malizioso che Ben non avrebbe potuto vedere, mi dedicai a realizzare alcune delle mie personali fantasie.

Capitolo 14

Mi svegliai una seconda volta con un corpo caldo rannicchiato contro la mia schiena e qualcosa di freddo e bagnato che mi spingeva la mano. Sbarrai gli occhi. Luna era di nuovo accanto al letto e mi annusava la mano protesa. Vedendomi sveglio, fece un gemito e poi si avvicinò alla porta con un'aria d'attesa. «Immagino tu abbia bisogno di uscire,» borbottai. «Ben, il tuo cane deve fare la pipì.»

Nessun movimento dietro di me.

Borbottando piano, uscii dal letto caldo e cominciai a tremare mentre cercavo la biancheria sul pavimento. Un'alba nebbiosa e grigia riempiva le finestre e i lucernai. Sembrava di essere sospesi su una nuvola.

«Assicurati di attaccarla alla catena per non farla allontanare troppo,» borbottò una voce assonnata da sotto le coperte mentre stavo mettendo i piedi nudi negli scarponi slacciati.

«Oh, *adesso* sei sveglio.» Con il sospetto di essere stato raggirato, mi trascinai fuori dalla porta con Luna, attaccai la lunga catena al suo collare e poi scappai di nuovo dentro prima che mi si congelassero le palle.

«Cazzo, fa freddissimo là fuori.»

Ben alzò la testa, i suoi capelli selvaggi erano sparati in tutte le direzioni, e scoppiò a ridere. «Sei uscito in quel modo? Non mi sorprende.»

«Non ti ho sentito dire di voler uscire al posto mio,» risposi togliendomi gli scarponi.

Mi guardò con un'aria divertita mentre si stirava sulla schiena. «Sono un po' incasinato, non stupido.»

Feci una risata. «Luna starà bene là fuori?»

«È un husky, Alex. È fatta per queste temperature.»

Risi di nuovo e mi lanciai sotto le coperte. «Io di certo non lo sono. E tu non sei incasinato.»

L'urlo di Ben riempì lo studio. «Sei freddo come un cubetto di ghiaccio.»

«Non è così divertente adesso, eh?»

Più tardi, dopo aver fatto una lunga doccia insieme, per risparmiare acqua, avevo detto come scusa, anche se una volta finito, l'acqua era quasi tiepida, mi sedetti al tavolo per bere del caffè mentre Ben preparava la colazione su un piccolo fornello a propano.

Non mi ero mai considerato un tipo casalingo. Dopo il divorzio, avevo sempre vissuto da solo e mi piaceva. Io e Will avevamo mantenuto due appartamenti separati durante la nostra relazione, in parte per le tempistiche imprevedibili del suo lavoro, ma soprattutto perché io avevo preferito così.

Ma c'era di certo qualcosa di bello nello svegliarsi accanto alla persona amata.

Amata? Il mio cervello suonò subito un campanello d'allarme.

«Smettila di fissarmi, mi rendi nervoso.» La voce di Ben mi scosse da quel momento di panico.

«Non posso farne a meno,» gli risposi, «mi piace guardarti.» Ed era vero. Mi piaceva guardarlo. Qualunque cosa facesse, si muoveva con una grazia languida che mi fece sorridere come uno sciocco. I suoi capelli si stavano asciugando in una massa di ricci selvaggi che gli davano di nuovo un'aria da ragazzino. Indossava una morbida camicia di flanella a scacchi e dei pantaloni da tuta che gli stavano larghi sul sedere. Scoppiai a ridere. «Possiedi qualche capo d'abbigliamento che non sia a scacchi?»

«Cosa non va con i vestiti a scacchi?» mi chiese.

«Nulla. Cominciano a piacermi.»

Con la stufa piena, il loft era caldo e confortevole malgrado i rami coperti di ghiaccio fuori dalla finestra. Era tutto tranquillo e pacifico, come se fossimo le ultime due persone rimaste al mondo. New York sembrava lontanissima in quel momento. Mi versai un'altra tazza di caffè dalla caffettiera e riempii anche la tazza di Ben. «Il tuo loft mi piace davvero.»

«Grazie.»

«Ne hai fatta di strada dal burro di arachidi e marmellata,» scherzai vedendolo girare un'omelette con gesti esperti.

«Come dice quel proverbio sul fare di necessità virtù? Le alternative erano imparare a cucinare o morire di fame.»

Divorai le uova e il pane tostato che Ben mi aveva messo davanti e dopo colazione mi offrii di lavare i piatti. Qualsiasi cosa pur di ritardare l'inevitabile inizio della giornata.

Con il caffè in mano, mi avvicinai alle grandi finestre sul davanti del loft. Proprio come i raggi del sole che si stavano alzando in cielo penetrando fra le nuvole, la realtà stava cominciando a intromettersi nella stanza.

Un dipinto mezzo finito sul cavalletto attirò la mia attenzione e mi fermai ad ammirarlo. I suoi colori erano più brillanti rispetto alla tavolozza scura che avevo visto fino a quel momento. Il quadro sembrava ritrarre un prato con delle montagne sullo sfondo.

Ben si avvicinò alle mie spalle, mi strinse le braccia intorno alla vita appoggiandomi il mento sulla spalla. «È un bel quadro,» gli dissi.

«Non è ancora finito, l'ho cominciato soltanto l'altro giorno.»

«È un posto vero?»

«Sì. Dovresti vederlo a primavera, è coperto di fiori di campo.»

Sorrisi fino a che non mi ricordai che non sarei stato lì a primavera.

«Hai notato che hanno buttato giù il vecchio capanno di tuo padre dall'altro lato della strada?» mi chiese Ben cambiando pietosamente argomento.

«Come facevo ad accorgermene? Si riesce a malapena a vedere il tetto della casa attraverso gli alberi,» sottolineai, «chi ci vive adesso?»

«Una coppia anziana, ma non li vedo spesso. Stanno per i fatti loro.»

«E la nuova casa, quella in fondo al sentiero?»

«Un avvocato di Calgary. Viene qui per andare a caccia.»

«È un posto un po' solitario quindi.»

«Qualche volta.» Mi accarezzò il collo con il naso. «Suppongo che ripartirai presto.»

Il nodo che avevo in gola mi impedì di rispondergli subito. Invece, mi appoggiai contro il suo calore e gli feci una domanda. «Pensavi mai a me?»

Ben si irrigidì. Avrei voluto chiederglielo guardandolo in faccia, ma forse era stato meglio così. «Tutto il tempo.»

«Ma non hai mai provato a cercarmi?»

«Una volta ti ho scritto una lettera. Anzi, te ne ho scritte tante, ma quella l'avevo imbustata e tutto. Tuo padre mi aveva dato l'indirizzo di tua nonna. Non l'ho mai spedita, però. Ho pensato che fosse più sicuro conservarti nella mia testa, proprio come ti ricordavo.»

Capivo cosa volesse dire, avevo fatto anche io qualcosa di simile.

Appoggiai la tazza sul suo sgabello e le mie mani sulle sue. Aveva le dita gelate.

«Non avevi torto quando mi hai accusato di nascondermi,» disse sottovoce, «non è che sono infelice qui o che non mi piaccia quello che faccio, ma dopo quello che è successo a Victoria, c'è una parte di me che ha sempre avuto paura di non riuscire ad affrontare il mondo al di fuori di questo posto.»

«E quello include anche me?»

«Assolutamente sì.»

«Penso che tu non abbia abbastanza fiducia in te stesso.»

Ben mi baciò il lato del collo e la sensazione della sua barba sulla pelle mi fece venire la pelle d'oca.

«Mmm, mi piace. Non smettere.» Spostai una mano indietro e gli infilai le dita fra i capelli.

«Non hai cose da fare oggi?»

Risposi con un lamento. C'era la cremazione di papà da organizzare e avevo promesso a Janet che ci saremmo visti. «Grazie per avermelo ricordato. Non possiamo semplicemente tornarcene a letto?»

«Vorrei poterlo fare, ma ho molto lavoro da sbrigare,» disse stringendomi per un attimo.

Il mio telefono cominciò a squillare e scoppiai a ridere allontanandomi con riluttanza dal suo abbraccio per correre a prendere il cellulare dalla giacca. «Visto? È tutta colpa tua.»

Il numero era sconosciuto, ma locale, e così decisi di rispondere.

«Ieri sera non è rientrato a casa,» disse una voce bassa che avrei riconosciuto ovunque dall'altro capo della cornetta.

Angela? Perché Angela Morning mi stava chiamando?

Mi girai dando le spalle a Ben e abbassai la voce. «Chi?»

«Derek Gagnon.»

«E allora? È un uomo adulto.»

«È un giorno lavorativo. Sua moglie e i suoi figli sono qui, ma lui è rimasto fuori tutta la notte. È piuttosto sospetto, non trovi?»

«Come?» Mi avvicinai alla finestra e guardai fuori. La macchina di Angela non era lungo il vialetto. «Dove sei?» Trattenni il respiro temendo di conoscere già la risposta.

«Sono a casa di Derek.»

«Gesù,» esclamai a voce troppo alta. Guardai Ben che mi stava osservando con un'aria preoccupata. *Janet?* Disse mimando la parola con le labbra. Annuii e sperai che non riuscisse a vedere il panico dipinto sul mio volto. L'ultima cosa che volevo era che sapesse quello che stava combinando Angela. Sarebbe andato nel panico. Dopo tutto quello che mi aveva raccontato la notte precedente, mi preoccupavo per la sua reazione.

«Che diavolo stai facendo lì?» mormorai. Se Derek avesse trovato di nuovo Angela a spiare la sua famiglia, nessuno poteva prevedere come avrebbe reagito.

«Ho passato tutta la notte qui. A osservare.»

Feci un gemito.

«Non preoccuparti. Ho parcheggiato in fondo alla strada.»

«Oh, adesso mi sento veramente sollevato. Devi andare subito via.»

«Resterò qui finché non tornerà a casa. E poi ho intenzione di affrontarlo.»

Cazzo, c'erano guai in vista. «Stai solo peggiorando le cose.»

«Peggiorando? Come è possibile peggiorare la situazione? Per vent'anni mi hanno detto di essere paziente, di avere fiducia. Be', sono stufa di aspettare.»

Quella conversazione era del tutto inutile. «Senti, non fare nulla. Ti richiamerò fra qualche minuto.»

«Qualche problema?» mi chiese Ben dopo che avevo chiuso la telefonata.

«No, ma devo andare,» gli dissi mentre mi stavo già infilando la giacca.

Ben socchiuse gli occhi e per un momento di terrore, ebbi la certezza che avesse capito tutto. Ne fui ancora più sicuro quando lo vidi irrigidirsi e forzare un sorriso sulle labbra. «Oh, certo. Comunque io devo insegnare oggi pomeriggio e poi devo preparare le cose per la mostra.»

Pensa che stia fuggendo da lui. Avrei voluto mettermi a urlare. I segreti continuavano ad accumularsi, ma quando i miei occhi caddero sul suo polso nudo, mi resi conto che era arrivato il momento che qualcuno cominciasse a prendersi cura di Ben. «È stasera, giusto?»

Ben annuì. «Ti va di passare? Cioè, se non hai niente di meglio da fare.» Lo aveva detto con leggerezza, ma gli occhi bassi, il labbro che si tormentava con i denti, mi dicevano che per lui era una cosa importante e che ci teneva ad avermi lì.

Coprii la poca distanza che ci separava, gli presi il volto fra le mani e gli stampai un veloce bacio sulle labbra. «Ci sarò.» Ammesso che Angela non si facesse prima arrestare.

Ben sorrise e fui contento di avergli detto che sarei andato alla mostra. Un altro bacio, questa volta più lungo, e poi riuscii finalmente a staccarmi da lui. Rimpiansi di essermene andato nell'attimo stesso in cui chiusi la porta, ma qualcuno doveva far ragionare Angela prima che combinasse qualche guaio irreparabile.

La richiamai appena raggiunta la mia macchina.

«L'ho seguito fino a Telkwa ieri notte,» mi disse, «si è fermato in un negozio di ferramenta, ma poi l'ho perso.»

Le cose continuavano a peggiorare. «Torna a casa, Angela.»

«Derek *ha* un negozio di ferramenta. Perché arrivare fino a Telkwa?»

«Dove vive? Sto arrivando.»

«Oh, eccolo qui,» urlò Angela con voce eccitata, «ha il pick-up coperto di fango. Pensi che sia andato da qualche parte a spostare il corpo? Oh no, e se ce ne fossero degli altri?»

Attraverso l'altoparlante del cellulare, sentii una voce maschile arrabbiata che diventava sempre più forte.

«Angela, allontanati da lì,» le ordinai, ma ormai aveva smesso di ascoltarmi.

«Lo so che sei stato tu a ucciderla,» urlò, suppongo, a Derek. Non potevo fare altro che ascoltare con orrore le voci soffocate, poi un paio di colpi forti, come se qualcuno stesse prendendo a pugni la macchina.

«Oh, bene, è arrivata la polizia,» disse Angela. Sentii il suono delle sirene attraverso il telefono.

Altre urla. Poi la chiamata venne interrotta.

«Sto cercando una persona,» dissi alla donna dietro al banco della stazione della polizia a cavallo di Alton. Dopo non aver sentito più nulla da Angela, avevo pensato che questo sarebbe stato il posto migliore da cui cominciare a cercarla, ed era più semplice passare di persona piuttosto che cercare di trovare un numero di telefono. «Angela Morning? È rimasta coinvolta in un episodio...»

«L'hanno appena portata dentro.»

«È in arresto?»

«Non ancora.»

Almeno una buona notizia. «Posso vederla?»

«Lei è il suo avvocato?»

«Un amico di famiglia.»

La donna prese il mio nome e poi scomparve attraverso la porta. Tornò dopo qualche minuto. «Può entrare.»

La seguii lungo un corridoio stretto e dentro una stanza per interrogatori piccola e senza finestre dove incontrai un uomo imponente e dalle guance rosse con addosso un'uniforme. Con una stretta di mano decisa, si presentò come sergente Steve Kirk.

Angela era seduta al tavolo. Sembrava terribilmente piccola e fragile in quello spazio chiuso, ma di certo non imbarazzata o pentita.

Non appena mi vide, si raddrizzò sulla sedia con un'espressione determinata.

«Sono felice che sia venuto,» disse Kirk, «pensavo di dover trascinare di nuovo Ben qui e detesto doverlo fare. Suppongo che lei sappia cos'è successo?»

«Sì. Intendete accusarla di qualcosa?»

«Gagnon ha fatto richiesta di quello che definiamo un "vincolo di pace".»

«Cos'è?» chiese Angela.

«Una specie di ordinanza restrittiva,» spiegai, chiedendomi come avrebbe reagito Ben a quella notizia. Con furia, molto probabilmente.

«Sono riuscito a fargli cambiare idea,» disse Kirk, «ma se dovesse succedere di nuovo... Capiamo tutti Angela, ma non può continuare a fare cose del genere.»

Non avevo idea di cosa si aspettasse da me.

«Ma è colpevole,» insistette Angela, «potrebbe aver tentato di spostare i resti di Misty. Se controllate i movimenti del suo cellulare, potrete vedere dov'è stato.»

Le labbra del sergente si mossero nel trattenere un sorriso. Doveva trovare divertente farsi spiegare delle procedure investigative da una casalinga e madre sessantenne. «Signora Morning, ne abbiamo già parlato. Il signor Gagnon era andato a pesca.»

«La notte di un giorno feriale? A novembre?»

«Si possono ancora pescare salmoni nei fiumi Bulkley e Morice. Ne ho presi alcuni begli esemplari io stesso la settimana scorsa. Gagnon ha preso una settimana di ferie. È tornato soltanto perché sua moglie lo ha chiamato per dirgli che c'era una macchina sconosciuta parcheggiata davanti casa loro. La sua, signora Morning. La moglie di Gagnon ha confermato tutto.»

«È ovvio,» mormorò Angela, «e la ferramenta a Telkwa?»

«Esche. E avevano la mosca da pesca che gli serviva.»

Angela sbuffò incrociando le braccia sul petto, nello stesso modo in cui avevo visto fare Ben un milione di volte quando qualcosa lo innervosiva.

«Ha parlato con il sergente McNamara dell'Unità Crimini Speciali?» chiesi a Kirk. «È lui che si sta occupando delle indagine sulle persone scomparse.»

«L'ho fatto. Ha ripetuto che Derek Gagnon non è un individuo su cui stanno indagando per il loro caso.» Il sergente Kirk si girò di nuovo verso Angela. «Mi ascolti, le sto dando questo avvertimento da amico. Stia lontana da Derek Gagnon e dalla sua famiglia. Se sarò costretto a emettere un'ordinanza restrittiva e lei non la rispetterà, finirà per essere imputata di stalking. Non voglio essere costretto ad arrestarla.»

Avevo osservato Angela con attenzione e alle parole di Kirk, l'avevo vista accasciarsi sconfitta e con le lacrime agli occhi. Quella trasformazione in fragile signora anziana era stata troppo veloce, e soprattutto atipica. Stava recitando? Per un attimo, rividi in lei una traccia di Misty.

«È libera di andare adesso?» chiesi.

Kirk fece un sospiro e alzò le mani sconfitto. «Sì, può andare. Si ricordi quello che ho detto, Angela. Non voglio più vederla qui.»

Mi affrettai ad accompagnarla fuori dalla stazione di polizia prima che potessero cambiare idea. Una volta al sicuro nel parcheggio, mi fermai. «Dov'è la tua macchina?»

«Ancora davanti alla casa di Derek, mi hanno portato qui in una volante.»

Fantastico. La notizia avrebbe fatto il giro della città entro mezzogiorno. Sarebbe stato impossibile per Ben non saperne nulla.

«Entra. Ti accompagno io,» le ordinai.

Mentre uscivo dal parcheggio, Angela mi diede le indicazioni necessarie per raggiungere casa di Derek. «Non hai detto nulla a Ben, vero?»

Più guidavo, più sentivo aumentare la mia rabbia. «Stai scherzando? Certo che no, Angela. Darà di matto.»

Angela annuì. «Non gli piace quando faccio cose del genere.»

«È preoccupato per te.»

«Ben? No, è solo preoccupato che possa metterlo in imbarazzo.»

«Hai torto. Si preoccupa molto per te.» Troppo. Più di quanto dovrebbe, considerata la scarsa attenzione che sua madre gli aveva dato nel corso degli anni.

«Allora, cosa intendi fare adesso?»

«Fare?»

«Con Derek. Non posso più seguirlo, conosce la mia macchina troppo bene, ma potremmo usare la tua.»

La guardai a bocca aperta. «Nessuno seguirà nessuno. Non hai sentito quello che ha detto Kirk? Questa faccenda deve finire qui.»

Che disastro. Quanto ancora ci sarebbe voluto perché Angela si spingesse troppo in là? Prima che Ben venisse spinto fino al limite? Dovevo risolvere questa cosa prima che la scomparsa di Misty allontanasse Ben e Angela ancora di più.

«Ascolta, ho parlato con Derek e non penso che sia coinvolto. Di solito ho un buon istinto su queste cose.»

Angela mi guardò con sospetto. Se non voleva neanche credere alla polizia, dubitavo che si sarebbe fidata delle mie parole, ma mi sorprese. «Che cosa sai?»

«Niente. Non ancora,» ammisi, riluttante nel discutere la teoria che avevo su mio padre. Che cosa avevo in fondo? Un paio di orecchini scomparsi e un sospetto. Tutto il resto non erano che coincidenze. Congetture. Non era neanche abbastanza per andare a parlare con la polizia. «Ma ci sto lavorando. Nel frattempo, devi promettermi che smetterai di fare cose del genere.»

«Non posso. Misty era così piena di vita, così bella, non posso sopportare l'idea che sia da qualche parte là fuori.»

Non ne potevo davvero più. «Cristo santo, Angela, quella è una Misty immaginaria che hai creato nella tua testa, lei non era affatto così. Misty era una stronza. Non solo verso me e Ben, ma verso un sacco di altra gente.» Cercai di assumere un tono più gentile. «Mi dispiace essere così diretto, ma è la verità.»

«Era mia figlia,» urlò Angela sbattendosi il pugno sul petto, «non osare parlare di lei in questo modo.»

Sentii una stretta alla gola. «Hai ragione. Non avrei dovuto dire una cosa del genere.»

«Chi ti dà il diritto di giudicare me o la mia famiglia?»

«Ero lì anche io! Ero io che stringevo Ben fra le braccia quando piangeva, che cercavo di tirargli su il morale quando stava male, che mi assicuravo che non fosse solo. Tu lavoravi tutto il tempo. Non vedevi la maniera in cui Misty faceva di tutto per umiliarlo, come lo prendeva in giro perché era diverso. Credimi, era peggio lei dei bulli che c'erano a scuola.» Gesù, ero davvero uno stronzo per tentare di far venire dei sensi di colpa a una madre in lutto.

«Fratelli e sorelle litigano sempre.»

Era inutile. Mi arresi.

«Tu hai figli?» mi chiese all'improvviso.

«No.»

«E allora non darmi una lezione su come fare il genitore. Non sai cosa vuol dire.»

«Quello che so è che un genitore deve esserci, che non deve lasciare i figli crescere da soli e...» *Oddio. Di chi stavo parlando? Di Ben o di me?* Spalancai gli occhi e sentii le mani diventare scivolose sul volante. La rabbia che avevo dentro si era dissipata con la stessa fretta con cui era arrivata. «Mi dispiace,» ripetei una volta ripreso il controllo delle mie emozioni. «Credo di avere alcuni problemi da risolvere con me stesso.»

Angela tirò su con il naso. Aveva appoggiato la guancia contro il finestrino. «Misty era una ragazza con dei problemi,» disse con riluttanza dopo qualche minuto. «E sì, è colpa mia non averle dato l'attenzione di cui aveva bisogno. Quando Sam è morto, una parte di me è andata via con lui. Sono rimasta come stordita per tanto tempo.»

Non era facile per me pensare che Misty avesse potuto sentirsi smarrita tanto quanto Ben, non quando nella mia testa era sempre stata lei la cattiva. Aveva cercato di farsi notare, di ottenere attenzione? Feci una smorfia a quel pensiero. Avevo continuato a pensare a Misty dal punto di vista di un ragazzino di tredici anni, ma comportarsi da bulli non era forse un tratto tipico delle persone insicure?

Girammo sulla strada in cui viveva Derek e parcheggiai dietro alla jeep abbandonata di Angela. C'era una grossa ammaccatura sullo sportello dal lato del guidatore e supposi che fosse stata opera di Derek.

Aspettai che Angela scendesse dalla macchina, ma rimase dov'era. «Non avevo idea che le cose fossero così,» mormorò, «Benji non si lamentava mai. È sempre stato così silenzioso, così autosufficiente.»

«È autosufficiente perché è stato costretto a diventarlo, perché non c'era nessuno a occuparsi di lui. È silenzioso perché pensa che a nessuno importa abbastanza di lui per starlo a sentire. Sai qualcosa del suo programma di arte?» Alzai un po' la voce. «O con quanta decisione combatta per questa città? Ben è un'ottima persona, Angela. Dovresti essere orgogliosa di lui.» Da qualche parte nella mia testa, mi resi conto che non stavo parlando soltanto ad Angela, ma anche a mio padre.

Feci un sospiro. «Aspetterò qui che tu salga in macchina e poi ti seguirò fino a casa.»

«Non ho bisogno di un babysitter,» sibilò Angela.

«E invece sì.» Riuscivo a capire Ben e la sua relazione conflittuale con lei molto meglio adesso. Avrei voluto scuotere Angela per farle aprire gli occhi, ma allo stesso tempo provavo pena per lei. In un certo senso, come mio padre, anche lei aveva una dipendenza. Nel suo caso si trattava di una dipendenza dal cordoglio, non era più in grado di aiutarsi.

Mi guardò con occhi pieni di lacrime. «Vuoi che abbandoni mia figlia? Come potrei mai fare una cosa del genere?»

«Cosa succederà se dovessi trovarla, eh Angela?» le chiesi.

«Non capisco.»

«Se dovessi trovarla e avere le risposte che cerchi. Se dovesse essere arrestato qualcuno per la sua scomparsa. Sarà tutto finito per te? Avrai ottenuto quello di cui hai bisogno?»

Sbatté le palpebre come se non avesse mai considerato prima quella domanda.

«Pensaci,» le dissi, «non ti sto chiedendo di scegliere fra i tuoi figli. Non devi rinunciare a Misty, ma tuo figlio ha ancora bisogno di te. Forse hai perso una di loro, ma non vuol dire che devi perdere anche l'altro.»

Capitolo 15

Dopo essermi assicurato che Angela tornasse dritta a casa, guidai sovrappensiero fino a casa di mio padre. Ero andato lì senza pensarci, ma non ne fui sorpreso. Mentre cercavo di ragionare con Angela, una cosa era diventata chiara per me.

La verità è una cosa strana. Tutti dicono di volerla, ma la maggior parte di noi passa la vita a nascondersi da lei. Vediamo quello che vogliamo, *chi* vogliamo, perché è più facile. Ci illudiamo da soli, come Angela e Misty. Me e papà. Ben era l'unica persona che conoscevo che sembrava affrontare la vita a testa alta e accettare quello che succedeva. Che avesse trovato la forza per fare una cosa del genere, era qualcosa che invidiavo.

In molti modi, ero colpevole quanto Angela quando si trattava di evitare la realtà.

Avevamo entrambi tradito Benji: io lo avevo spinto via dalla mia vita da adolescente, e via dalla mia mente, perché il pensiero di essermi innamorato a tredici anni, e per giunta di un ragazzo, era troppo terrificante per poterlo prendere in considerazione. Per due decenni, avevo convinto me stesso che quei sentimenti non volessero dire nulla.

E *avevo* allontanato mio padre tanto quanto lui aveva allontanato me. Perché? Perché non ero stato capace di affrontare la possibilità che fossi stato *io* il motivo per cui se ne era andato. Che non ero stato abbastanza per lui. Che, anche se lo avessi cercato, avrebbe potuto non volermi. Ma quelli erano stati i pensieri di un ragazzino ferito, non di un uomo adulto.

E così cercai di distanziarmi e di entrare nella squallida casa mobile di papà guardandola con occhi nuovi. Per vederla non come la tana di un accumulatore seriale, ma piuttosto come l'ultimo rifugio di un uomo consumato dai segreti; un uomo che era stato capace di affrontare i suoi sensi di colpa soltanto attraverso l'alcol. Quella consapevolezza avrebbe reso la sua scomparsa, il suo abbandono, più facili da accettare? O stavo soltanto applicando i miei desideri alle sue azioni? In tutta onestà, non ne ero più sicuro. Una volta rimossi i miei sentimenti personali dall'equazione, però, tutto quello che riuscivo a vedere era stata una vita solitaria e triste.

Grazie agli sforzi fatti nei giorni precedenti, la casa aveva un aspetto vecchio, ma non più sporco. Avevo portato via spazzatura e cianfrusaglie e adesso non restavano che pochi effetti personali.

Osservai il soggiorno senza sapere bene cosa stessi cercando. Soltanto *qualcosa*. Qualcosa che mi dicesse in un modo o nell'altro se mio padre avesse avuto a che fare con la scomparsa di Misty. Avevo bisogno di saperlo.

Le parole di papà continuavano a riecheggiarmi in testa. *«Fotografie… a casa mia.» Diceva soltanto cazzate*, mi ero detto venendo qui. Ero uno stupido a pensare che ci fosse qualcosa in quelle parole. Come aveva detto Janet, non ci si poteva mai fidare di quello che diceva papà.

Eppure, non aveva voluto che dicessi qualcosa a Janet. Dentro di me sapevo che se fosse esistita prova della sua colpa, l'avrei trovata da qualche parte qui dentro. Tutto quello che possedeva era fra queste quattro mura. Rifiutai di accettare l'alternativa: che non avrei mai avuto una risposta.

Il suono del telefono mi colse di sorpresa. *Ti prego, fa' che non sia di nuovo Angela*, pregai, ma non era lei. Era qualcuno dalle onoranze funebri che voleva avvertirmi che le ceneri di mio padre erano pronte per essere ritirate.

Feci una smorfia, avevo dimenticato la mia promessa di incontrarmi con Janet. «Oh, pensavo che ci avrebbe pensato mia sorella,» dissi.

«Le abbiamo lasciato vari messaggi, ma non ci ha ancora richiamato,» mi informò l'impiegato.

Beccati questo, papà. A quanto pare nessuno di noi due ti vuole.

Sospirai. «Va bene, grazie per avermi avvertito. Passerò appena possibile.»

Una volta chiusa la telefonata, venni invaso dal senso di colpa. Avevamo abbandonato papà? Era morto più o meno come era vissuto, silenziosamente, senza cerimonie. Non ci sarebbe stato nemmeno un necrologio sul giornale, a meno che uno di noi due non si fosse occupato di scriverlo.

Cercando di allontanare quell'improvvisa malinconia, mi misi al lavoro con la precisione di un poliziotto della scientifica. Non c'erano poi così tanti nascondigli nella casa mobile. Misi sottosopra il mobilio, controllai dentro ogni armadietto e persino fra i cuscini prima di cominciare a tastare la tappezzeria alla ricerca di qualcosa di sospetto. A eccezione di altra roba da buttare e un po' di polvere, non trovai nulla né in soggiorno né in cucina.

Una volta spostatomi in camera da letto, feci una pausa. Per quanto la stanza fosse vuota come il resto della casa, quello spazio aveva un che di intimo e personale. Avevo già ripulito il piccolo armadio durante una precedente visita, ma lo controllai di nuovo, tastando con le mani anche il ripiano più alto. Niente.

Il mio cuore perse un battito quando alzai il materasso macchiato e notai una borsa da palestra nera appiattita. Era vuota, però, e la gettai sconfitto in un angolo.

Papà mi aveva forse mandato alla ricerca di qualcosa che esisteva soltanto nella sua testa?

Non c'era altro posto in cui cercare. Il letto era una semplice struttura di legno avvitata al pavimento e non sembrava probabile che sotto ci fosse nascosto qualcosa. A meno che… nella base del letto c'erano dei cassetti per la biancheria, due da ogni lato. Li controllai subito, ma, con mio grande disappunto, li trovai completamente vuoti.

Cazzo, ne ero stato così sicuro.

Tirai un calcio alla base del letto in preda alla frustrazione ricavandone un rumore sordo.

Certo, doveva esserci dello spazio vuoto dietro i cassetti. Mi inginocchiai e questa volta li estrassi completamente.

E fu così che la trovai.

Attaccata con del nastro adesivo sul retro del secondo cassetto c'era una busta intestata, il genere di busta che un tempo si trovava all'interno delle riviste per invitare i lettori ad abbonarsi. Questa, fra tutte le possibili riviste, era intestata a *Playboy*. Lo scotch che la teneva al suo posto era ingiallito dal tempo e la busta era macchiata e consunta. Era chiaro che era andata in giro per molto.

Con un'ondata di adrenalina nelle vene, staccai la busta e gettai il cassetto da una parte.

La colla lungo il bordo della linguetta era ormai secca e mi caddero in mano tre polaroid. Erano fragili, i colori sbiaditi e le immagini sfocate, ma avrei riconosciuto quella ragazza dovunque.

Per quanto fossi preparato a trovare delle prove incriminanti, lo choc mi tolse comunque il respiro. Non era dovuto tanto al fatto di trovare Misty nelle foto, ma di vedere quello che stava facendo.

Nella prima, presentava la schiena nuda alla macchina fotografica, con la testa girata per sorridere maliziosamente al fotografo. La foto seguente era più esplicita: Misty era distesa su un letto, con le lenzuola a coprirle il torace lasciando però scoperto un seno perfetto e dalla punta rosa. Nella terza, era stesa sullo stomaco, nuda, la pelle rilucente, i capelli biondi che le ricadevano sulle spalle, le labbra socchiuse nel momento in cui stava lanciando un bacio in direzione della macchina fotografica.

Riconobbi immediatamente la coperta a fiori e le tende. Si trattava della camera da letto dei miei genitori.

La terza fotografia aveva addirittura una dedica scritta con una biro blu lungo il bordo di plastica bianca.

A J.C., per non farti dimenticare. Con amore, M.M.

Aveva aggiunto un cuore alla firma.

Mi venne la nausea. Lasciai cadere le foto e corsi in bagno appena in tempo per vomitare i resti della colazione nel lavandino.

Quando non erano rimasti altro che dei conati, mi sciacquai bocca e volto con dell'acqua.

Un conto era avere dei sospetti, ma avere di fronte la verità era completamente diverso. Mio padre aveva delle foto di Misty in cui lei era nuda. Fatte nella *sua* camera da letto, sul *suo* letto. Non mi stupiva che avesse voluto aspettare di essere morto per farmele trovare. *Bastardo. Come hai potuto?*

Mi trascinai di nuovo in camera da letto su gambe tremanti e raccolsi le foto fermandomi un attimo mentre le rimettevo nella busta. Papà aveva una vecchia reflex della Nikon. Perché aveva adoperato la Polaroid di Janet? *Perché non avrebbe mai potuto portare a sviluppare le foto della sua amante minorenne in città, no?* Osservò la mia vocina interiore.

Deglutii a fatica. Quelle fotografie non erano la confessione in cui avevo sperato, ma non era difficile pensare che papà fosse stato in qualche modo coinvolto nella scomparsa di Misty.

Per non farti dimenticare. La scelta delle parole era insolita. Dimenticare cosa? Mi stava forse sfuggendo qualcosa?

Saprai cosa fare di loro.

Voleva che le distruggessi o che le portassi alla polizia?

«Stronzo!» urlai nel silenzio della casa mobile. «Maledetto bastardo. Come hai potuto lasciarmi con una cosa del genere?» Tirai un pugno contro la parete desiderando che fosse mio padre. «Perdonarti? Come riuscirò mai a perdonarti adesso?»

Il buco nell'intonaco della parete non mi rispose.

Le nocche mi facevano male, ma non mi ero tagliato. Avrei voluto poter andare da Janet. Mi avrebbe creduto adesso? Ne dubitavo. Non avrebbe mai *voluto* crederci. O magari lo sapeva già.

Il numero del sergente McNamara era nel registro delle chiamate del mio cellulare e avevo già il pollice sul bottone quando un nuovo pensiero mi fece esitare.

E Ben?

Quella sera ci sarebbe stata la sua mostra di beneficenza e non meritava di essere messo da parte da questa notizia. Non potevo fargli una cosa del genere.

Gli occhi mi si riempirono di lacrime di frustrazione mentre fissavo la busta incriminante che tenevo in mano. Non era giusto. Feci un respiro profondo per calmarmi.

Misty aveva già atteso vent'anni e io avrei benissimo potuto aspettare fino all'indomani per prendere una decisione.

Mentre mi avvicinavo in macchina avevo cambiato idea sull'andare o meno alla mostra di Ben almeno una dozzina di volte. Come potevo guardarlo in faccia adesso? Aveva detto che sarebbe riuscito ad affrontare qualunque cosa, ma includeva anche scoprire che il padre del tuo migliore amico era stato l'amante di tua sorella? O ancora peggio, che poteva averla uccisa?

Eppure, gli avevo fatto una promessa e non potevo, ancora una volta, non mantenere la parola data.

Il parcheggio del centro ricreativo era già pieno al mio arrivo, e così mi fermai in una strada laterale e rimasi seduto in macchina per un po' nel tentativo di riportare i miei arti tremanti sotto controllo.

Questa era la serata di Ben. Meritava di godersela.

Alla fine, con un respiro profondo per farmi coraggio, mi allacciai il giaccone rendendomi conto mentre lo facevo che avevo ancora le polaroid infilate nella tasca interna. Nella mia fretta, avevo dimenticato di lasciarle al motel. *Maledizione.*

Aprii il vano portaoggetti per metterle via, ma esitai con la mano sulla busta. Mi tornò in mente il volto di Misty e sentii una nuova ondata di nausea risalirmi lungo la gola. Venni colpito dalla paura irrazionale che finissero nelle mani sbagliate, che non potevo rischiare di non tenerle costantemente d'occhio malgrado il disgusto che provavo verso di loro. Lanciando un'altra imprecazione, le lasciai in tasca e mi affrettai lungo la strada in direzione dell'edificio. Una ventata di aria calda mi colpì in faccia non appena misi piede nella sala e rimasi stupito dal numero di persone che mi trovai davanti. La maggior parte era vestita in maniera elegante, che ad Alton voleva dire non indossare i jeans, e fui felice di aver trovato il tempo di passare dal motel per cambiarmi dopo aver lasciato la casa mobile di mio padre.

Malgrado nessuno mi prestasse attenzione, non riuscivo a togliermi di dosso la sensazione di dare nell'occhio. Gli angoli di plastica delle polaroid mi punzecchiavano il torace a ogni movimento, un richiamo costante a quella terribile verità, e cominciai a rimpiangere la decisione impulsiva di non averle lasciate in macchina.

«Posso prendere il suo giaccone?» mi chiese un adolescente brufoloso. «Il guardaroba costa soltanto un dollaro.»

Ero sul punto di darglielo, ma ci ripensai all'ultimo momento e lo appoggiai sul braccio. «No, grazie, lo terrò con me.»

Il ragazzo mi rispose con un'occhiataccia e una scrollata di spalle. Era ovvio che pensava fossi troppo tirchio per spendere un dollaro.

Mi addentrai nella sala sentendo crescere sempre di più la mia ammirazione verso Ben. Aveva organizzato tutto come in una vera galleria d'arte, con dei camerieri che giravano per la sala offrendo stuzzichini e un bar a pagamento. Dei cavalletti sistemati qui e là interrompevano lo spazio mettendo in mostra i lavori incorniciati. Come era riuscito a fare una cosa del genere ad Alton? La cassiera del ristorante aveva ragione: si trattava di un evento in grande stile.

I miei occhi si misero alla ricerca automatica di Ben e lo trovarono impegnato a parlare con un uomo di una certa età in giacca e cravatta nella parte più remota della sala. Lo vidi stringere il braccio dell'uomo con un gesto affettuoso.

Chi era quel tipo?

Comprai una bevanda al bar, afferrai da un vassoio di passaggio un involtino primavera freddo e cominciai a girare per la mostra tenendomi lontano da Ben senza però perdermi nessuna delle sue mosse.

Le immagini di Ben e di come lo avevo visto la notte precedente mi riempivano la testa: il suo attacco di panico, le cicatrici sulle braccia, la sua vulnerabilità. E se non fosse riuscito a sopportare la verità su Misty e mio padre? Se si fosse rivelato un colpo troppo forte? Sin dall'inizio, mi aveva detto di non farmi coinvolgere. Adesso avevo capito il perché.

Il bisogno di proteggerlo mi afferrò alla gola come una morsa. Era quasi abbastanza per darmi dei seri ripensamenti. Papà era morto, Misty era…scomparsa. A che sarebbe servito esporre la loro relazione, e il possibile coinvolgimento di mio padre, proprio adesso? Anziché dare le risposte che tutti cercavano, avrebbe soltanto sollevato nuove domande.

Dentro di me, tuttavia, sapevo che era proprio quella la cosa giusta da fare. Quel segreto era stato mantenuto fin troppo a lungo. Non potevo fare altro che sperare che Ben avrebbe capito.

C'erano circa cinquanta dipinti di varie dimensioni e qualità in mostra. Erano stati tutti incorniciati professionalmente e sistemati con delle etichette che citavano il nome dell'artista e il prezzo. Il costo era simbolico, dai cinque ai venticinque dollari, e malgrado fosse ovvio che gli artisti fossero agli inizi, alcuni quadri dimostravano talento anche ai miei occhi inesperti.

Sul tavolo dell'asta muta, diedi un'occhiata alle offerte, si trattava perlopiù di servizi gratuiti di ditte e negozi cittadini, ma alla fine i miei occhi si posarono sulla fotografia del dipinto di un panorama di cui Ben era chiaramente l'autore. Avevo cominciato a riconoscere il suo stile inconfondibile, con le pennellate decise e gli alberi minacciosi.

Volevo che quel quadro fosse un ricordo di noi. Di lui. Non avevo idea di come lo avrei portato a casa, e neanche di come pagarlo, ma in quel momento avrei fatto qualsiasi cosa per averlo. Altre quattro persone avevano già fatto le loro offerte, e non si trattava di cifre insignificanti.

Gettando al vento ogni cautela, scrissi un'offerta d'asta che non potevo davvero permettermi. Ne sarebbe valsa la pena, però, pur di avere qualcosa a cui attaccarmi.

«Che ci fai nascosto qui?» La voce di Ben, vicinissima al mio orecchio, mi fece saltare per la sorpresa. A quanto pare, non ero passato poi tanto inosservato. Feci un respiro profondo, spaventato di guardarlo negli occhi, timoroso che potesse vedere il senso di colpa dipinto sulla mia faccia.

«Non mi sto nascondendo,» borbottai, «mi sto solo tenendo in disparte.»

«Hai dato un'occhiata in giro?»

«Sì.» Finalmente, trovai il coraggio di guardarlo. Soltanto una persona molto vicina avrebbe notato l'inerzia del suo volto e i suoi occhi sfuggenti, ma cominciai subito a preoccuparmi. Se aveva dovuto prendere dei farmaci per affrontare una mostra, come avrebbe fatto a sopportare quello che avevo scoperto? «Mi ha sorpreso vedere che non c'è nessuno dei tuoi quadri in mostra.»

«Questa mostra è per i miei studenti, non per me. Per aiutarli a diventare più sicuri. Non voglio togliere attenzione da loro.» Ben fece una smorfia vedendomi sorridere. «Che c'è?»

«Niente. Sei fantastico, tutto qui.»

Arrossì abbassando la testa. «Piantala. In ogni caso, come vedi, uno dei miei quadri è nell'asta muta.»

«Lo so. Ho fatto un'offerta.»

«Davvero? Allora dovrò assicurarmi che sia tu a vincere.» Si avvicinò al tavolo per controllare le offerte e mi guardò con gli occhi spalancati. «Non dovevi offrire così tanto. Ti avrei dato il quadro gratis.»

«Mi stai dicendo che è un cattivo investimento?»

Arricciò il naso. «No, ma...»

«Oppure che non è per una causa importante?»

«No.»

«Allora lascia stare. Hai fatto un lavoro fantastico. Dico sul serio, questa mostra è incredibile.»

Ben inarcò un sopracciglio. «Sono certo che sembri tutto molto provinciale rispetto a una galleria di New York, ma ti ringrazio. È tutto fatto da volontari e offerte. C'è una donna in città che ci dà le cornici gratuitamente e i rinfreschi sono donazioni, come tutte le cose messe all'asta. È bello vedere così tante persone sostenere questo programma.»

Feci una smorfia. Non era la prima volta che notavo il modo in cui Ben si tirava indietro di fronte ai complimenti. «Perché non puoi semplicemente accettarlo?» lo rimproverai. «È tutto merito tuo. Niente di tutto questo esisterebbe se non fosse per te e lo sai. Smettila di negarlo.»

Ben arrossì di nuovo. «Suppongo di non essere molto bravo a monopolizzare l'attenzione.»

«Essere consapevole del tuo valore non vuol dire monopolizzare l'attenzione.»

Mi guardò con un piccolo sorriso. «Sembri un mio vecchio psicologo.»

«A parte il fatto che non chiedo trecento dollari l'ora.»

Lo afferrai per le spalle con una tale decisione da costringerlo a guardarmi. «Adesso ripeti con me: sono una persona in gamba.»

«Alex...»

«Dillo.»

«Sono una persona in gamba,» ripeté imitando la mia voce.

«Molto divertente. Sul serio questa volta.»

«Sono una persona in gamba.»

«Meglio, ma non ne sono ancora convinto. Proviamo con: sono un artista di talento.»

Alzò gli occhi al cielo. «Dai, è una cosa troppo sciocca.»

«Non ti lascerò andare finché non lo dirai.»

«Dovrebbe essere un deterrente?»

Trattenni una risata e lo scossi con gentilezza.

«E va bene. Sono un artista di talento,» disse velocemente.

Abbassando la voce, mi avvicinai in modo che soltanto lui potesse sentirmi. «Adesso: Alex fa dei pompini meravigliosi.»

«Alex fa…» Si fermò di colpo ridendo e mi diede un pugno sul braccio. «Ci sono dei bambini qui.»

«E allora? Non ci stanno prestando alcuna attenzione.»

Ben si chinò verso di me e mi appoggiò le mani sulla parte bassa della schiena con un sorriso sulle labbra. Aveva un'aria così felice che mi scordai quasi delle foto che avevo nella tasca della giacca.

Poi la sua espressione si fece seria, il suo sguardo indagatore. «Basta parlare di me. Come stai?»

Ah, la domanda da un milione di dollari. Alzai le spalle. «Me la cavo.»

«E Janet?»

«Non abbiamo parlato.» Feci una smorfia. «Oh, merda, le avevo detto che sarei andato a trovarla oggi.» Nella confusione dell'avere a che fare con Angela e poi con le mie ricerche a casa di papà, mi ero completamente scordato di Janet.

«C'è ancora tempo,» disse Ben, «dovresti andare.»

«Le telefonerò fra un po'. Questo è più importante.»

«Lo è?»

La sua espressione sorpresa mi diede una stretta al cuore. «Sì, lo è.» Mi guardai intorno alla ricerca di un volto familiare, senza rimanere davvero sorpreso quando non riuscii a localizzarlo. «Angela non è venuta.»

«No.» La noncuranza nella sua voce mi rese triste. Ci era abituato. Era abituato a venire ignorato. Sentii un'altra stretta al cuore pensando a tutto quello che Angela si era persa concentrandosi sulla figlia che aveva perso, anziché sul figlio che le era rimasto. «Ho sentito parlare della tua piccola gita di stamattina,» disse Ben.

«In una città così piccola, immaginavo che prima o poi lo avresti saputo. Non sei arrabbiato?»

«Ci ho rinunciato. Non ha più senso arrabbiarsi.»

Non riuscii a trattenermi dall'avvicinare una mano alla sua testa per toccargli una ciocca di capelli poi ricordai dove ci trovavamo e ritrassi la mano con riluttanza.

«Che c'è?» mi chiese fissandomi.

«Niente.»

«Non pensare che non sia ancora capace di leggerti come un libro aperto, Alexander Colville. Non sei poi cambiato *così* tanto. Hai quella vena sulla tempia che pulsa da matti. E poi c'è il fatto che te ne stavi nascosto quaggiù e sono dovuto venire io a cercarti.»

«Eri occupato, non volevo interrompere.» Feci un cenno verso il tipo in giacca e cravatta con cui lo avevo visto parlare quando ero arrivato. «È il tuo amico di Prince George?»

«Sei ossessionato da lui, eh? No. Quello è Jared Vandercamp. È un mercante d'arte di Banff che ci fa da giudice. Assegniamo dei premi, anche se fra me e te, sono puramente simbolici. Viene ogni anno per partecipare al concorso e per acquistare alcuni dei quadri che ho a casa per la sua galleria.»

«Un mercante d'arte?» socchiusi gli occhi. «Quanto successo hai davvero?»

«Successo è un termine relativo. Vendo qualche dipinto all'anno. Sono un gradino sopra lo status dell'artista morto di fame.»

«Non so perché, ma ne dubito.»

Una ragazza vestita di nero e con le labbra rosso magenta si avvicinò di corsa. Afferrò Ben per il braccio quasi saltando per l'entusiasmo. «Ben! Ben! Qualcuno lo ha comprato. E non è stata mia madre.»

«È fantastico, Shauna,» le disse Ben sorridendo, chiaramente felice per la gioia della ragazza. «Hai visto? Ti avevo detto che era un buon quadro.»

«Puoi mettere sul quadro uno di quegli adesivi rossi?»

«Certo. Lo faccio subito.» Mi guardò con una domanda negli occhi.

«Va' pure,» risposi.

Ben mi studiò il volto. «Perché continuo a pensare che sia tutto un sogno e che mi sveglierò domani e tu non ci sarai più?» Mi tirò piano la manica della camicia. «Promettimi che non te ne andrai senza avermi salutato.»

Ebbi l'impressione che non stesse parlando soltanto di stasera. Era come se sapesse quello che avevo in mente. *Dopo che ti avrò detto la verità, non vorrai più avere niente a che fare con me. Sarai felicissimo se scomparirò nel nulla.* «Non lo farò.»

«Avrò da fare per un po'. Perché non chiami Janet? Più tardi puoi venire da me, se ti va ovviamente.» Lo sguardo di Ben si appoggiò sulle mie labbra e sentii il battito del mio cuore aumentare di colpo. «La serata finirà alle dieci.»

Aprii la bocca per rispondergli, per dirgli che non sarebbe stata una buona idea, sebbene lo desiderassi tantissimo, ma le parole mi morirono in bocca quando notai Angela all'ingresso, con il volto pallido e le mani strette davanti al petto, come se non fosse sicura di potersi trovare qui oppure no. Non l'avevo mai vista così incerta.

«Che ci fa *qui*?» esclamò Ben dopo essersi girato per identificare la fonte della mia distrazione.

A quanto pare, mi aveva ascoltato. «Forse si è appassionata di colpo all'arte,» osservai.

«Che cosa hai combinato, Alex?»

«Niente,» risposi con un'alzata di spalle.

«Bugiardo,» scosse la testa, «vorrei che non l'avessi fatto.»

«E adesso chi è il bugiardo? Nemmeno tu sei cambiato molto.»

«Che vorresti dire?»

«Voglio dire che lo so benissimo quando fai finta che qualcosa non sia importante per te. Dici di aver accettato Angela e il suo modo di essere, ma quello non ti impedisce di smettere di desiderare che le cose siano diverse.»

Spalancò gli occhi.

«Ti conosco bene, Ben Morning,» mormorai resistendo alla tentazione di prenderlo fra le braccia proprio nel bel mezzo della sala del centro sociale. «Ti ho sempre conosciuto bene. In tutti questi anni. Non sapevo quanto mi fossi mancato, quanto tu fossi ancora una parte di me, finché non sono tornato qui.» Le parole mi uscirono di bocca prima ancora che mi rendessi conto di averle pensate, pronte per essere dette ad alta voce. «E vorrei poter rifare tutto daccapo, ma non posso. Io ... voglio soltanto che tu lo sappia.»

Ben sbatté le palpebre, i suoi grandi occhi blu luccicavano mentre mi guardava con una smorfia confusa. «Che stai ...»

Schiarendomi la gola, gli diedi una piccola spinta. «Comportati da bravo padrone di casa e vai a salutarla.»

«Questa conversazione non è finita,» mi avvertì Ben, «non te la caverai tanto facilmente.» Con un'ultima smorfia, cominciò a muoversi con un po' di esitazione. Ben e Angela si incontrarono come due estranei, ma conoscevo Benji sin troppo bene e riuscivo a vedere la timida speranza nascosta nel suo sorriso.

Dovevo andarmene da lì. Mettere ordine nelle mie idee e parlare con Janet prima di rivedere Ben.

Mentre lui era impegnato, uscii velocemente da una porta laterale. Mi parve di essere in procinto di partire per sempre, e che ogni passo fra di noi facesse aumentare il dolore che sentivo nel petto.

All'esterno era iniziata una leggera nevicata. Sollevai il viso verso il cielo buio lasciando che i fiocchi mi cadessero sul volto e si sciogliessero colandomi lungo le guance come lacrime. Mi infilai la giacca e mi affrettai verso la macchina mentre telefonavo a Janet. La chiamata venne trasferita alla segreteria telefonica e così le lasciai una breve messaggio di scuse, chiedendole di richiamarmi.

Ero appena riuscito ad accendere motore e riscaldamento quando la luce del veicolo si accese di colpo. Qualcuno avevo aperto lo sportello del passeggero per infilarsi in macchina.

«Okay, che sta succedendo?» mi chiese Ben con decisione togliendosi la neve dai capelli.

Lo guardai a bocca aperta. «Che diavolo ci fai qui fuori? Dovresti stare dentro, hai una mostra a cui badare.»

«È tutto sotto controllo.»

«Ma Angela…»

«Angela può aspettare. Con te, invece, non ne sono sicuro. Apprezzo una dichiarazione romantica come qualsiasi ragazzo, ma quello che mi hai detto prima sembrava quasi un addio.»

Non potevo negarlo. Sentii un bruciore improvviso dietro agli occhi e scossi la testa senza dire una parola.

«Che c'è, Alex?» mi chiese Ben piazzandomi una mano gelata sulla nuca per costringermi a guardarlo. «È tutto il giorno che ti comporti in modo strano. È per via di quello che ti ho detto ieri notte?» Fece un respiro profondo quando non gli risposi. «Maledizione, lo sapevo. Lo sapevo che avrebbe cambiato la maniera in cui mi vedi. Che avresti pensato che sono debole e instabile.»

«Io non…»

«Succede sempre così. La gente mi guarda con occhi diversi quando viene a saperlo.»

«Cristo, Ben,» urlai, «non voglio che tu soffra. Non voglio che tu debba sopportare ancora una cosa del genere. È davvero così sbagliato volerti proteggere?»

«Oh, Alex, non sono più un bambino. Non spetta a te proteggermi. È compito mio farlo. Hai scoperto qualcosa, vero?»

«Non posso…»

«Smettila di trattarmi come un oggetto che potrebbe rompersi. Dimmelo e basta.»

Non avevo altra scelta. Dovevo fargli vedere le foto.

Con dita tremanti, accesi la luce nell'abitacolo e gli passai la busta. «Oggi ho trovato queste a casa di mio padre.»

Ben studiò le polaroid in silenzio mentre io studiavo lui. Serrò le labbra, ma quella fu la sua unica reazione. Poi con calma, rimise le fotografie nella busta e chiuse gli occhi per un attimo. Lo guardai a bocca aperta. La sua reazione mi sembrava stranamente composta per qualcuno che aveva appena visto delle immagini compromettenti di sua sorella. Era scioccato?

«Sai cosa vuol dire?» gli chiesi. «Leggi la dedica. Ti sembra una minaccia? Come se lo stesse ricattando?»

Il sospiro di Ben risuonò forte all'interno dei confini della macchina. «Credo che tu debba parlare con Janet.»

«Janet? Perché?»

Mi mostrò la polaroid con la dedica scritta a mano. *A J.C., per non farti dimenticare. Con amore, M.M.*

«Alex, non ti sei mai reso conto che Janet e tuo padre hanno le stesse iniziali?»

CAPITOLO 16

Janet continuava a non rispondere quando provai di nuovo a chiamarla, facendo così aumentare la mia ansia. Non la sentivo dal giorno prima. Forse voleva soltanto essere lasciata in pace, poi ripensai a quanto mi fosse sembrata smagrita e depressa ultimamente, di che tono avesse avuto la sera precedente. Avevo immaginato che fosse per via di papà, ma forse aveva anche lei dei segreti da nascondere?

Avevo un brutto presentimento. «Devo trovare Janet.»

«Vengo con te,» si offrì Ben allacciandosi la cintura di sicurezza.

«Ma ci sono delle persone nel centro sociale.»

«Ci sono delle persone anche qui.»

Le sue parole mi riscaldarono il cuore e sentii gli occhi bruciarmi con lacrime di gratitudine. Un uomo migliore di me lo avrebbe rispedito dai suoi amici, ma io lo volevo con me. Okay, avevo bisogno di lui. Non ero sicuro di essere abbastanza forte per affrontare tutto da solo.

«Che aspetti?» mi chiese. «Andiamo.»

Cominciai a guidare in uno stato di trance attraverso i fiocchi di neve che si accumulavano sul parabrezza come una tenda di pizzo. Sarebbe stato un bello spettacolo se non avessi avuto così tanta fretta.

Ben chiamò qualcuno con il cellulare spiegando di essere dovuto andare via per un'emergenza.

«Dimmi che cosa ha a che fare Janet con tutta questa storia,» gli chiesi non appena finì la telefonata. «Ho trovato le foto a casa di mio padre. Penso che avesse una relazione con Misty perché le ha persino regalato gli orecchini di mia madre.»

«Faresti davvero meglio a chiederlo a Janet,» insisté Ben.

«Lo sto chiedendo a *te*.»

Fece un sospiro. «È stato solo una volta, tanto tempo fa.»

«Che cosa? Hai visto Misty e mio padre?»

Scosse la testa. «Misty e Janet.»

«Non capisco.» L'ondata di rumore nella mia testa aveva cominciato a sovrastare tutto a eccezione del suono ritmico dei tergicristalli.

«Le ho viste … baciarsi,» disse piano, «non avrei dovuto. Misty non lo ha mai saputo.»

La macchina slittò sull'asfalto bagnato andando a finire nella corsia opposta prima che mi tornasse in mente di togliere il piede dall'acceleratore e girare il volante. Fortunatamente per noi, non c'era traffico dall'altro lato della strada e ripresi subito il controllo della macchina lasciando andare il respiro che trattenevo dentro.

Ben non disse nulla, ma rimase con un braccio appoggiato sul cruscotto.

Janet e Misty? Cercai di pensare a loro come a una coppia di amanti. Quanto dovevo essere stato ingenuo all'epoca per non essermi mai accorto di una cosa del genere?

«Quando è successo?» gli chiesi sottovoce.

«Credo fosse in autunno. Più o meno un anno prima della vostra partenza. Una notte non riuscivo a dormire. Io e te avevamo passato del tempo a chiacchierare con i walkie talkie, quando sentii la macchina di Misty davanti casa. Mi alzai a sbirciare per poter raccontare a mamma che Misty non aveva rispettato il coprifuoco. Si era fermata lungo la strada e quando la portiera dal lato del passeggero si è aperta facendo scattare la luce, vidi che con lei c'era Janet. Fu allora che si baciarono.»

Non mi preoccupai neanche di chiedergli se si fosse trattato di un bacio amichevole. Benji avrebbe saputo riconoscere la differenza.

«Non riesco a credere che tu non me lo abbia mai raccontato.» Mi sentivo un po' offeso. Ero convinto che avessimo condiviso quasi tutto.

«Volevo raccontartelo, ma poi ho capito che non era un mio segreto da dire in giro. Voglio dire che in fondo non erano poi tanto diverse da me. Se Misty fosse andata a letto con tuo padre, e non sto dicendo che non sia una possibilità, non credi che ce ne saremmo accorti? Pensaci: Misty passava quasi tutto il suo tempo con Janet.»

«Se le foto sono di Janet, non capisco perché le avesse mio padre, o perché mi abbia chiesto esplicitamente di trovarle.»

«Non lo so. Forse per non farle finire in mani sbagliate?»

«Ma allora perché conservarle? Perché non le ha distrutte e basta?» chiesi disperatamente, senza volermi soffermare sulle ragioni per cui poteva averle conservate.

Ma Ben non aveva una risposta. O se ne aveva una, aveva deciso di non condividerla con me.

Janet viveva nella zona occidentale della città, in un piccolo appartamento in un palazzo di pochi piani dove ogni unità aveva un ingresso che si affacciava sulla strada. Le sue finestre erano buie e quando bussai non mi rispose nessuno. Provai a muovere la maniglia e la porta si aprì di colpo non facendo altro che aumentare la mia preoccupazione. «Janet?»

Ben rimase all'ingresso mentre io mi misi alla ricerca di un interruttore prima di dare un'occhiata in giro.

L'appartamento era poco arredato, come se non ci vivesse nessuno. Mi avviai lungo il corridoio in direzione della stanza da letto. La porta era soltanto accostata e lasciava trapelare un fascio di luce. «Janet?»

Bussai delicatamente nel caso stesse dormendo e non appena aprii un po' la porta, la vidi. Era semidistesa sul letto, completamente vestita, con le spalle contro un cuscino. La sua testa era piegata a un angolo strano e girata dall'altra parte rispetto a dove mi trovavo io. «Jan, ehi, sono io,» dissi sottovoce per non spaventarla. Non si mosse. Forse sarebbe stato meglio lasciarla dormire.

Fu soltanto mentre stavo chiudendo la porta che vidi la bottiglia di vetro trasparente nell'incavo del suo braccio.

«Janet?» dissi a voce più alta. Mi mossi velocemente al suo fianco e la scossi con gentilezza dalle spalle. Il suo torso si accasciò verso di me e quando la afferrai, la testa le rimase appesa in una posizione innaturale. La bottiglia rotolò giù dal letto finendo sulla moquette con un rumore sordo. «Merda! Ben, l'ho trovata.»

Diedi un colpo sulla guancia fredda di Janet, ma non ottenni alcuna reazione. «Dai, Jan, svegliati.»

«Alex, penso che abbia preso qualcosa,» esclamò Ben apparendo sulla soglia. Aveva in mano una confezione di pillole. «Ho trovato questa sulla mensola del bagno.»

Il mio sguardo si spostò sul pavimento, sulla bottiglia di vodka quasi finita. La paura si trasformò in una lama di ghiaccio nel mio cuore. «Oddio, chiama il 911,» dissi a Ben mentre cercavo di trovare le pulsazioni di Janet. Erano deboli ma regolari sotto le mie dita. «Non farmi una cosa del genere, Janet,» urlai pregando che riuscisse a sentire la mia voce. «Non lasciarmi anche tu.»

Dietro di me, sentii la voce di Ben al telefono.

«Respira ancora,» gridai, «ma non riesco a svegliarla. Aiutami. Devo cercare di farla vomitare.»

«No, non farlo,» disse Ben alle mie spalle, «ha perso i sensi, vomitare potrebbe soffocarla. Sta arrivando l'ambulanza. Tienila dritta.» Lesse l'etichetta sulle pillole alla persona all'altro capo della linea, ma io non riuscivo a concentrarmi sulle sue parole.

«Che cos'è? Che cosa ha preso?»

«Ativan,» disse con un'espressione preoccupata, «è un ansiolitico. Non credo che ne abbia prese molte, il che è un buon segno.»

«Cosa devo fare?» Strinsi Janet fra le braccia con lo stomaco sottosopra. «Mi dispiace tanto, Jan. Avrei dovuto essere qui con te. Ti ho lasciato sola.»

Notai qualcosa sotto il fianco di Janet. Con la mano libera, tirai fuori due polaroid come quelle che avevo trovato da mio padre. *Esattamente* come quelle che avevo trovato da lui.

Sentii l'aria uscirmi dai polmoni. La coperta, le tende, ogni cosa era uguale, anche Misty, con la testa piegata timidamente, i capelli lunghi che le coprivano la punta del seno scoperto. Ma in un'altra foto c'erano Janet e Misty abbracciate. Misty sorrideva felice mentre Janet le baciava l'angolo della bocca. Janet aveva l'altro braccio allungato per tenere a distanza la macchina fotografica. Un selfie ante litteram.

Janet. Era stata Janet a fare quelle foto.

J.C., Janet Colville e non Jerry. Ben aveva ragione.

Ben doveva aver fatto caso al mio silenzio. «Che c'è?» mi chiese. «Cosa sono quelle? Fotografie?»

Il suono delle sirene in lontananza mi fece mettere in azione e spinsi rapidamente le polaroid nella tasca della giacca insieme alle altre foto.

Ben fece una smorfia. «Alex, non puoi…»

«Dopo.»

L'attesa dell'ambulanza fu la più lunga della mia vita, ma alla fine i paramedici entrarono nell'appartamento in una cacofonia di scarponi sul pavimento e mi ritrovai scansato da una parte. Il mio corpo era come anestetizzato e rimasi immobile a guardarli lavorare. Il mio cervello faceva fatica a mettere insieme tutti i pezzi. Sentii pronunciare la parola *suicidio* una o due volte.

«Non ha lasciato un biglietto,» osservò piano Ben al mio fianco.

«Come?»

«Non ho visto alcun biglietto in giro. A volte, quando una persona…»

«Che diavolo vuoi dire?» sibilai girandomi per guardarlo in faccia, «non lo ha fatto di proposito.»

Gli occhi di Ben si riempirono di pietà. «Alex…»

«Non avrebbe mai fatto una cosa del genere,» insistetti, malgrado sentissi un buco di angoscia aprirsi nel mio stomaco a quel dubbio. *Quelle fotografie.*

Arrivati in ospedale, non mi permisero di vedere Janet.

Mentre ero seduto nella sala d'attesa del pronto soccorso semivuoto, il tempo sembrò rallentare al passo di una lumaca. In realtà, non credo che fosse passata più di un'ora, ma senza ricevere alcuna informazione, *un dottore verrà da lei tra poco,* era sembrata un'eternità. Quando due guardie a cavallo entrarono nel pronto soccorso non molto dopo il ricovero di Janet e si fermarono a parlare con l'infermiera al banco accettazione prima di scomparire lungo un corridoio, sentii il cuore arrivarmi in gola. Che stava succedendo? Erano venuti qui per Janet?

«Si riprenderà, vedrai,» mi rassicurò Ben.

Annuii. «Certo che lo farà.»

Ben era rimasto con me, ma riuscivo a percepire il suo conflitto interiore e la sua ansia crescente. Continuava a muoversi: ogni tanto saltava in piedi, faceva un passo e poi si rimetteva seduto come uno di quei pupazzi a molla che spuntano all'improvviso da una scatola.

«Dovresti tornare a casa,» gli dissi alla fine, «non c'è ragione di restare qui. Ti chiamerò non appena saprò qualcosa.»

«Non posso,» rispose con un sorrise triste, «sono venuto in macchina con te.»

«Prendi queste, allora.»

Fece una smorfia guardando le chiavi che gli avevo offerto. «Sto bene dove sono per adesso. Se vorrò andare a casa, chiederò a qualcuno di venirmi a prendere.»

«Grazie, sono felice che tu sia qui.» Mi passai le mani sul volto. «Avrei dovuto capirlo, Ben. Era depressa. *Sapevo* che beveva troppo...»

«Alex, c'è una cosa che non ti ho mai detto,» sbottò Ben all'improvviso. «Su Janet.» Si strinse le braccia intorno al corpo e quel gesto vecchio e familiare mi fece venire i brividi.

«Vuoi dire *un'altra* cosa che non mi hai mai detto? Di che si tratta?»

«La polizia ha trovato una collanina nella macchina di Misty.»

«Sì, lo so. Me lo ha detto Angela. Il ciondolo con il mezzo cuore, Janet aveva l'altra metà. Che c'entra con questa storia?»

«Alex!» Katy entrò di corsa nella sala d'attesa. «Ho appena saputo di Janet. Mi dispiace tantissimo.» Mi abbracciò e poi si tirò un po' indietro per prendermi il volto fra le mani. Non riuscii a fare a meno di notare il modo in cui le sopracciglia di Ben si aggrottarono mentre ci osservava.

«È…? Hai saputo qualcosa?» le chiesi con decisione, ma terrorizzato dalla sua possibile risposta.

«Il dottor Singer è con la polizia proprio in questo momento, ma dovrebbe uscire presto per darti dei dettagli. Posso dirti che è fuori pericolo. Le hanno dato del Flumazenil, ma dovrà restare sotto osservazione questa notte.»

Annuii, sorpreso di sentire gli occhi riempirsi di lacrime. «Dov'è?» le chiesi. «Posso vederla?»

«Vedrò che altro posso scoprire.» Mi strinse forte la mano prima di lasciare la sala d'attesa.

«Tutte le infermiere ti si buttano addosso in quel modo, o lei è un'eccezione?»

A quella domanda, sentii una sensazione di calore espandersi lungo la nuca. «Era l'infermiera nel reparto di papà. Noi… be', siamo usciti a bere una cosa una sera.»

«È carina. Ci sei andato a letto?»

«Cosa? No.»

Mi rispose con un verso che mi lasciò interdetto. Cosa voleva dire? Mi credeva? Pensava che stessi mentendo? Era geloso?

Spostai la giacca dallo schienale della sedia di plastica mettendomi a sedere per aspettare il ritorno di Katy, e le polaroid caddero dalla tasca. Ben le raccolse dal pavimento.

Sembrò raggelarsi di fronte alla foto che ritraeva Janet e Misty insieme. «Hai preso questa a casa di Janet?»

«Sì, c'erano queste due nuove foto da lei. Pare che tu avessi ragione su loro due,» sottolineai, «ma niente di tutto questo ha alcun senso. Se queste foto sono di Janet, vuol dire che mio padre *non* aveva una relazione con Misty? Qualcosa deve aver fatto scattare Janet e queste foto erano accanto a lei sul letto.»

Ben sembrava troppo impegnato a mangiarsi le unghie per rispondermi. Stava studiando la foto con grande attenzione.

«Ben?» lo spronai.

«La collanina nella macchina di Misty…»

«Sì, che cosa volevi dire?»

Ben si girò a guardarmi. Mi mostrò la foto in cui Janet baciava la guancia di Misty. Era un primo piano e tutte e due portavano il ciondolo intorno al collo. «Non è *questa* la metà che hanno trovato,» disse toccando il volto di Misty.

«Io non…»

I suoi occhi mi supplicavano di capire. Con lo stomaco sottosopra, presi la polaroid dalla sua mano e la studiai con più attenzione, concentrandomi sui due ciondoli. Non mi ricordavo quale delle due avesse comprato le collanine. Era stato uno di quei gesti sentimentali che sembrano sempre fare le ragazze, ma mi rammentavo bene che Janet indossava la sua tutto il tempo. Tranne forse, quell'autunno.

«C'era la metà di Janet nella macchina?» chiesi sottovoce.

Ben mi appoggiò una mano sulla coscia. «Mi dispiace, Alex.»

«Per cosa?» Una risata nervosa mi scappò all'improvviso dalla gola. Saltai in piedi. «Gesù, Ben, stai saltando a delle conclusioni piuttosto affrettate. Forse erano *più* che amiche, ma quello che stai suggerendo…È impossibile dire da quanto tempo la collanina fosse in macchina. Un buon avvocato della difesa troverebbe buchi dappertutto.»

Un avvocato della difesa. Avevo già iniziato a parlare come se Janet fosse colpevole. «Janet era sempre dentro quella macchina. Lei è Misty erano inseparabili.»

«Lo so, e...»

«E allora? Vuoi dire che l'overdose è stata una richiesta d'aiuto motivata dai sensi di colpa? Che lo ha fatto intenzionalmente? Era turbata per la morte di papà, ha mischiato pillole e alcol... sono cose che succedono.»

«Chi stai cercando di convincere, Alex? Me o te stesso?»

Feci un respiro disperato ed espirai lentamente. «Cazzo. I poliziotti sanno che si tratta della collana di Janet?»

Ben scosse la testa. Aveva occhi enormi, come pozzi scuri che si aprivano sul suo volto pallido. «Non da me. E non credo che Angela abbia mai prestato abbastanza attenzione per notare la differenza fra i due ciondoli.»

Lo fissai con occhi nuovi. «Tu sì, però. Non eri sorpreso da queste fotografie. Mi hai lasciato correre in giro tutto questo tempo a caccia di fantasmi, quando sospettavi già che Janet fosse coinvolta.»

«No! Cioè, sì, quando mi hanno fatto vedere la collanina per la prima volta, ho avuto qualche sospetto. Mi ricordavo che Misty avesse la metà sinistra, *"Ami de cuo"*, ma sono passati vent'anni. Avrei potuto sbagliarmi facilmente.»

«Ma non ti eri sbagliato, vero?» Oddio, mi faceva male la testa. «Stai presumendo che Janet fosse lì. Ma questo non significa che lei...» Mi fermai, incapace di pronunciare le altre parole: *l'abbia uccisa.* «No, non ci credo. Misty era la sua migliore amica. Non ha alcun senso.»

«*Lo so.* Hai ragione, il ciondolo da solo non prova nulla. Quello è uno dei motivi per cui sono stato zitto. Guarda il modo in cui Angela ha perseguitato Derek Gagnon senza avere prove. Non volevo che facesse la stessa cosa con Janet.» Si spostò sul bordo della sedia.

«Uno? E l'altro motivo?»

L'espressione di Ben si frantumò in mille pezzi. «È tua sorella, Alex. Se fosse stata coinvolta, come avrei potuto farti una cosa del genere? Misty ha rovinato abbastanza esistenze mentre era ancora viva. Non aveva bisogno di rovinarne altre.»

E pensare che io mi ero preoccupato di fargli vedere le fotografie e causargli del dolore, mentre lui non aveva fatto altro che proteggermi per tutto il tempo. E a sue stesse spese. «È per questo che volevi che stessi lontano dal caso?» Mi accasciai sulla sedia con un sospiro esausto.

«Quando ti sei ripresentato in città, ho pensato che fosse quello il motivo per cui eri tornato,» mormorò, «che Janet doveva averti detto qualcosa e che era quella la ragione per cui eri così interessato a Misty.»

«Non capisco. Sei stato tu a dirmi di andare avanti con la storia, di vedere cosa potessi scoprire.»

«Avevo capito che ormai era troppo tardi, lo avresti fatto in ogni caso. Potevo soltanto sperare che ci fosse un'altra risposta o che alla fine ti saresti stufato e saresti andato via.»

Il suono che mi uscì di bocca era parte singhiozzo, parte risata isterica. Affondai il volto fra le mani in modo che Ben non potesse vedere la mia disperazione. «Avresti dovuto dirmelo.»

«Lo so.» Mi appoggiò una mano sulla nuca e mi accarezzò la tempia con il naso. «Se lo avessi fatto, forse ora non saremmo in questa situazione. Mi dispiace tantissimo, ma andrà tutto bene, Alex,» disse con tono rassicurante mentre il suo respiro mi scaldava il volto.

Come poteva dire una cosa del genere? «E invece no, non se Janet dovesse essere coinvolta.»

«Alex? Oh.» Katy era a pochi metri da noi, stava arrossendo rapidamente dopo aver visto l'intimità della nostra posizione. La mano di Ben si spostò dal mio collo al suo grembo e sentii disperatamente la mancanza di quel tocco.

«Mi dispiace interrompere,» disse Katy incapace di guardarmi negli occhi, «stanno sottoponendo Janet a una valutazione psichiatrica, ma posso farti entrare se vuoi.»

Mi ritrovai in piedi e a cinque passi dalla porta prima di ricordarmi di Ben. Mi fece un sorriso triste e un piccolo cenno della testa e per un attimo, mi sembrò un altro addio.

Il giovane poliziotto a cavallo che stava lasciando la stanza di Janet mi osservò con attenzione mentre camminavamo lungo il corridoio. Il suo volto era impassibile. *Perché si trova qui?*

Per un secondo, esitai sulla soglia, considerando l'ironia di quella situazione. Sembrava impossibile restare lontano da quell'ospedale.

Avevano messo Janet in una stanza doppia, ma dove c'era soltanto lei. Quando entrai, il suo volto era girato verso la finestra e così mi schiarii la voce per attirare la sua attenzione. Mi sorrise stancamente vedendomi. In quel letto d'ospedale, malgrado la lavanda gastrica appena subìta, sembrava più giovane, più rilassata di quanto non l'avessi vista sin dal mio arrivo. «Sandy, non credevo fossi qui.»

Ero davvero così stronzo da farle credere che l'avrei abbandonata? Be', ma in fondo, perché non avrebbe dovuto pensarlo? Non ero stato quel che si dice il fratello dell'anno. «Certo che sono qui. Non ho ancora chiamato mamma. Siamo nel bel mezzo della notte e non sapevo bene cosa dirle. Immagino che salirà sul primo aereo quando verrà a saperlo.»

«Non preoccuparti. Non c'è alcun bisogno di stare qui. Ho già rilasciato la mia dichiarazione e ho confessato.»

«Confessato? Confessato cosa? E senza un avvocato? Hai firmato qualcosa? Gesù, Janet. Hai appena avuto un'overdose.»

Scosse la testa. «Smettila, Sandy. Non capisci. Sono pronta.»

«Pronta a cosa?»

«Pronta a pagare per i miei errori.»

Non riuscivo a capire le sue parole. *Quali errori?* Ma il mio istinto lo sapeva già. Tutte le cose che non avevo mai visto, o che non avevo voluto vedere. Non era stato solo il lutto a causare quell'espressione tesa sul suo volto o a buttare giù quelle pillole insieme alla vodka. Era stato il senso di colpa a farlo, ma colpa per che cosa? Rimasi in piedi con i pugni stretti nelle tasche dalla giacca. «Non capisco più niente.»

«Lo so.»

«Dimmi che cos'è successo. Non riesco a credere che tu sia un'assassina. Non *posso* crederci.»

La sua risata era debole e fragile, ma mi fece comunque venire la pelle d'oca. «Allora ti sbagli. Sono stata *io*, Sandy. Ho ucciso io Misty.»

Capitolo 17

Mi gettai sulla sedia più vicina. Ero esausto, mentalmente e fisicamente. «Come? Perché?»

«È stato un incidente,» disse Janet con voce neutrale, «le ho dato una spinta e lei ha sbattuto la testa.»

Vent'anni di torture e attese, di vite distrutte ed era tutto lì? *Misty aveva sbattuto la testa?* Non ci credetti nemmeno per un secondo.

«Deve esserci qualcosa di più. Che cos'è successo davvero?» le chiesi di nuovo.

«Te l'ho appena detto.»

«Ehi, ti ho *salvato* la vita.»

«Nessuno ti ha chiesto di farlo.»

«Sei mia sorella,» urlai, «è quello che volevi davvero?»

Chiuse gli occhi. «Non lo so. Lo pensavo, ma forse è meglio così.»

Quelle foto di Misty nuda erano come bloccate nella mia testa. Le presi dalla tasca e gliele gettai in grembo. «E che mi dici di queste?»

Janet impallidì. Ignorando le polaroid trovate a casa sua, prese le tre che avevo scovato a casa di nostro padre. «Dove le hai trovate?»

«Da papà.»

«Da papà?» Sembrava confusa. «Pensavo di essermene liberata. Perché…? Come…?»

«Dimmelo tu.» Mi ero fatto quelle stesse domande. Era possibile che in quel modo papà avesse tentato di proteggerla? Doveva aver saputo quanto sarebbero state incriminanti foto del genere se le avessero trovate in suo possesso, che sarebbe stato incolpato. Era quello che voleva? Prendersi tutta la colpa sapendo che non sarebbe più stato in giro?

Aveva pianificato tutto?

Oppure, come stavo cominciando a sospettare, le aveva tirate fuori di tanto in tanto per dare un'occhiata a una sua vecchia fantasia?

Venni scosso da un brivido. «Papà conosceva la verità, non è così?»

«Sì.» Janet non aveva ancora staccato gli occhi dalle polaroid. Le teneva in mano quasi con reverenza. «Le hai fatte vedere a qualcuno?»

«No, non ancora. Così … eravate …?»

«Cosa?»

«Amanti?»

Janet sospirò. «No, non esattamente. Non nel modo che pensi tu.» Ma il suo volto si era addolcito mentre osservava le fotografie e gli occhi le si erano riempiti di lacrime.

«Ben dice di aver visto te e Misty mentre vi baciavate. E in queste fotografie è nuda,» osservai, «cos'altro dovrei pensare?»

Sospirò di nuovo continuando a fissare le foto. «Non era così, non era una cosa sporca.»

«Non ho mai detto che lo fosse,» puntualizzai. Qualsiasi cosa fossero state una per l'altra, era ovvio che da parte di Janet c'era stato un attaccamento emotivo, altrimenti non avrebbe conservato quelle fotografie per tutto quel tempo. Non le avrebbe tenute accanto a sé mentre ingoiava quelle pillole.

«Non sono lesbica.» Janet mi avvicinò le polaroid con la mano libera. «Questi erano scatti di prova da modella. Tieni. Riprenditele.»

«Sono tue. Stai forse dicendo che Ben ha torto?»

«No, non ha torto.» Fece ricadere il braccio sulla coperta. «È difficile da spiegare. Sì, ci baciavamo, ma non abbiamo mai fatto altro.»

«Che cosa non voleva farti dimenticare? Lei?»

«Come se avessi mai potuto dimenticarla,» borbottò Janet sottovoce.

«Eri innamorata di lei,» insistetti, «non è vero?»

Ancora una volta, Janet girò la testa per non guardarmi, ma non senza che avessi avuto il tempo di cogliere la verità nei suoi occhi.

Aveva avuto paura dei suoi sentimenti per Misty, proprio come io avevo temuto quello che provavo per Ben?

Cominciò a parlare. «Pensandoci adesso, mi sembra di essere stata un'altra persona, come se mi fossi smarrita per un po'. Diceva di amarmi, che saremmo sempre state migliori amiche. Ma era solo una bugia, mi ha usato, come ha fatto con tutti gli altri.»

«Per via di quel furto da Murphy's? Perché ti aveva messo nei guai?»

«Oh, Sandy.» La sua voce era piena di disprezzo. «Non ne hai proprio idea, eh? Non hai mai capito niente. L'unica persona a cui hai mai prestato attenzione è te stesso. E forse Benji. Pensi che quella sia stata l'unica volta? Non era nemmeno il primo furto che facevamo da Murphy's. Avevamo cominciato un sacco di tempo prima. Si trattava sempre di piccole cose, trucchi, buste di patatine, qualche braccialetto rubato a studentesse più piccole. Più era rischioso e meglio era. Lo facevamo per la botta di adrenalina. Misty mi faceva sentire speciale. Fra tutte le ragazze, aveva scelto *me*.

Ero felice di prendermi la colpa al posto suo. Avrei fatto qualunque cosa per lei.» La malinconia nella sua voce era allarmante.

«Sei stata tu a darle gli orecchini di mamma o se li è presi da sola?»

Le guance pallide di Janet divennero tutte rosse dicendomi tutto quello che avevo bisogno di sapere. «Mi ero dimenticata degli orecchini.»

«Li ho trovati nel portagioielli di Misty.»

«Be', almeno non li ha impegnati. È già qualcosa.» Bevve un sorso d'acqua dal bicchiere sul vassoio e poi tornò a distendersi sui cuscini come se lo sforzo di parlare l'avesse esaurita. Probabilmente avrei dovuto lasciarla in pace e farla riposare, ma la verità era troppo vicina per fermarsi adesso. La lasciai continuare.

«Avevamo deciso di andare via insieme a primavera,» disse Janet, «Misty lo aveva promesso. Saremmo andate a Banff a lavorare in uno degli hotel per la stagione estiva fino a quando non sarebbero cominciati ad arrivare gli ingaggi da modella. Ma avevamo bisogno di soldi per cominciare. Ne avevamo un po' grazie alle ripetizioni che davo io, ma non erano abbastanza.»

«Oh, Janet.» Sospirai immaginando quell'ingenua di mia sorella dare via i cinque dollari all'ora guadagnati facendo lezioni private in modo che Misty potesse spenderli in quello che voleva. Non ci voleva un genio per capire dove sarebbe andata a finire quella storia.

«Rubammo i soldi del Ballo di Primavera. Fra le vendite dei biglietti e le offerte raccolte durante l'anno, c'erano duemila dollari.»

Sapevo bene quanto Misty si divertisse a prendere in giro le persone: Ben, Angela, me. «Rubammo o rubasti?» le chiesi.

La sua espressione mi disse la verità. Non c'era dubbio che l'idea fosse stata di Misty, ma che era stata Janet a fare tutto il lavoro sporco. Mi sforzai di ricordare cosa fosse successo quella primavera. C'era qualcosa che non quadrava. «Il ballo, però, c'è stato comunque.»

«Il preside McGregor aveva ricevuto una soffiata anonima su di me. Aveva chiamato mamma, ma io mi sono rifiutata di coinvolgere Misty. Mamma lo sapeva, però. Aveva detto a McGregor che Misty doveva essere coinvolta e la chiamarono persino nel suo ufficio. Mentì davanti a tutti, disse che era stata una mia idea e che aveva tentato di fermarmi. Il preside le credette. Restituii quello che mi restava dei soldi e mamma tirò fuori il resto di tasca propria in modo che la scuola non sporgesse denuncia.»

Quello spiegava il motivo per cui Janet aveva perso il Ballo di Primavera.

«Sai qual è la cosa peggiore?» mi chiese Janet con la voce spezzata da un singhiozzo. «Continuavo a non capire. Avevo preso quei soldi per noi due, perché potessimo stare insieme. Misty aveva detto che era l'unico modo. Se me lo avesse chiesto, lo avrei fatto di nuovo. Hai idea di quanto faccia paura una cosa del genere? Il permettere a un'altra persona di prendere tutto il controllo? Sapevo che era sbagliato, ma non riuscivo a fermarmi perché volevo stare con lei, ne avevo bisogno.»

Una parte di me non voleva sentire il resto, non voleva ammetterlo. In un certo senso, era più facile credere che fosse papà il responsabile e non Janet. Ma ecco di nuovo la verità tornare a galla. «Che cos'è successo quel giorno?» le chiesi.

Janet prese un fazzoletto di carta dal comodino. «Tu e Benji eravate andati non so dove come al solito. Io ero a casa in punizione. Papà aveva cominciato a bere prima di pranzo…» Ah, già, soltanto un altro giorno a casa Colville, con papà seduto sulla sua sedia di tela in veranda, con i piedi appoggiati alla ringhiera mezza marcia e una lattina di birra in mano mentre osservava il cortile pieno di erbacce.

«Misty era venuta da noi. Aveva flirtato un po' con papà. Gli aveva chiesto di dare un'occhiata alla sua macchina perché faceva rumore.» Fece una pausa per soffiarsi il naso.

Riuscivo a vedere gli eventi con chiarezza perché erano già successi prima.

«Salve, signor C.,» avrebbe cinguettato con quel suo solito sorrisetto. Avrebbe indossato qualcosa di abbastanza sexy per attirare la sua attenzione, forse dei jeans tagliati corti con le tasche rotte ad arte. E papà, papà avrebbe cominciato a guardarla come ipnotizzato, con quello stesso sguardo che la maggior parte degli uomini aveva intorno a Misty. Si sarebbe messo in piedi più dritto, dandosi un po' di arie, perché qualcuno *valorizzava le sue competenze.*

«Fammi prendere gli attrezzi,» le avrebbe detto, «così posso dare un'occhiata.»

Janet mi riportò al presente. «Papà andò a casa sua, ma Misty rimase da noi. Mi aveva a malapena parlato per tutta l'estate, non da quando ero stata pescata con i soldi. Aveva detto che avremmo fatto meglio a tenerci lontane fino a che non saremmo state pronte a partire e, maledizione, io le avevo creduto, anche se Jenny Lawrence mi aveva raccontato che Misty aveva cominciato a spassarsela con Sam Evers. Ero così stupida. Non ci ero ancora arrivata.

«Quando partiamo?» le chiesi. Non dimenticherò mai il modo in cui mi sorrise.

«Partire?» scoppiò a ridere. «Non ho intenzione di andare da nessuna parte con te. Sono soltanto venuta a ridarti questa.» Poi mi diede la collanina, la sua metà del ciondolo, quello che aveva avuto per anni. Mi disse: «Questo non mi serve più.» Come se fosse una cosa da nulla. Come se *io* fossi una cosa da nulla.

«Fu allora che capii. Fu come svegliarsi all'improvviso da un incantesimo. Misty si divertiva a controllare le persone, a fargli fare quello che voleva lei e io ero stata il suo più grande burattino. E adesso non le servivo più.»

Janet cominciò a piangere sommessamente, con dei piccoli singhiozzi. «Mi ha fatto male, Sandy. Mi ha fatto così male. È stato come se mi avesse strappato il cuore e lo avesse gettato per terra. Le dissi che era una stronza e le diedi una spinta forte. Hai presente il gradino? Quello di cui mamma si lamentava sempre?»

Mio Dio.

«Le rimase il piede incastrato nel legno e cominciò a cadere, ma io non feci in tempo a raggiungerla e … sbatté la testa su quello stupido vaso di mamma, quello di ferro battuto.»

Gesù. Mi passai una mano sulla bocca improvvisamente secca.

«È stato un incidente,» insistette Janet, ma con una piccola inflessione che fece somigliare quelle sue parole a una domanda. «Papà tornò a casa in quel momento.»

Sentivo un ronzio insistente nelle orecchie. Janet aveva ucciso qualcuno e papà, nostro *padre*, l'aveva aiutata? «Perché non avete chiamato aiuto? Avrebbe potuto essere ancora…»

«Era morta, Sandy. Aveva gli occhi spalancati.» La sua gola fece un rumore secco mentre deglutiva. Venne scossa da un brivido alla memoria di qualcosa che soltanto lei riusciva ancora a vedere. «Era morta.»

«Avreste comunque dovuto chiamare la polizia. Era stato un incidente.»

«Non pensi che me lo sia ripetuto migliaia di volte?» urlò. «Ero un disastro. Non riuscivo a pensare...Ero già finita nei guai per quei piccoli furti e poi c'era la faccenda del ballo. E se nessuno mi avesse creduto?»

Incapace di restare ancora seduto, cominciai a camminare avanti e indietro. C'erano troppe emozioni che mi si agitavano dentro per poter rimanere fermo. Janet, però, non aveva ancora finito.

«Seppellire il corpo fu un'idea di papà. Avvolgemmo Misty in un telone e la caricammo sul retro del pick-up. Poi lavammo via il sangue dal vaso nel caso tu fossi tornato a casa prima del previsto. Poi, però, pensai che se fosse semplicemente scomparsa, la gente si sarebbe insospettita. Avrebbero capito che le era successo qualcosa di brutto, come con quelle altre ragazze. L'idea di far sembrare che Misty fosse scappata via per davvero fu mia. Presi un po' di vestiti e la sua borsetta, casa loro non era mai chiusa a chiave, ti ricordi? E papà andò con la sua macchina fino al lago MacFarlane. Io lo seguii poco dopo con il pick-up e insieme spingemmo la macchina nel lago.»

La mia mente si attaccò subito al fatto che *non* era stata Misty a trovarsi dietro al volante quel giorno. Non avrei mai immaginato, però, che si fosse trattato del mio stesso padre. Ancora una volta, sentii lo stomaco ribellarsi. «Il tuo ciondolo,» dissi.

«Cosa?»

«Le guardie a cavallo hanno trovato la tua metà del ciondolo nella macchina di Misty.»

Janet si portò la mano alla gola come se avesse ancora addosso la collanina. «Me lo sono sempre chiesta. Mi ero infilata in macchina per metterla a folle,» osservò con voce spezzata, «ironico, no? Misty mi aveva restituito la sua metà e io poi ho perso la mia.»

«E in tutto quel tempo Misty dov'era? Nel pick-up?»

«Papà aveva un copertura per il retro, te la ricordi?»

«Cristo santo, Janet,» sibilai. Incapace di guardarla per un altro secondo, le diedi le spalle e rimasi a fissare fuori dalla finestra tenendo stretto il davanzale.

«Non c'è nulla che tu possa dirmi che non mi sia già detta da sola. Perché credi che volessi morire?» Si sciolse in singhiozzi cupi e gutturali spingendo la faccia contro il cuscino per soffocarli. Guardai il suo riflesso evanescente riflettersi sul vetro della finestra.

«Finisci di raccontare,» le ordinai in una voce che stentavo a riconoscere. «Dove si trova Misty adesso?»

Ci volle qualche secondo perché Janet si calmasse abbastanza per poter parlare. «Ci era voluto più del previsto per liberarsi della macchina e così tornammo subito a casa. Più tardi quella sera, papà uscì di nuovo per portarla nei pressi della torre radio. È tutto quello che so. Mi disse di averla sepolta.»

Rabbrividii al pensiero che quella sera avevamo cenato mentre il corpo di Misty era nel pick-up di papà lungo il viale, e che lui e Janet fossero riusciti a comportarsi come se non fosse successo nulla.

Santo cielo, cosa sarebbe accaduto se io e Ben non fossimo andati al lago quel pomeriggio? Se fossimo tornati a casa prima come avevamo pianificato all'inizio? Non avrei trovato a casa né Janet né papà e quel dettaglio prima o poi sarebbe venuto fuori in uno degli interrogatori.

«Gesù,» dissi di nuovo, incapace di trovare altre parole. Mia sorella aveva ucciso qualcuno. Come avevo fatto a non accorgermi di nulla? «Mamma lo sa?»

«Non credo. Io non le ho mai detto nulla. Era un segreto mio e di papà.»

Ma doveva aver percepito che ci fosse qualcosa che non andava. Mamma aveva capito subito che Misty significava guai. Era per quello che aveva voluto andare via così in fretta?

«Te la sei quasi cavata. Pensavo che fosse stato papà. Non avresti dovuto fare altro che stare zitta.»

«Guardami, Sandy. Sono un vero disastro. Non mangio, non dormo. Non riesco più a fare niente. Non potrei più vivere con un segreto del genere, con il senso di colpa.»

Scoppiai a ridere. «Avresti potuto confessare in qualsiasi momento. Perché aspettare venti cazzo di anni?»

«Non si trattava soltanto di me. Era coinvolto anche papà.»

E così si erano protetti l'un l'altra.

«Questa faccenda mi ha perseguitato per tutta la vita,» disse Janet, «questo è il solo modo per essere finalmente libera.»

Non sapevo cosa provare. Sentivo un insieme di odio e compassione per Janet, disgusto per quello che lei e papà avevano fatto e paura per il suo futuro. E per il mio. Al di sotto, si trovava una bella dose di autocommiserazione. Non avrebbe mai saputo cosa mi era costato. Cos'era costato a Ben. Se non fosse stato per lei e papà, le cose avrebbero potuto essere completamente diverse. Avremmo potuto avere qualcosa di bello. Come avrei potuto guardarlo in faccia adesso, con una cosa del genere fra di noi?

«Non posso…Ho bisogno di tempo…» Mi voltai per andare via, ma Janet mi fermò.

«Ehi, Sandy. Prenderesti queste?» Mi avvicinò le polaroid. «Ho chiesto di poter vedere la signora Morning. Voglio raccontarle tutto di persona, spiegarle ogni cosa, prima che si sparga la notizia. Glielo devo. Ma potrebbe non capire l'esistenza di queste foto.»

Le presi con riluttanza.

«Pensi che verrà?» chiese Janet.

Ne ero assolutamente sicuro. «È probabile.»

«Mi perdonerà?»

Pensai a tutte le vite distrutte nel corso di quei vent'anni. «Non lo so, Janet. Davvero non lo so.»

Quando arrivai nella sala d'attesa qualche minuto dopo, Ben era già andato via.

Capitolo 18

In un certo senso, questo ritorno al passato si è trasformato in un viaggio verso il futuro. Solo adesso comincio a capire l'effetto completo dell'eredità lasciata da mio padre, il fatto che, per essermi concentrato troppo su ciò che non ho mai avuto, ho finito per ignorare quello che invece ho, quello che mi è sempre stato davanti agli occhi. Sono cresciuto e ho finito per essere proprio come lui, anche se è stato fuori dalla mia vita più a lungo di quanto non ne abbia fatto parte.

Provavo del risentimento verso l'uomo in cui si era trasformato papà e avevo permesso che quel risentimento avesse la meglio su di me. Avevo avuto bisogno di una persona speciale che mi dimostrasse che tutta quella rabbia è inutile e così userò i fallimenti di mio padre per andare avanti, per perdonare non soltanto lui, ma anche me stesso. Non finirò solo e lontano dalle persone che amo.

Non posso ancora dire di conoscere mio padre e probabilmente non succederà mai. È una cosa che ormai ho accettato. Papà mi ha dato quello di cui era capace e il mio rimpianto più grande è che questa consapevolezza sia arrivata troppo tardi per dirgli che gli volevo bene. Spero sia morto sapendolo.

– Figlio di mio padre, Alex Buchanan.

«Alex, dico davvero, è bellissimo,» disse Brad con voce eccitata.

«Lo pensi davvero?» Un paio di settimane prima sarei stato di certo più felice davanti al suo entusiasmo.

«Lo *so*. È una delle cose migliori che hai scritto ed è da tanto che non sento così tanta emozione in uno dei tuoi pezzi. Accidenti, appena ho finito di leggere, sono andato subito a telefonare a mio padre e se ha colpito un cinico bastardo come me, riesco soltanto a immaginare l'effetto che avrà sugli altri lettori. Lo metterò in apertura del numero del mese prossimo.»

«In apertura?» Nel posto più importante. Avrei dovuto sentirmi emozionato, ma tutto quello che provavo era uno strano senso di vuoto.

«Te lo meriti. Quando tornerai in ufficio?»

«La settimana prossima,» risposi chiudendo la valigia e dando un'occhiata alla camera da letto di papà per assicurarmi di non aver dimenticato nulla. Avevo pagato tutto il suo affitto arretrato e mi ero trasferito nella casa mobile in quelle ultime due settimane anziché continuare a pagare il motel. Nel mio esilio, avevo completato l'articolo per il *Journal* insieme a qualche miglioria in giro per la casa.

«Fantastico,» disse Brad, «come sta venendo l'altro articolo? Non vedo l'ora di leggerlo. Piccola città, ragazze scomparse, segreti. Ha già Pulitzer scritto sopra.»

«A proposito di quello…» Brad avrebbe potuto aspettare un po' più a lungo. Anzi, non ero nemmeno sicuro che avrebbe mai avuto qualcosa da leggere. Avevo rotto una regola cardinale del giornalismo e proposto un articolo senza conoscere prima tutti i personaggi. Non avrei mai potuto immaginare che la storia a cui avevo dato la caccia, sarebbe stata proprio la mia. Adesso, ogni volta che mi sedevo davanti ai miei appunti, mi sentivo come paralizzato. Era tutto ancora troppo nuovo e…

Una voce familiare proveniente dalla televisione mi fece girare. «Scusa, Brad. Devo andare.» Mi lanciai in soggiorno in tempo per vedere Angela Morning sullo schermo della piccola TV sfocata di papà.

«La gente mi chiede come possa perdonare Janet Colville per quello che ha fatto,» stava dicendo a un piccolo pubblico riunito davanti al tribunale di Prince George. Fra i presenti, non c'era traccia di Ben. «Tutti, però, facciamo degli errori. Non c'è posto per l'odio. L'odio non riporterà in vita Misty. Tutto quello che ho sempre voluto era giustizia e ritrovare mia figlia, sapere che cosa le fosse successo. Adesso ho tutte le risposte, ma non ho una figlia da riportare a casa.»

Il notiziario locale tagliò subito su una registrazione di Angela, nella neve fino alle caviglie, che sistemava una corona di fiori su una croce di legno nel punto in cui li aveva portati Janet e dove, tuttavia, non erano stati trovati resti.

Se Janet avesse o meno identificato il posto giusto era ancora argomento di acceso dibattito. Persino per un cacciatore esperto, i boschi possono sembrare tutti uguali; dopo vent'anni, e soltanto con quello che le aveva detto papà su cui basarsi, quante possibilità c'erano che fosse in grado di identificare il posto esatto? Senza poi menzionare il fatto che qualsiasi resto ormai sarebbe stato cancellato dal tempo e dagli animali. Miracolosamente, però, nella zona era stata ritrovata una scarpa da ginnastica da donna, che Angela aveva identificato come una delle scarpe di Misty. Era rimasta intatta solo perché non era di pelle.

Avevo sentito che avevano provato a usare cani specializzati nella ricerca di cadaveri e prelevato campioni di terreno alla ricerca di tracce di decomposizione, ma l'arrivo della prima grossa nevicata qualche giorno dopo aveva messo fine a qualsiasi ulteriore indagine fino al sopraggiungere della primavera.

Sembrava che Misty sarebbe rimasta scomparsa ancora per un po'.

Spensi la televisione, abbassai il termostato e chiusi l'acqua per non rischiare di far esplodere i tubi. Dopo un ultimo controllo alla casa mobile che era diventata per un po' la mia, caricai la valigia in macchina. Sentii il rumore delle veneziane della casa di fronte e per sicurezza, feci un cenno di saluto alla mia vicina ficcanaso.

Al momento della confessione di Janet, non avevo saputo cosa aspettarmi. Sarei stato trascinato anche io sotto i riflettori? Ci sarebbero stati dei giornalisti accampati davanti alla mia soglia o all'inseguimento di Ben e Angela? Sarei stato cacciato dalla città da vicini ostili? Ma qui non eravamo a New York o persino a Vancouver. Il caso era sensazionale per Alton, ma non era diventato niente di più di un paio di menzioni veloci nel locale notiziario della sera e si era soltanto meritato qualche breve articolo nel *Prince George Citizen* e nell'*Interior News* di Smithers.

Aveva senza dubbio sollevato un po' di pettegolezzi, ma anche loro si erano spenti con rapidità. La gente di queste parti aveva la tendenza a non svegliare il can che dorme e io ne ero felice, per il mio bene, ma soprattutto per quello di Ben.

Il vento freddo penetrò sotto la mia giacca mentre chiudevo il portellone posteriore e venni percorso da un brivido. Per fortuna stavo per ripartire; non avevo portato molti vestiti con me e di certo non ero preparato ad affrontare un intero inverno da queste parti.

Avevo messo un annuncio su internet, ma non ero ancora riuscito a trovare un acquirente per la casa mobile. Darnell mi aveva promesso di dargli un'occhiata e io gli avevo pagato tre mesi di affitto anticipati per l'uso del posto. Se non fossi riuscito a liberarmene entro tre mesi, Darnell avrebbe potuto prenderla. Sarebbe diventata un suo problema, non il mio. Dopo aver lasciato le chiavi in ufficio, mi restava da fare soltanto un'altra sosta.

Per l'ultima volta, tornai in macchina fino a North Star Lane.

La neve aveva coperto le cime degli alberi e la sentivo scricchiolare sotto gli pneumatici mentre procedevo lungo il viale d'accesso. Invece di scendere, rimasi in macchina per tantissimo tempo cercando di decidere cosa dire. Una parte di me avrebbe voluto sgattaiolare via. Nascondersi da tutto quello che era mai successo su questa strada. Non riuscivo nemmeno a guardare la nostra vecchia casa senza provare un senso di nausea.

Non avevo idea se Ben mi avesse visto. Le settimane dopo il tentativo di suicidio di Janet erano state un tornado di interrogatori e incontri con l'avvocato. Mia madre era arrivata e si era sistemata a Prince George e così non avevo avuto tempo se non per qualche messaggio, soprattutto per assicurarmi che stesse bene.

E poi, ovviamente, avevo fatto di tutto per evitarlo.

Ma avevo promesso a Ben che non sarei ripartito senza salutarlo e intendevo mantenere quella promessa. Non lo avevo fatto vent'anni prima e non avrei ripetuto quell'errore. Alla fine, comunque, fu Ben a uscire di casa per vedere *me*.

Si avvicinò imbacuccato in una giacca a vento e un capello di lana. Luna lo precedeva correndo e saltellando nella neve con gioioso abbandono. Vederlo mi fece provare un dolore acuto in tutto il corpo.

Non piangerò.

La sua espressione era neutrale, gli occhi di un blu-grigio turbolento che rispecchiavano il colore del cielo. «Che ci fai seduto qua fuori?» mi chiese quando scesi dalla macchina per andargli incontro.

«Io... be', stavo cercando il coraggio di venire a bussarti. Ho visto Angela in televisione. Non ero sicuro che tu fossi qui.»

Mi fece un piccolo sorriso. «Non sa come fermarsi. Se lo facesse, credo che finirebbe per cascare a pezzi, quindi forse è meglio così.»

«Dopo tutto quello che è successo, sembra ingiusto che non riesca ancora a trovare una vera chiusura. Non del tutto.»

«Un ago in un campo di pagliai,» disse Ben citando le parole di Cleary. «Angela ha cominciato a organizzare il servizio funebre. Almeno è un inizio.»

Luna cominciò a correrci intorno mentre il silenzio si prolungava. Le dita dei miei piedi negli stivali da trekking erano mezze congelate, ma adesso che mi trovavo qui, non avevo certo intenzione di lamentarmi.

«Sono felice che tu sia venuto,» disse Ben alla fine.

«Davvero?» gli risposi sbattendo le palpebre.

«Avrei voluto chiamarti così tante volte, ma avevo paura che... avevo paura che tu mi odiassi.»

«Come?» esclamai sorpreso.

«Per aver tenuto dei segreti. Per non averti detto quello che sapevo. Quella notte nella tua stanza al motel... ero venuto da te per dirti della collana, ma poi non ne ho avuto il coraggio. Sapevo che era una cosa sbagliata, ma volevo tenerti per me un po' più a lungo e non sopportavo l'idea di farti soffrire. Mi sbagliavo, lo so, ma in un certo senso pensavo che se lo avessi scoperto da solo, ti avrebbe fatto meno male.»

«Lascia stare, Ben, ti prego. Piuttosto tu, come fai anche soltanto a guardarmi in faccia sapendo quello che hanno fatto mia sorella e mio padre? Io riesco a malapena a guardarmi allo specchio.» Qualche volta mi sentivo consumato dal senso di colpa.

«Non sei stato tu, Alex. E hai perso tanto quanto me.»

Era così che la vedeva? Come poteva essere tanto comprensivo? «Continuo a pensare "e se?".»

«Lo so, ma non puoi torturarti in questo modo.» Ben aveva creato delle piccole trincee nella neve usando la punta delle scarpe. «Stai partendo?» mi chiese a testa bassa.

Annuii, incapace di parlare.

«Quando?»

«Adesso. Andrò in macchina a Prince George per passare qualche giorno con mia madre prima di volare a New York. Ha preso un appartamento lì per poter stare vicino a Janet.»

«Vedrai anche lei?»

«Forse.» Ammesso che riuscissi a rivedere Janet nell'uniforme della prigione senza provare di nuovo quella stretta al cuore. Stavo facendo del mio meglio per creare un nuovo rapporto con quello che restava della mia famiglia, ma non era facile.

Janet aveva rifiutato il suo diritto di andare a processo e si era dichiarata colpevole di omicidio colposo, malgrado gli avvertimenti ricevuti dal suo avvocato. Ci sarebbe voluto almeno un mese perché ricevesse la sua sentenza. Poiché all'epoca dei fatti aveva avuto solo diciassette anni, accusa e difesa erano impegnate a discutere sulla severità della pena da infliggere. Credo che Janet sarebbe stata felice di ottenere il massimo della pena, ma nostra madre si stava assicurando che i suoi diritti venissero rispettati.

Ben annuì. «Come sta?»

«Sembra…libera.» Ed era stato proprio quello a turbarmi tanto durante la mia unica visita in prigione. I guai di Janet, dal suo punto di vista, erano finiti. Per me, per Ben e per Angela, invece, il viaggio verso l'accettazione era appena iniziato. Mi voltai verso Ben. «C'è una cosa che devo fare prima di partire. Vuoi venire con me?»

«Dove?»

«Dove secondo te? Nel nostro posto.»

«Adesso?»

«Ti prego?»

Ben mi guardò dubbioso. «Ti serviranno vestiti più pesanti.»

Poco tempo dopo, al caldo con un paio di scarponi impermeabili, un maglione sotto la giacca, cappello e guanti, partimmo da casa di Ben. Percorremmo la strada nel suo pick-up fino circa alla salita che portava alla vetta del monte Roddick, poi parcheggiammo in uno spiazzo di breccia, chiudemmo a chiave la macchina e facemmo a piedi il resto del tragitto. Restare sulla strada ci avrebbe portati alla torre radio e mi sforzai di non pensare a quanto fossimo vicini al luogo in cui era stata sepolta Misty.

Non scambiammo neanche una parola. Gli unici suoni erano il vento che sussurrava attraverso gli alberi e il rumore degli aghi secchi degli abeti che scricchiolavano sotto la neve al nostro passaggio. D'istinto, strinsi la mano di Ben e sentii un nodo in gola quando lui mi permise di tenerla stretta.

I rami erano coperti da una leggera foschia che brillava come se fosse fatta di tanti piccoli diamanti e, malgrado fossimo protetti dagli alberi, fui felice che Ben mi avesse convinto a cambiarmi.

«È tutto cambiato,» commentai passando accanto a uno spiazzo con un tavolo da picnic.

«Una decina di anni fa, hanno trasformato la zona in una pista per mountain bike. È piuttosto frequentata, immagino che io e te fossimo dei precursori.»

Feci una smorfia al pensiero sgradito di tutte le altre persone che giravano per un posto che un tempo era stato soltanto nostro e della natura. Poco dopo, lasciammo il sentiero e ci avviamo verso est nella boscaglia.

Un paio di volte Ben si fermò per controllare la bussola. Ero felice di farmi condurre da lui dove volevamo andare e ci fermammo dopo circa un'ora.

«Che c'è?» gli chiesi.

«Siamo arrivati.»

«Davvero?» Mi guardai intorno. Il posto in cui ci trovavamo non sembrava diverso dai chilometri di foresta attraverso cui eravamo appena passati. «Ne sei sicuro?»

«Sì, vedi quella roccia laggiù?» Indicò un masso enorme dalla superficie piatta che spuntava dal terreno. Era coperto di muschio e licheni di un pallido verde. Ben fece qualche altro passo verso una piccola discesa. «Ed ecco la cascata.»

Lo raggiunsi, osservando con una smorfia dubbiosa stampata in faccia un rivoletto d'acqua che si faceva largo attraverso il sottobosco. «Non è un granché come cascata, eh?»

«È inverno. Venivamo sempre qui a primavera e d'estate durante il deflusso delle acque.» Si girò verso di me. «Ci sei rimasto male.»

«Mi era sempre sembrato più…remoto,» tentai di spiegare i miei sentimenti con delle parole. Da ragazzino, questo posto era stato magico e adesso quella magia era scomparsa. «È cambiato, ma immagino che nulla resti com'è.»

«No, nulla.» Ben si tolse lo zaino dalle spalle e si appoggiò contro la nostra roccia.

Mi girai e contai trenta passi dalla roccia fino ad arrivare sotto un alto abete rosso. «Avremmo dovuto portare una vanga, per controllare se la nostra capsula del tempo è ancora lì.»

«Sono soltanto *cose*, Alex. Appartengono al passato. Non mi servono per ricordarmi di quei bei momenti.»

«Già, immagino sia lo stesso anche per me,» risposi con una smorfia.

«E allora perché sei voluto venire qui?»

«Volevo tornare indietro per un minuto.» Feci un respiro profondo per inalare l'aria fresca e umida. «Questo è l'ultimo posto in cui ricordo di essere stato felice.» No, non era del tutto vero. A tredici anni, ero stato sprovveduto e senza pensieri. La felicità era una bici nuova, una giornata passata fra i boschi. Ma gli ultimi giorni passati con Ben, a dormire con lui, a fare l'amore, o anche solo a passare del tempo insieme, erano stati di una felicità diversa: più profonda, perché comprendevo veramente quanto fosse preziosa.

«Ma non si può tornare indietro, vero?» Mi chiesi ad alta voce mentre mi avvicinavo al bordo del ruscello secco dove finiva la linea degli alberi. «Ci ho pensato tanto in queste ultime due settimane. Se papà si fosse allontanato dalle nostre vite per proteggerci, per il senso di colpa. Ma non credo che lo saprò mai con certezza ed è una cosa con cui devo imparare a convivere. Qualunque ragione abbia avuto, in un certo modo ci siamo abbandonati a vicenda. Sia io che lui avremmo potuto prendere il telefono, cercare un contatto, ma io ero testardo quanto lui. Mi ha detto che eravamo uguali e aveva ragione. Batto in ritirata nel momento stesso in cui le cose si fanno complicate. L'ho fatto con mamma e Jan, e persino con te. Non voglio più essere così. *Volevo* credere che fosse colpevole, sai. Proprio nello stesso modo in cui Angela era fissata con Derek. Che cosa fa di me desiderare una cosa del genere?»

«Umano?» rispose Ben alle mie spalle.

«Sono così stanco di essere arrabbiato e di incolparmi perché papà si è allontanato da noi. Devo smetterla.»

«Ti ricordi della volta che siamo andati in campeggio al Sunset Lake?»

Di colpo ripensai alla faccia di Ben che cercava di attaccare l'esca all'amo e scoppiai a ridere. «Sì.»

«Tuo padre è stata la cosa più vicina a una figura paterna che io abbia mai avuto e gliene sarò grato per sempre.»

«Qualche volta mi sembra che sia stato lontano dalla mia vita per così tanto tempo che mi è difficile ricordare che un tempo c'è stato davvero. Ti ha detto qualcosa quando sei andato a trovarlo in ospedale?»

«No, ma mi ha stretto la mano.»

«E sapendo che cosa ha fatto, che cosa *hanno* fatto, quello ti basta?»

«Alex, niente di tutto quello che è successo ha, o ha mai avuto, a che fare con noi.»

Quella sua accettazione paziente mi faceva ribollire il sangue. «Gesù, non puoi davvero pensare che sia tutto a posto.»

«Non lo penso. Sono furioso e sono triste, e sono davvero incazzato al pensiero che un solo errore abbia rovinato così tante vite. Che abbia rovinato la *mia* vita...» non riuscì a continuare e si voltò dall'altra parte. Stava praticamente vibrando per tutta quell'emozione repressa.

«Ti meriti di essere arrabbiato. Sfogati.»

Scosse la testa. «Se dovessi concentrarmi soltanto su quello, finirei di nuovo in quel posto scuro e tutto questo non avrebbe più alcun senso.»

«Non ti lascerò finire di nuovo in quel posto.» Gli afferrai la manica della giacca e lo trascinai via dal bordo del ruscello. Alzai la faccia verso il cielo e urlai: «Cazzooooo!» Il suono rimbalzò sulle rocce facendo volare via dai rami uno stormo di cinciallegre.

Ben sorrise. «Ti senti meglio?»

«Direi di sì. Adesso tocca a te.»

«Non ho intenzione di fare una cosa del genere.»

Urlai di nuovo mettendoci dentro tutto il mio dolore e la mia rabbia fino a che non sentii i polmoni farmi male. Quando la voce di Ben si alzò accanto alla mia, feci un salto e gli sorrisi quando smise di urlare.

«Piantala,» borbottò, «per una volta avevi ragione, va bene.»

Urlammo fino quasi a perdere la voce e le guance di Ben erano rigate di lacrime. Lo strinsi fra le braccia.

«Smettila,» singhiozzò cercando di allontanarmi, «non ho bisogno di coccole. Non finirò per sgretolarmi di nuovo.»

«Lo so. Dio mio, sei molto più forte di me. Ma ho voglia di abbracciarti, ti prego, lasciamelo fare.»

Ben sospirò e smise di opporre resistenza. Lo tenni stretto a me, traendo conforto al pensiero che dopo questo, forse, avrebbe potuto trovare un po' di pace.

«Dovremmo tornare indietro se vuoi arrivare a Prince George prima che faccia buio,» mormorò dopo un po'.

«Puoi aspettare qui un minuto? C'è una cosa che devo fare.»

Mi feci strada lungo il ruscello fino a uscire dalla visuale di Ben e raggiunsi un posto in cui l'acqua scorreva ancora rapidamente. Poi tirai fuori dalla tasca del giaccone preso in prestito una piccola busta di plastica che avevo portato con me in montagna. Non riuscivo ad aprirla con i guanti addosso e così me li tolsi e mi rannicchiai sulle gambe per spargere il contenuto della busta nell'acqua.

Io e Benji non eravamo mai riusciti a trovare la fonte del ruscello. Forse papà ci sarebbe riuscito. O forse sarebbe andato in giro per sempre, continuando a vagare nel posto che non era mai riuscito a lasciare.

«Mi dispiace non averti mai conosciuto davvero,» sussurrai, «e mi dispiace che tu non abbia mai conosciuto davvero me.»

«Sono sicuro che ti farà piacere tornare a New York,» disse Ben mentre mi accompagnava alla macchina dopo essere tornati a casa sua e avermi dato il tempo di rimettere i miei vestiti.

No, non davvero. Mentre eravamo sul monte Roddick avevo avuto una specie di epifania e adesso sembrava che Ben non riuscisse più a liberarsi di me.

«Come va la scrittura?»

«L'articolo su mio padre avrà un posto centrale nel numero del mese prossimo.»

«Fantastico. Non vedo l'ora di leggerlo. Forse riuscirai a vincere quel Pulitzer dopotutto.»

«Ho lasciato fuori un sacco di cose.» *Per esempio, il suo coinvolgimento in un omicidio.* Chinai la testa. «Non riesco a scrivere il resto, Ben. Ci ho provato, ma non ce la faccio.»

«Non adesso, ma forse un giorno ci riuscirai. Quando saprai come finisce la storia.»

«So già come finisce. E non è un bel finale.»

«Alex, a volte non c'è un lieto fine. La vita continua e basta.»

«Che schifo.»

«Non sempre. Dai posti cattivi possono anche venire fuori delle cose belle.»

Mi sforzai di ridere, ma fu un tentativo poco convinto. «Sei proprio un filosofo.» Alla fine, lo guardai bene; l'uomo che, senza saperlo, era stato per così tanto tempo al centro della mia vita. «Non sono ancora sicuro di cosa farò, ma te lo farò sapere se per te va bene?»

«Sì, mi piacerebbe.»

Incoraggiato dalla sua risposta, cercai di afferrare qualsiasi ramoscello d'ulivo mi venisse offerto. «E possiamo restare in contatto. C'è Skype. E la posta elettronica. Potresti venire a trovarmi. A New York ci sono delle splendide gallerie d'arte. Mi piacerebbe farti vedere la città.» Che mi era venuto in mente? Che avremmo potuto avere una relazione a distanza?

«Ti prego,» mi avvertì Ben, «non fare promesse.»

Nel breve tempo passato insieme, non avevamo mai parlato di cosa sarebbe successo dopo, come se entrambi sapessimo che si trattava solo di una cosa temporanea, passeggera. E adesso mi trovavo a fissare Ben con gli occhi pieni di lacrime, a memorizzare il suo volto perché mi pareva di essere stato trasportato indietro di vent'anni e che ci stessimo di nuovo dicendo addio.

«Oh, ho una cosa per te. Aspetta qui.» Ben si girò e corse su per le scale e dentro casa. Dopo qualche minuto, ritornò con una piccola tela. «Qualcuno ha offerto più di te all'asta.»

Giusto. Me ne ero completamente scordato. «Che peccato, ma sono felice per te e il tuo progetto.»

«Be', comunque, ho pensato che forse avresti preferito avere questo.»

Trattenni il respiro quando girò la tela per mostrarmela. Il dipinto non era quello che avevo visto alla mostra, ma era un ritratto del nostro posto, quello in cui eravamo appena stati, con la roccia piatta e la cascata impetuosa.

«Spero non ti dispiaccia se ho fatto una piccola sostituzione e poi questo dovrebbe entrarti più facilmente in valigia.»

«È bellissimo.» Con i colori, era riuscito a catturare la magia di cui mi ricordavo, quella magia che non avevo sentito trovandomi lì di persona. «Ma come hai…»

«Era un posto speciale anche per me.»

Presi il quadro fra le dita gelate. «Posso mandarti un assegno?»

Ben rifiutò l'offerta. «No, non voglio soldi. Questo è per te.»

Le lacrime si erano accumulate in fondo alla mia gola e non sapevo quanto a lungo sarei riuscito ancora a resistere prima di scoppiare a piangere. Era arrivato il momento di andare. Riposi con cura il quadro sul sedile posteriore prima di girarmi a guardare Ben.

«Mi dispiace così tanto, Benji.» Che altro c'era da dire?

Mi sorrise. «A me no. Ti ho potuto rivedere.»

«Ben…»

La sua barba mi accarezzò la guancia quando Ben si chinò a baciarmi, poi mi abbracciò stretto prima di fare un passo indietro. «Sono cresciuto, Alex. Sono capace di dire addio adesso. Te lo prometto. Vai a vincere il tuo Pulitzer, dai,» ripeté con una piccola spinta in direzione della mia macchina. «Non rendere le cose più difficili del necessario.» Con un fischio, richiamò Luna che lo seguì mentre si allontanava.

Non si girò neanche una volta a guardarmi. *Che diavolo?*

Riuscii a infilarmi in macchina e a trafficare con la chiave mancando per due volte il cilindro dell'accensione perché le lacrime che avevo davanti agli occhi mi impedivano di vedere. Mi sentivo il cuore in gola.

Cazzo. Che stavo facendo?

Saltai fuori dalla macchina. «Aspetta,» urlai avanzando verso di lui nella neve, «e se invece io non fossi capace?»

Ben rimase immobile e poi si girò sul gradino più basso della scalinata, con una mano che stringeva forte la ringhiera per supporto. Così da vicino, mi resi conto che non era tranquillo come avevo pensato e la morsa che mi stringeva il petto si rilassò di colpo. Le ciglia di Ben erano tutte appiccicate, le guance bagnate, proprio come lo erano state quel giorno di tanti anni fa. «Capace di fare cosa?»

«E se fossi *io* a non essere capace di dire addio?» gli chiesi. «Se non volessi farlo?»

«Non vuoi farlo?»

«Se restassi...? Se restassi, potremmo...?» Cazzo, chiedere a un uomo adulto di diventare il mio ragazzo sembrava così immaturo, come una cosa da tredicenni.

Ben socchiuse gli occhi. «Se lo dici perché pensi che non riesca a farcela, perché sei preoccupato che possa fare qualcosa...»

«Non mi hai sentito? Sono *io* a non riuscire a farcela.» L'espressione impassibile di Ben era abbastanza per farmi venire dei dubbi. Ispirai in profondità. *E se dopotutto non mi volesse intorno?*

«Vuoi davvero che me ne vada? Dimmi che la notte che abbiamo passato insieme non ha significato niente per te e me ne andrò.»

«È ovvio che ha significato qualcosa. Ti amavo allora e praticamente ti amo anche adesso. Ma non posso chiederti di…»

«È proprio quello il punto, Ben, non *devi* chiedermelo.» Mi sentivo il petto pieno di bollicine. *Mi ama.* «Voglio restare qui. voglio stare ovunque ci sia anche tu. Senza neanche saperlo, ho passato vent'anni a cercare di ritrovare qualcosa che avevo perso da ragazzino. Adesso lo capisco e non voglio perderlo di nuovo.»

Benji scese dall'ultimo gradino e me lo ritrovai fra le braccia. Per la sorpresa, feci un passo indietro andando quasi a finire per terra fra la neve. Sentivo il suo respiro caldo contro il mio collo e i suoi baffi mi solleticavano il viso. Lo strinsi il più forte possibile malgrado tutti gli strati di vestiti che ci separavano. «Non sarà facile, lo so,» dissi, «la gente avrà di che parlare. Non capiranno. E tua madre…»

«Alex! Ma non capisci? Sono vent'anni che ti aspetto. Dicevo sul serio quando ti ho detto che quelle cose non contano niente per me. Se c'è una cosa che ho imparato, è che tutto quello che abbiamo è il presente, e non voglio sprecarlo.»

«Vuol dire che se tornerò qui, non andrai più a fare visita al tuo "amico" a Prince George?»

Ben mi rispose con un bacio lento e profondo che andò avanti per un'eternità prima che ci separassimo.

«Non mi sento più le dita dei piedi,» mormorai.

«Bacio così bene, eh?» Ben mi appoggiò le mani dietro la nuca e appoggiò la fronte contro la mia.

Feci una piccola risata. «Di sicuro sai come rendere memorabili gli addii. Come te la cavi con i benvenuti?»

«Dovremo scoprirlo, non ti pare?»

Un alito di realtà passò come un'ombra sopra la mia felicità, simile a una nuvola che passa di fronte al sole.

«Dovrò comunque tornare a New York e sistemare un po' di cose,» dissi immaginando la faccia di Brad davanti alla mia lettera di dimissioni. «Ho bisogno di un po' di tempo…»

«Lo so.» Si tirò appena indietro, il suo sguardo mi penetrava fin dentro l'anima. «Ne sei sicuro, Alex? La tua carriera? Lo hai detto tu stesso… questa città sta morendo. Non c'è neanche più un quotidiano locale per cui scrivere. Non c'è nulla qui per te.»

«Ci sei tu.»

«E ti basta?»

Bastare? Era più di quanto avessi mai creduto possibile. Più di quanto pensassi di meritare. Un giorno, presto, gli avrei detto quanto stare con lui fosse incredibilmente perfetto.

«Facevo il freelance prima e posso farlo di nuovo. Mi è sempre piaciuto avere quel tipo di flessibilità.» Gli presi il volto fra le mani congelate e riempii la voce di quella stessa certezza che mi scorreva nelle vene. Avevo i piedi congelati, ma, se avesse voluto, sarei rimasto lì in piedi per tutto il giorno. «Ritornerò da te, te lo prometto.»

E questa volta ci credemmo entrambi.

Epilogo

«Allora? È come te lo ricordi?» chiedo non appena Ben mette giù il tablet. Ha visto pezzi del manoscritto mentre scrivevo, ma questa è la prima volta che legge la stesura completa. Aspettare che finisca è estenuante.

Non parla. Anzi, non mi guarda neanche.

«Oddio, è davvero così terribile?» Non ho mai scritto pezzi tanto lunghi ed è chiaro che devo essere peggio di quanto immaginassi.

Ben mi tocca lo stomaco con il piede che, fino a quel momento, mi stava appoggiato in grembo. «Non è affatto terribile, te lo prometto. Ho solo bisogno di un minuto per raccogliere i miei pensieri.»

Incapace di stare seduto mentre Ben pensa a qualche modo carino per dirmi quanto faccia schifo come scrivo, mi alzo e marcio verso la finestra. Gli alberi sono coperti di boccioli pronti ad aprirsi da un momento all'altro e Luna è impegnata a dare la caccia agli scoiattoli nel suo recinto. Dal momento che sono praticamente senza lavoro, io e Angela ci siamo impegnati a ripulire il cortile e a tagliare alcuni degli alberi con l'arrivo del bel tempo. Non parliamo di Misty o Janet. Di solito lavoriamo in silenzio, anche se ad Angela piace raccontare storie su me e Ben quando eravamo ragazzini. Spero voglia dire che ha deciso di imparare a conoscere meglio suo figlio. Stiamo facendo dei buoni progressi, ma c'è ancora tanto da fare.

Sono passati quasi cinque mesi da quando sono tornato da New York con le poche cose che possiedo. Tecnicamente, vivo nella casa mobile di mio padre, ma passo sempre più tempo qui da Ben. Ci vuole un po' di impegno. Questo spazio è piccolo per due uomini adulti abituati a vivere da soli e così, quando abbiamo bisogno di una piccola pausa, mi trasferisco a lavorare nella casa mobile per un po', anche se non è mai troppo a lungo. Mi mancano troppo le nostre pigre mattinate passate a letto.

Ben mi ha convinto a mettere su un corso di scrittura creativa in primavera che avrà luogo nello stesso periodo del suo corso d'arte. Scherzo con lui su chi avrà più studenti, ma in realtà sono terrorizzato all'idea che non lo frequenterà nessuno.

Ho avuto un po' di lavoro, principalmente con delle riviste online che non legge nessuno, ma la maggior parte del mio tempo l'ho passata a lavorare a questo pezzo. Cosa ne farò dipenderà da Ben.

«Okay, non devi essere gentile. Dimmi la verità e basta,» sbotto quando non ce la faccio più ad aspettare.

Le sue labbra si curvano in un sorriso mentre piega la testa indietro per guardarmi. «Sei sempre così impaziente.»

Su quello ha ragione. Di solito non sono il tipo di persona che si stressa per quello che pensano gli altri, ma questa sembra la cosa più cruciale che abbia mai scritto e Ben, il mio lettore più importante.

«Non è quello che mi aspettavo,» dice.

«Oh.»

«Non sapevo che stessi scrivendo una storia d'amore.»

«Una storia d'amore?» Faccio una smorfia prendendogli il tablet di mano per vedere se ha letto per sbaglio un altro documento. «Non è una storia d'amore, tutt'al più un memoriale.»

«Oh, no. È decisamente una storia d'amore, Alex.»

Il suo sorriso mi fa venire le farfalle allo stomaco, proprio come succede ogni volta che lo vedo. Ci sono dei momenti in cui ancora non riesco a credere che sia tutto vero, che possa essere così felice, che Ben mi ami quanto io amo lui. Se questo è karma, per una volta devo aver fatto qualcosa di giusto.

«Lo pensi davvero?» gli chiedo. Forse ci sono più *noi* di quanti ne abbia pianificati, ma nella mia mente è tutto collegato: passato e presente, amore e dolore, colpa e perdono e gli errori che tutti commettiamo. I momenti che restano con te per sempre e definiscono chi sei. «Ti piace, allora?»

Ben si mette in piedi e mi si avvicina. «È bello, Alex. Molto bello. Anche se non penso di essere così altruista come mi descrivi.»

«Come pensi che la prenderà Angela?»

«C'è soltanto un sistema per scoprirlo.»

«Dovrò tagliare tutte le scene di sesso,» scherzo.

Scoppia a ridere. «Che intendi farci? Ci hai pensato?»

È un pezzo troppo lungo per un articolo, quindi penso sia un libro, ma c'è qualcosa che mi frena dal fare il passo seguente e contattare una casa editrice. Forse non sono ancora pronto per condividerlo. Forse l'ho scritto soltanto per me. Per noi. Perché possiamo lasciarci tutto alle spalle e guardare avanti. «Forse lo terrò per me ancora per un po'.»

«Sono con te qualsiasi cosa tu scelga di fare.» Ben mi mette le braccia intorno al collo e si avvicina per sfiorarmi le labbra. «Visto, te l'avevo detto, no?»

«Detto cosa?»

«Che dai posti cattivi *possono* venire fuori delle cose belle.»

E poi il ragazzo che amo da sempre mi bacia, e so che ha ragione.

Car* lett*,

Grazie per aver letto *Ritorni* di Chris Scully!

Sappiamo che il vostro tempo è prezioso e che avete moltissime scelte quando si tratta di intrattenimento e vuol dire molto per noi che abbiate scelto di passare del tempo a leggere. Speriamo davvero che il libro vi sia piaciuto.

Saremmo onorati se consideraste di lasciare una recensione, buona o cattiva, su siti come Amazon, Kobo, Goodreads, Twitter, Facebook, Tumblr e sul vostro blog o sito internet. Ci farebbe davvero piacere se decideste di parlare ai vostri amici e alle vostre famiglie di questo libro. Il passaparola è la linfa vitale di un romanzo!

Per informazioni sulle prossime uscite, per interviste con i nostri autor*, blog tour, concorsi, libri gratuiti e altro, iscrivetevi per favore alla nostra newsletter settimanale priva di spam e venite a trovarci sul web:

Newsletter: tinyurl.com/RiptideSignup
Twitter: twitter.com/RiptideBooks
Facebook: facebook.com/RiptidePublishing
Goodreads: tinyurl.com/RiptideOnGoodreads
Tumblr: riptidepublishing.tumblr.com

Grazie mille e continuate a leggere tutti i colori dell'arcobaleno!

RINGRAZIAMENTI

Grazie ancora alla mia famiglia Riptide per il loro supporto e incoraggiamento per storie al di fuori del territorio del romance tradizionale e per avermi permesso di scrivere quello che voglio. La mia gratitudine va ai miei editor Sarah e Caz che mi hanno sempre spinta a diventare una scrittrice migliore, mettendomi alla prova e permettendo alle mie parole di brillare con luce maggiore. Ci sono poi tutte le persone che sono intervenute sul manoscritto durante il suo viaggio e che meritano di essere ringraziate per aver trovato errori e aver contribuito alle ultime rifiniture.

Grazie mille a Rob Damon, un amico autore, per avermi indicato i punti deboli e le inconsistenze nella trama quando *Ritorni* non era che una sinossi. Ti devo un favore.

E come sempre, grazie a voi lettor*, vecch* e nuov*, per tutto il vostro sostegno. È grazie a voi che continuo a scrivere.

NOTE BIOGRAFICHE

Chris Scully vive a Toronto, Canada. È cresciuta creando storie romantiche con la fantasia e ha sempre sognato di poter diventare una scrittrice anche se la vita ha avuto altri piani per lei. I suoi personaggi l'hanno accompagnata attraverso cambiamenti di carriera, da bibliotecaria a impiegata nel settore dell'informatica fino a che, qualche anno fa, per sfuggire alla noia del suo lavoro quotidiano, ha raccolto la sfida di cominciare a scrivere part-time.

Stanca delle solite storie con ragazzi e ragazze, ha trovato una casa nella scrittura di romance gay e cerca sempre di dare ai suoi personaggi il lieto fine che meritano. Divide il suo tempo fra un lavoro tradizionale e una vita di fantasia molto più interessante. Quando non è impegnata a lavorare o scrivere (cosa che non succede spesso ultimamente), le piace fare giardinaggio e viaggiare. È una lettrice vorace e cerca sempre di portare elementi di altri generi e stili letterari nelle sue storie. Ha la testa sempre piena di storie che le piacerebbe raccontare, ma la sua attenzione è sempre sui suoi personaggi. Li descrive come persone autentiche e ordinarie. Il genere di uomo che si potrebbe incontrare per strada o avere come migliore amico.

Malgrado, dati i suoi impegni, non le sia facile frequentare i social media, Chris è sempre felice di essere contattata dai propri lett*.

Potete trovarla su:

E-mail: cscully@bell.net

Facebook: facebook.com/chris.scully.author

Goodreads: goodreads.com/author/show/6152322.Chris_Scully

Blog: chrisscullyblog.wordpress.com